サマナーズウォー／召喚士大戦1

喚び出されしもの

著：榊一郎
イラスト：toi8
原案：Com2uS
企画：Toei Animation/Com2uS
執筆協力：木尾寿久（Elephante Ltd.）

CONTENTS

序　章　013
第一章　咎人の息子　023
第二章　惨禍の再来　077
第三章　家族の恩讐　153
第四章　最強の功罪　211
第五章　理外の戦場　281

喚び出されしもの

サマナーズウォー
召喚士大戦1

Character & Story

カミラ

ユウゴに使役する美しき召喚獣〈ヴァルキリー〉。強力な戦闘力と回復力を持つ。ユウゴに忠実だが、まるで姉の様に上からふるまうことも。

ユウゴ・ヴァーンズ

本作品の主人公。優しく正義感の強い性格。父から受け継いだ召喚士の資質を生かして、生まれ育った町の役に立ちたいと願っている。

リゼル

ユウゴの父オウマに拾われた召喚士の少女。ブロドリック襲撃時にオウマに見捨てられ虜囚となり、その後にユウゴのオウマ捜索に同行する。

モーガン

ブロドリックの魔術師組合に所属。魔術が使えないが銃の腕は超一流。お目付け役兼大人代表としてユウゴとリゼルの旅に同行する。

エミリア・アルマス

父に捨てられたユウゴの姉的存在にして召喚士の師匠。14年前の事件から、人々の召喚士への悪感情を解消すべく町に尽力している。

エルーシャ

エミリアの召喚獣〈フェアリー〉。尖った耳と蒼い髪色以外は普通の少女に見える。水属性で、周りの水を利用してその力を存分に振るう。

バーレイグ

リゼルの召喚獣〈雷帝〉。その名の通り雷の力を用いるが白兵戦にも力を発揮し、リゼルと五感を共有して戦う。外見はクールな美青年。

オウマ・ヴァーンズ

ユウゴの父にして強力な召喚士。14年前にブロドリックの魔術師組合を襲撃し、そのまま姿を消し、此度再び召喚士を率いて街を襲撃する。

クレイ・ホールデン

ホールデン支部長の息子で後継者と目される青年。以前はオウマの息子であるユウゴを虐めていたが、立場のある今は落ち着いている。

ヴァン・ホールデン支部長

ブロドリック魔術師組合の支部長にして魔術師。オウマの反乱で妻と娘を亡くしながらも、ユウゴの成長を見守り続ける懐の深さがある人物。

カティ

ユウゴの前に現れる謎の少女。自分のことを話そうとせず、普段は姿を見せないが、なぜかユウゴ達の旅についてきているようだ。

ヨシュア

王都でユウゴ達が出会った、オウマの配下の召喚士。策士でもあり、古代の遺物を活用した罠を張って、ユウゴに攻撃を仕掛けてくる。

Key Words

◆召喚獣

召喚士によって召喚され、契約の下に使役される存在。獣と表記するがその姿は様々。その属性に応じた力をふるうことができるだけでなく、感覚を共有することもできる。

◆召喚士

召喚獣を呼び出し契約することで、その力を行使する魔術師。召喚獣の強力さゆえに“最強の魔術師”と呼ばれ、召喚士を倒せるのは召喚士のみと言われる。

◆バラクロフ王国

王都はバラポリアス。王族はもちろん、多くの貴族が屋敷を構えている。石畳に覆われた広い道や多くの高層建築物など、計画的に整備された事がわかる都市。

◆魔力

この世界の魔法のもととなる力。召喚士は自分の魔力を召喚獣に注ぎ込むことで現世につなぎとめることができる。ひとりが維持できる召喚獣は1体が限界と言われる。

◆零番倉庫

すべての魔術師組合支部に存在する地下倉庫。遺跡などで発見された過去の魔法の遺物などが保管されている。そのため、厳重な管理下に置かれている。

◆魔術師組合

この世界の魔術師が所属する組合。各地の町には支部が存在し、術が必要な仕事や作業があれば、それをこなす。召喚士も魔術師組合に所属する。

あらすじ

ユウゴ・ヴァーンズは、師のエミリア・アルマスから、召喚士の力を人前で使用することを止められていた。彼が強力な召喚士であり、町に災いをもたらしたオウマ・ヴァーンズの息子ゆえに。

その災厄から十四年。平穏な毎日が戻ってきたと思われた時、町は再びオウマ率いる武装集団の襲撃を受ける。奮戦するユウゴだが、彼はその戦いの中で実父オウマと初めてまみえ、敗れた。そしてオウマは、町に保管されていた遺物を持ち去った。

ユウゴ・ヴァーンズは、これを取り戻すべく、オウマの後を追うことになる。同行するのは召喚士のリゼルと銃使いのモーガン。三人の旅は、こうして始まった。

序章

イラスト：haru.

水は火を制する。

光は闇《やみ》を除する。

相克《そうこく》とはそういうものだ。

天と地。虚《きょ》と実《じつ》。有《ゆう》と無《む》。央《おう》と辺《へん》。

双極《そうきょく》が世界の『枠《わく》』を形作る——在り方を定める。

円を描《えが》こうと思えばその中心と外縁《がいえん》の二点を決めねばならないように。

全てはその二極の間で揺《ゆ》れ動《うご》いている……ただ、それだけのものだ。

「それは万象《ばんしょう》を司《つかさど》る基礎《きそ》の性質であり、最も根源的な決まり事です」

そこには是《ぜ》も非《ひ》も無ければ、善も悪も無い。

そもそも是非《ぜひ》の別も善悪の別も、所詮《しょせん》は人間が自分の都合で決めただけのものに過ぎない。

人の心の在りようが、時と場合で容易《たやす》く変わってしまうのと同様……それらの別は、ひどく曖《あい》昧《まい》で不安定だ。

そこに絶対確実の真理は、無い。

「万象《ばんしょう》は、ただ在るように在るだけです」

善いから在るのではなく、悪いから無いのでもない。

認められたから在るのではなく、拒《こば》まれたから無いのでもない。

「だから、魔術師《まじゅつし》たるもの――先《ま》ず、何よりも最初に、それを理解するところから始めねばならないのですよ」


世界は人間の事情に合わせてはくれない。

世界はとても冷淡《れいたん》で、無慈悲《むじひ》で、虚無《きよむ》的なものである。

神官や僧侶《そうりょ》といった者達の信仰《しんこう》、それ自体を否定する必要は無いが……少なくとも何らかの窮地《きゅうち》に在って、袋小路《ふくろこうじ》において、自ら道を切り開く努力を諦《あきら》め、『創造主《カミ》の善意』を当てにするような事があってはならない。


「祈《いの》りは何も、もたらしません」


その絶望にも似た悟《さと》りこそが、魔術師《まじゅつし》の第一歩であると。

少なくともエミリア・アルマスは尊敬する師にそう教わった。

だが──

「……師匠《せんせい》……」

震《ふる》える声でエミリアは師を呼んだ。

土砂降《どしゃぶ》りの雨の中、しかし火は全く衰《おとろ》える様子を見せない。

轟々《ごうごう》と炎《ほのお》は燃えさかり、無数の雨粒《あまつぶ》を浴びても消える事無く……むしろ熱せられた水は湯気となり、霧《きり》となって辺りに立ちこめていた。

目に見える何もかもが曖昧《あいまい》だ。

数多くの人が傷つき倒《だお》れ、あるいは呻《うめ》き泣《な》き叫《さけ》んでいるにもかかわらず、炎《ほのお》と霧《きり》に遮《さえぎ》られて詳細《しょうさい》は揺《ゆ》らぎ、霞《かす》み、彼等の姿も声もどこか遠い。

まるで、全てが夢の中の出来事であるかのように。

ただ──そんな世界で。

「──おや」

超然《ちょうぜん》と佇《たたず》む一人の青年だけが、エミリアの眼《め》にはくっきりと映っていた。

「〈ウェポンマスター〉の攻撃《こうげき》を防ぎましたか。〈フェアリー〉に〈水柱《アクアハリケーン》〉を当てさせて威《い》力《りょく》を相殺《そうさい》した？」

召喚士《しょうかんし》オウマ・ヴァーンズ。

即《すなわ》ち──

「さすがは我が弟子《でし》、そしてその召喚獣《しょうかんじゅう》です。師として鼻が高い」

エミリアが師と仰《あお》ぐ魔術師《まじゅつし》は、穏《おだ》やかな笑顔《えがお》でそう言った。

彼の口調や声音《こわね》には、怒《いか》りも嘲《あざけ》りも滲《にじ》んではいない。

ただただ言葉通りに、弟子《でし》であるエミリアの実力を評価している。

自分の召喚獣《しょうかんじゅう》が――〈ウェポンマスター〉マクシミリアンが放った攻撃《こうげき》を、咄嗟《とっさ》にエミリアの召喚獣《しょうかんじゅう》〈フェアリー〉エルーシャが防いだ事を、心底喜んでいるようにすら見えた。

〈ウェポンマスター〉に攻撃《こうげき》を命じたのは彼自身だというのに。

「師匠《せんせい》……！　どうして、どうしてこんな……!?」

エミリアは悲鳴じみた声でそう問うた。

震《ふる》えが止まらないのは、雨に打たれ続けているせいか――それとも〈ウェポンマスター〉の攻撃《こうげき》を防ぎきれずに、脇腹《わきばら》を傷つけられ、少なくない血が流れているせいか。

「どうして？　ああ。それは勿論《もちろん》、君が邪魔《じゃま》をしたからですよ」

憎《にく》いからではなく。嫌《きら》うからでもなく。

邪魔《じゃま》をしたから――除《の》ける。

彼は、ただそれだけの理由で、三年とはいえ弟子《でし》として教え導いてきた少女に致命《ちめい》的な攻撃《こうげき》を仕掛《しか》けたのだ。

あるいは『殺す』という意識すら無かったかもしれない。単に目障《めざわ》りな羽虫《はむし》を叩《たた》き潰《つぶ》す、その程度の認識《にんしき》で――

「師匠《せんせい》っ――一緒《いっしょ》に来ますか、エミリア？」

ふと思いついた様子でオウマが問う。まるでどこかに買い物にでも行くか、とでも問うているかのような……何の気負いも無い口調だった。

「…………」

エミリアは、脇腹《わきばら》を押さえながら後ずさる。

彼女の召喚獣《しょうかんじゅう》である〈フェアリー〉エルーシャも、彼女を庇《かば》うようにして寄《よ》り添《そ》い、動いていた。

先程《さきほど》からエルーシャはエミリアに〈浄化の手招き《ピュリフィケーション》〉を施《ほどこ》して傷を癒《い》やそうと試みてくれているが、血がなかなか止まらない。〈ウェポンマスター〉の攻撃《こうげき》〈グレイブ・スラッシュ〉は回復阻害《そがい》効果を持っているため、治癒《ちゆ》が遅々《ちち》として進まないのだ。

「…………」

ふと――炎《ほのお》と霧《きり》の隙間《すきま》に、動く影《かげ》が見えた。

既《すで》に死体かと思われた中年男性――魔術師《まじゅつし》組合の人間が一人、震《ふる》えながらも片手を掲《かか》げている。

雨に濡《ぬ》れた地面に横たわったまま、唇《くちびる》を動かして呪文《じゅもん》を唱えているようだった。詠唱《えいしょう》の途中《とちゅう》、何度か咳《せ》き込み、血を吐《は》いたのは……内臓を傷つけられているせいか。

「……おや」

オウマが魔術師《まじゅつし》の方を一瞥《いちべつ》する。

次の瞬間《しゅんかん》、オウマの傍《そば》で、まるで彼の影《かげ》の如《ごと》く佇《たたず》んでいた黒い召喚獣《しょうかんじゅう》〈ウェポンマスター〉の姿が、消えていた。

一瞬《いっしゅん》にしてその魔術師《まじゅつし》の背後に移動した〈ウェポンマスター〉マクシミリアンは、背負う幾《いく》つもの武器の中から、身《み》の丈《たけ》ほどもある大剣《たいけん》を選択《せんたく》――流れるような動きで、それを振《ふ》り下ろした。

魔《ま》術師《じゅつし》の詠唱《えいしょう》が――動きが止まる。

まるで彫像《ちょうぞう》と化したかのように、束《つか》の間《ま》、魔《ま》術師《じゅつし》はそのまま固着していたが……やがて自分が生身の人間だった事を思い出したかのように、手が落ち、そして胴体《どうたい》から離《はな》れた首が、濡《ぬ》れた地面を転がっていった。

雨に薄《うす》められた血が、濡《ぬ》れた地面にゆるゆると広がっていく――

「…………！」

エミリアは悲鳴を噛《か》み殺《ころ》すので精一杯《せいいっぱい》だった。

ここで叫《さけ》べば、更《さら》に生き残りの魔《ま》術師《じゅつし》達が駆《か》けつけてきて……人死にが増える。

オウマが使役《しえき》する召喚獣《しょうかんじゅう》〈ウェポンマスター〉には普《ふ》通《つう》の人間では太刀《たち》打《う》ちできない。たとえ魔術師《まじゅつし》であろうとも、真正面からの戦いにかけては召喚士《しょうかんし》と召喚獣《しょうかんじゅう》には勝てない――エミリアが今見た通りに。

「こ、こんな事を……こんな事をして！」

無駄《むだ》とは思ったが、言わずにはおれなかった。

あるいはエミリアはこの期《ご》に及《およ》んでも、未《ま》だ心のどこかで期待していたのかもしれない――師匠《ししょう》であるオウマの中に、人間として当たり前の良識が残っているのではないかと。

それがどんなに小さなものであっても、自分が拾い上げて揺《ゆ》さぶれば、オウマは凶行《きょうこう》を止《や》めてくれるかもしれないと――

「……ユウゴくんはどうするつもりなんですか!? あの子は未《ま》だ一歳なんですよ？ お……お母さんも、もう居ないのに……！ お父さんのあなたが、こんな……！」

「…………」

オウマの表情は変わらない。穏《おだ》やかな、本当に穏《おだ》やかな笑顔《えがお》が――笑顔《えがお》を模しただけの虚《うつ》ろな仮面が、そこにあるだけだった。

「…………」

既《すで》に言葉を交《か》わす価値すら無いと断じたか――オウマはエミリアに背を向けると、燃え上がる魔術師《まじゅつし》組合の建物へと踏《ふ》み込んでいく。

常人ならば正気を疑う行動だが、優秀《ゆうしゅう》な魔術師《まじゅつし》であり、それ以上に召喚士《しょうかんし》であるオウマにとって、火災の現場も、その辺の路地裏も、大して差は無いのだろう。

「師匠《せんせい》っ……」

エミリアは先の魔術師《まじゅつし》と同様に、片手を挙げて――しかし次の瞬間《しゅんかん》、傍《かたわ》らの〈フェアリー〉エルーシャと眼《め》が合い、口から出かかった呪文《じゅもん》を呑《の》み込んだ。

「……イイノ?」

エルーシャが、少し、たどたどしい口調で尋《たず》ねてくる。

エミリアは――答えず、ただ項垂《うなだ》れた。

自分が死ぬのも怖《こわ》いが、エルーシャまで巻き込むのも怖《こわ》い。

攻撃《こうげき》されれば、今度こそ間違《まちが》いなく揃《そろ》って死ぬ事になるだろう。

召喚獣《しょうかんじゅう》は召喚士《しょうかんし》と繋《つな》がっている。出血でエミリアが弱っている今、エルーシャの〈水柱《アクアハリケーン》〉も弱化は免《まぬが》れない。〈ウェポンマスター〉の攻撃《こうげき》を再度防ぐのは不可能だ。

「師匠《せんせい》………」

エミリアはその場に倒《たお》れ、泥《どろ》が跳《は》ねる。

エルーシャが改めて〈浄化の手招き《ピュリフィケーション》〉を施《ほどこ》してくれているのを感じながら、エミリアは……

ただただ、嗚咽《おえつ》し、震《ふる》えていた。

第一章

咎人の息子

イラスト：haru.

ユウゴ・ヴァーンズは走っていた。

降りしきる雨の中を傘《かさ》も差さず、ずぶ濡《ぬ》れになるのも厭《いと》わず。

豪雨《ごうう》で泥濘《ぬかる》みきった田舎道《いなかみち》は、ただ歩くだけでも足を滑《すべ》らせる危険がある。まして雨粒《あまつぶ》が目《め》許《もと》にも容赦《ようしゃ》無くかかるため、視界の確保すら覚束《おぼつか》ない——そんな状態で走れば、転ばないわけがない。

「エミ姉《ねえ》……！」

実際、既《すで》にユウゴは二度ばかり転倒《てんとう》し、既《すで》にその全身は泥《どろ》だらけになっている。だが少年は全力疾走《しっそう》を止めようとはしなかった。

「どうしてだよエミ姉《ねえ》……じゃなくて師匠《ししょう》っ！」

何処《どこ》か険の強い彼の顔には、今、焦《あせ》りの色が濃《こ》い。

その、少し長めの、癖《くせ》の強い黒髪《くろかみ》は泥《どろ》に濡《ぬ》れて顔に貼《は》り付《つ》き、酷《ひど》い有様《ありさま》になっている。

元々その黒の両眼が妙《みょう》に鋭《するど》いのと相まって、手負いの獣《けもの》の如《ごと》く、凄絶《せいぜつ》な雰囲気《ふんいき》すら漂《ただよ》っているが、本人はそんな事、まるで頓着《とんちゃく》していないようだった。

「いつもいつも……どうして一人で出掛《でか》けちゃうんだよ！　何のための弟子《でし》だよ⁉　師匠《ししょう》なんだから遠慮《えんりょ》無くこき使えよ！　半人前だからって何の役にも立たないわけじゃないだろ！」

まるで隣《となり》に誰《だれ》か居るかのような、その誰《だれ》かに向かって愚痴《ぐち》をこぼしているかのような口ぶりだが、走るユウゴの傍《かたわ》らに他者の姿は無い。

「俺だって召喚士《しょうかんし》の端《はし》くれだぞ、見習いだけどぉ――おわっ⁉」

そう吼《ほ》えた途端《とたん》に、また足を滑《すべ》らせて転ぶユウゴ。

だが……既《すで》に何度も転倒《てんとう》を経験したせいか、彼はそれだけでは済まさなかった。

むしろ倒《たお》れた際の勢いを利用して、そのまま地面の上を滑《すべ》り、転がっていき――そのまま止まる事無く起き上がる。

「――っしゃあ！」

軽く片手で地面を叩《たた》いただけで、再びユウゴは走り出していた。文字通りに転んでもただでは起きない――実にしぶといというか、強《したた》かな印象の少年である。

「いくら俺が未《ま》だ『資格』無しだからって、黙《だま》って置いていくとか酷《ひど》いだろ⁉」

「――おい⁉」

そんなユウゴにふと横手から声が掛《か》かった。

「そこのお前、何して――」

「――⁉」

慌《あわ》ててユウゴが急停止――声の方向に眼《め》を向けると、そこには灰色の外套《がいとう》を着た青年が立っていた。

青年は傘《かさ》こそ差していないが、着ている外套《がいとう》には油でも塗り込まれて撥水《はっすい》加工されているらしく、その表面を雨粒《あまつぶ》が流れ落ちている。

「げっ――クレイ」

「――ユウゴか」

と外套の頭巾の下で、青年は神経質そうなその細面をしかめた。

眼鏡の下の細い眼《め》を更《さら》に細めて、彼はユウゴを睨《にら》み付《つ》ける。

「こんな雨の中で、お前は何をしてる？」

「それはこっちの台詞《せりふ》だろ」

「僕は見ての通り、魔術《まじゅつ》師組合の仕事だ」

言って青年は――クレイは外套《がいとう》の肩《かた》に付けられた紋章《もんしょう》を示す。

「北側の畑が川の氾濫《はんらん》で水浸《みずびた》しになっていないかの確認《かくにん》中だ」

「こっちだって魔術《まじゅつ》師組合の仕事だよ！」

とユウゴは叫《さけ》んだ。

「お前等、何かというと面倒臭《めんどうくさ》い仕事を押しつけやがって――」

「ユウゴ・ヴァーンズ」

クレイは改めて――忌々《いまいま》しげにユウゴの名を呼んだ。

「お前に魔術《まじゅつ》師組合が何か仕事を回す事など無いだろう。アルマス師にならともかくな」

「だからそのエミ姉《ねえ》――じゃない、アルマス師の手伝いだよ！　橋の様子を確認《かくにん》してくれって！　支部長からの――お前の親父《おやじ》さんからの依頼《いらい》だって聞いたぞ、クレイ・ホールデン!?」

「………」

同じく姓《せい》を呼ばれてクレイは更《さら》に顔をしかめる。

「――もういい。行け」

「言われなくとも！」

そう怒鳴《どな》ってユウゴは再び走り出す。

しばらく走って、ふと肩越《かたご》しに背後を振《ふ》り返《かえ》ると――クレイは既《すで》に町の方に戻《もど》ったか、姿は見えなくなっていた。

「ここまでくれば……もう、誰《だれ》も見てない、よな？」

そう呟《つぶや》いて周囲を見回すユウゴ。

そして大きく息を吸い込んで――

「――カミラ！」

豪雨《ごうう》の音に負けじと大声でそう叫《さけ》んだ。

いや。それは『叫《さけ》び声《ごえ》』ではなく『喚《よ》び声《ごえ》』だ。

その証拠《しょうこ》に、ユウゴの傍《かたわ》らで水面の波紋《はもん》の如《ごと》く、虚空《こくう》が揺《ゆ》らいだかと思うと――次の瞬間《しゅんかん》にはその揺《ゆ》らぎが色を帯び、形を無し、瞬《また》く間《ま》に一つの姿をそこに描《えが》き出《だ》していた。

白い翼《つばさ》を背負い、軽装ながらも鎧兜《よろいかぶと》を帯びた、少女の姿を。

それは――

「――此処に。我が君」

召喚獣《ヴァルキリー》。

召喚士の行使する術によって、『この世界ではない何処か』から喚び寄せられ、召喚士の力によってこの世界に存在を維持《いじ》されるもの。

これを総称《そうしょう》して召喚獣《しょうかんじゅう》と呼ぶ。

そしてその中でも白い翼《つばさ》を備え、清楚《せいそ》なる戦乙女《いくさおとめ》の姿をとるそれは〈ヴァルキリー〉と呼ばれていた。

ユウゴの召喚獣《しょうかんじゅう》である。

「力を貸してくれ、いいか？」

「勿論《もちろん》、我は召喚獣故《しょうかんじゅうゆえ》、我が君に求められれば、喜んで――」

カミラは翼《つばさ》を広げ、ユウゴのすぐ隣《となり》を滑空《かっくう》しながらそう言った。

「――と、申し上げたい処《ところ》ですが。我が君は、アルマス師の監督《かんとく》無き場で我を喚《よ》ぶのは禁じられていたのではと」

「だから誰《だれ》も居なくなるのを確かめてから喚《よ》んだんだよ」

と走りながらユウゴは言う。

「どうせこれから、エミ姉《ねえ》の処《ところ》に行くんだし」

「それは屁理屈《へりくつ》というものなのでは？」

「エミ姉《ねえ》、身体《からだ》弱いくせに、いつも無茶するから心配なんだよ」

とユウゴは顔をしかめて言った。

「魔術師《まじゅつし》組合の連中は連中で、気軽にエミ姉《ねえ》を引っ張り出すし……万が一の事があったらどうすんだ」

そう言ってユウゴは唇《くちびる》を噛《か》む。

カミラはその兜《かぶと》の下で、その円《つぶ》らな蒼《あお》い瞳《ひとみ》を瞬《まばた》きさせ、己《おのれ》の召喚主《しょうかんぬし》を見つめていたが――

「承知いたしました。参りましょう」

言ってカミラはふわりと身を翻《ひるがえ》し、ユウゴの頭の斜《なな》め上に定位する。

一瞬《いっしゅん》、何を？　と眉《まゆ》を顰《ひそ》めたユウゴだったが――カミラが文字通りに身を挺《てい》して雨粒《あまつぶ》を遮《さえぎ》ってくれているのだと、彼はすぐに気付いた。

「こうした方が走りやすかろうと」

「それは助かるけど、カミラが濡《ぬ》れるだろ？」

「お気になさらず。お忘れですか？　我は水属性ですので」

とユウゴの上を跳《と》びながらカミラは平然と言った。

「身体《からだ》に触《ふ》れる雨粒《あまつぶ》程度ならば、御《ぎょ》する事が出来ます」

その言葉通り――カミラの背中に生えた白い翼《つばさ》も、同じく兜《かぶと》の白い羽根飾《かざ》りも、そしてその長い金色の髪《かみ》も、先程《さきほど》から雨ざらしになっている筈《はず》なのに、濡《ぬ》れて萎《しな》びた様子が無い。

「そっか、助かる！　ありがとう！」

朗《ほが》らかな笑顔《えがお》でそう礼を言うと、ユウゴは先にも優《まさ》る速さで、豪雨《ごうう》の中を駆《か》けていった。

†

増水し轟々《ごうごう》と唸《うな》りを上げる、幅広《はばひろ》い川の脇《わき》。

そこに架《か》けられた橋の近くに辿《たど》り着《つ》いた召喚士《しょうかんし》エミリア・アルマスは、予想以上の状況《じょうきょう》に思わず唸《うな》った。

「これは――」

ぎしり、ぎしりと、橋の軋《きし》む音が聞こえてくる。

それは物言わぬ建築物の、苦鳴のようにも聞こえた。

「どうして橋が『開いて』ないの……？」

雨避《あまよ》けに被《かぶ》った外套《がいとう》の頭巾《フード》の下で、何度もその翡翠色《ひすいいろ》の眼《め》を瞬《まばた》かせるエミリア。普段《ふだん》から温和で知られる彼女の優《やさ》しい眼鼻立《めはなだ》ちは、しかし今、緊張《きんちょう》に強く引《ひ》き攣《つ》っていた。

「このままじゃ……」

今、エミリアが見ている橋は、彼女の住むブロドリックの町にとって、極《きわ》めて重要な施設《しせつ》である。

近隣《きんりん》の町や村と行き来するためには、そして主要街道《かいどう》へと出るためには、通過必須《ひっす》と言ってよい。他の経路を用いれば倍以上の時間が掛《か》かるからだ。完全自給自足するのでもなければ、こうした物流経路は、田舎町《いなかまち》にとって生命線に等しい。

当然、橋は頑丈《がんじょう》に造られてはいるが、それでも豪雨《ごうう》の際には増水した川の流れに耐《た》えきれない――という事も考え得る。

故《ゆえ》に、一定の限度を超《こ》えて負荷《ふか》が掛《か》かると、橋は自動的にその構造体としての連結を解除し、水を可能な限り抵抗《ていこう》なく流せるような形に変形する……そんな設計になっていた。

これをブロドリックの町の者は『橋が開く』と言っているのだ。

だが今――エミリアの眼《め》の前《まえ》の橋は、自身を軋《きし》ませるほどの強い流れに晒《さら》されながら、その連結を解除していない。

何か想定外の事が起こっているのだ。

「……何カ、引ッカカッテイルンジャ、ナイカナ」

ふわりとエミリアの隣《となり》に浮《う》かびながらそう言ってくるのは召喚獣《しょうかんじゅう》〈フェアリー〉エルーシャである。

召喚獣《しょうかんじゅう》といいつつ、その姿形は、尖《とが》り耳《みみ》と長い髪《かみ》の蒼色《あおいろ》を除けば人間の少女そのもの、身に帯びる薄衣《うすぎぬ》と相まって実に愛らしい。

見た目というのは――外見が与《あた》える第一印象というのは、殊《こと》の外《ほか》に重要で、エルーシャは召《しょう》喚主《かんぬし》たるエミリア共々、ブロドリックの町の人々から親しまれている。

ともあれ——

「ああ……大きめの流木か何かが引っかかっている可能性はあるわね」

とエミリアは頷《うなず》く。

前述の通り『変形』する事が前提の造りになっているため、この橋の橋脚《きょうきゃく》は少し複雑な構造をしている。

ある種の機関《カラクリ》が、中の歯車に小石が挟《はさ》まっただけで動かなくなるのと同様、何処《どこ》かに流れてきた流木を嚙《か》み込んでしまっている可能性は在った。

何にしても、このままでは遠からず橋は負荷《ふか》に耐《た》えきれず崩壊《ほうかい》する。

となれば——

「…………其《そ》は眼《め》・其《そ》は光・以《もっ》て此《こ》を識《し》る為《ため》に・我は理《ことわり》を……」

エミリアは口の中で呪文《じゅもん》を詠唱《えいしょう》を開始した。

〈遠見《ユニバーサルスコープ》〉——視線を曲げて物陰《ものかげ》や壁《かべ》の向こうを見るための魔術《まじゅつ》である。

どう対処するにしても、まずは橋が開かない原因を確認《かくにん》しておく必要がある。呪文《じゅもん》の詠唱《えいしょう》を終えた後、エミリアが両手で印《いん》を切ると、彼女の脳裏《のうり》に橋脚《きょうきゃく》の水中部分が映し出された。

「これは……」

エルーシャの言う通りだ。

可動部にやけに大きな流木が引っかかっており、つっかえ棒のような形で、橋の可動部と噛《か》み合《あ》って、『開く』のを妨《さまた》げているらしい。

「エルーシャ。あの引っかかっている流木を壊《こわ》せる？」

そう問いながら、魔術《まじゅつ》で得た視界をエルーシャと共有するエリミア。

召喚士《しょうかんし》は召喚獣《しょうかんじゅう》と魔力《まりょく》で繋《つな》がっている。殊更《ことさら》に魔術《まじゅつ》としての手順を踏《ふ》まなくとも、強く意識するだけで感覚の一部ないし全部を共有する事も可能だ。

「カンタン、ダヨ」

とエルーシャは頷《うなず》く。

「デモ、ナニカヲ壊《コワ》スノトカ、ヒサシブリ、ダネ」

「そうね」

と苦笑《くしょう》するエミリア。

この十四年間……エミリアは徹底《てってい》してエルーシャの力を『破壊《はかい》』や『攻撃《こうげき》』に使ってこなかった。

ブロドリックの町の住人に召喚士《しょうかんし》としての力を求められれば、大抵《たいてい》の事には笑顔《えがお》で応じてきたが……誰《だれ》かと戦う、何かを壊《こわ》す、といった行為《こうい》については、相手が誰《だれ》であれ、何であれ、頑《がん》として拒《こば》んできたのだ。

それは自身を守るためであり、それ以上に、弟子《でし》であり弟でもあるユウゴを守るためでもあった。

召喚獣《しょうかんじゅう》と召喚士《しょうかんし》は危険な存在ではない。それを——十四年前の、あの雨の日からずっと、エミリアは証明し続けねばならなかったからだ。

「行ッテクルネ」

そう言って、ふわりと橋に向けて飛んでいくエルーシャ。

元々水属性の〈フェアリー〉であるエルーシャは、土砂降《どしゃぶ》りの雨の中でも平気で飛び回れるし、濡《ぬ》れたところで、それで体調を崩《くず》すような事も無い。水中に潜《もぐ》って流木を解体するのもエルーシャにしてみれば簡単な作業だろう。

ただ——

「——！　待って、エルーシャ！」

エミリアは声を上げて己《おのれ》の召喚獣《しょうかんじゅう》を引き止めた。

〈遠見《ユニバーサルスコープ》〉の魔術《まじゅつ》を解除しようとしたその瞬間《しゅんかん》……魔力《まりょく》で曲げられた視線が、一瞬《いっしゅん》、あらぬ方向に飛んだ事でエミリアは気がついたのだ。

増水した川の中——わずかに水没《すいぼつ》を免《まぬが》れた中州《なかす》。

そこに幼い少年が一人取り残されて、うずくまっている。

「エルーシャ！　先にあの子を助けてあげて！」

再び視界を共有して中州《なかす》を示すエミリア。

「イイヨ」

エルーシャは素直《すなお》に応じて中州《なかす》へと進路を変更《へんこう》した。

だが……召喚獣《しょうかんじゅう》〈フェアリー〉の飛ぶ力は、実はあまり強くない。

元々は浮遊《ふゆう》——ただ空中に『浮《う》かぶ』事が出来る程度の力なので、強い向かい風が吹《ふ》いていたりすると、途端《とたん》にその移動速度が落ちてしまうのである。

とりあえず中州《なかす》が完全に水に飲まれてしまう前には、辿《たど》り着《つ》けるだろうが——

（……橋の方も一刻を争う状態よね……）

そこから戻《もど》ってきて、子供を陸に置いて、再び橋の方へと向かう——には恐《おそ》らく時間が足りない。

最早《もはや》、いつ橋脚《きょうきゃく》が崩《くず》れてもおかしくはないし、上流から更《さら》に流木か何かが流れてきた場合、既《すで》に噛《か》んでしまっている流木と激突《げきとつ》して、橋の崩壊《ほうかい》を早める可能性もある。

「…………」

エミリアは一度深呼吸をして覚悟《かくご》を決める。

それから彼女は持ってきた鞄《かばん》の中から、縄を取り出すと、近くの樹《き》の幹にこれを結びつけた。

反対側の端《はし》を身体《からだ》に巻きつけ、更《さら》にそれを手で摑《つか》んで押さえると、濁流《だくりゅう》の中に足を踏《ふ》み入《い》れるエミリア。

途端《とたん》、靴底《くつぞこ》が滑《すべ》り、足をすくわれて、姿勢を崩《くず》す。

「――っ‼」

思わず上げそうになる悲鳴を堪《こら》えるエミリア。

それから彼女は、何とか縄を摑《つか》んで踏《ふ》ん張《ば》ると、むしろ足を曲げて重心を下げ、胸の辺りまで水に浸《つ》かりながら、ゆっくりと橋脚《きょうきゃく》の方に向かって川の中を進み始めた。

（くっ……）

冷たい。ただでさえ川の水は冷たいが、流れが早いせいで、驚《おどろ》くほどに素早《すばや》く体温をエミリアの身体《からだ》から奪《うば》っていく。

やがてエミリアは、ようやく流木の引っかかっている橋脚《きょうきゃく》のところに辿《たど》り着《つ》いた。

「この距離《きょり》なら私の魔術《まじゅつ》でも何とか……」

流木の大部分は水中に没《ぼっ》していて見えないが、水の上に出ている部分から、水面下をおおよそ想像する事は出来る。

「……石に拠《よ》らず、鋼《はがね》に拠《よ》らず、我が思惟《しい》より・全《まった》き刃《やいば》成《な》して・此《こ》を斬《き》らん……」

脳裏《のうり》に、その流木がばらばらに細断された状態を思い描《えが》きながら、エミリアはその想像を現実にするために、眼《め》を閉じて意識を集中し、呪文《じゅもん》を繋《つな》いでいった。

だが――

「――っ⁉」

眼《め》を閉じて集中していた彼女は気がつかなかった。

上流から流れてきた、もう一本の流木に。

それはエミリアの使っていた縄に引っかかってこれを傷つけた後、エミリアの身体《からだ》にも容赦《ようしゃ》無《な》くぶつかっていた。

体勢を崩《くず》すエミリア。

そして千切《ちぎ》れ飛ぶ縄。

「ひあっ⁉」

短い悲鳴を空中に残し、エミリアは濁流《だくりゅう》の中に呑《の》み込まれていった。

†

橋が見えた。

だがエミリアの姿が何処《どこ》にも無い。

「エミ姉《ねえ》――」

不安と焦燥《しょうそう》に強張《こわば》る声で呟《つぶや》くユウゴ。

「何処《どこ》だ？　何処《どこ》に行ったんだ？」

エミリア・アルマスは身体《からだ》が弱い。

十四年前に負った大怪我《おおけが》が原因で体調を崩《くず》しやすい――らしいのだ。

『らしい』というのはその十四年前の大怪我《おおけが》をした経緯《けいい》について、エミリアは何度聞いてもユウゴに教えてくれないからである。

もっともユウゴも全く想像がついていないわけではないが。

良くも悪くも、十四年前の事件はブロドリックの町の人々によく知られている。中にはユウゴを苦しめるために、憶測《おくそく》混じりのあれやこれやを吹《ふ》き込んでくる者も居た。

先程《さきほど》出会ったクレイなどはその筆頭だ。

ともあれ――

「――我が君。あちらを」

不意に、何かを見つけたらしいカミラが注意を促《うなが》してくる。

ユウゴが周囲を見回すと――

「エルーシャ⁉」

エミリアの召喚獣《しょうかんじゅう》である蒼《あお》い髪《かみ》の〈フェアリー〉はユウゴもよく見知っている。というか物心ついた頃《ころ》からずっとの付き合いで、ユウゴにしてみればもう一人の姉のような存在である。

エルーシャは、雨の中をふらふらとよろめくように飛んで――やがて、ユウゴ達の傍《そば》に降りてきた。どうやら子供を一人抱《かか》えていたらしい。

見れば十歳くらいの男の子だ。

水属性の〈フェアリー〉たるエルーシャの庇護《ひご》を受けていたせいか、この雨の中でも男の子はあまり濡《ぬ》れていない様子だが――

「エルーシャ！　エミ姉《ねえ》、じゃなかった師匠《ししょう》は⁉」

二人に駆《か》け寄《よ》りながら、そう問うユウゴ。

だがそれに答えたのは――疲労困憊《ひろうこんぱい》といったエルーシャではなく、男の子の方だった。

「助けて！　アルマス様、流されちゃった！」

「なんだって⁉」

ユウゴは子供の指さす方に眼《め》を向けて――戦慄《せんりつ》した。

ますます勢いを増した川が、泡立《あわだ》ち、白濁《はくだく》して、流れている。

あんな中に落ちて流されたら――すぐに溺《おぼ》れてしまうだろうし、それを免《まぬが》れる事が出来たとしても、水中の岩にぶつかって大怪我《おおけが》をする事だって考えられる。

「エルーシャ⁉　お前は何してたんだよ⁉」

「ダッテ、コノ子ヲ助《タス》ケルノヲ優先テ言ワレテ」

とエルーシャが眼《め》を伏《ふ》せてそんな事を言ってくる。

確かにエミリアならそういう判断を下すだろう。

だが――

「……アルマス様、ぼくのせいで？」

男の子が泣き出しそうな表情でそう尋《たず》ねてくる。

「あ――いや、分かった、ごめん」

とユウゴは慌《あわ》ててそう言った。

「君のせいじゃない、エルーシャ、お前も間違《まちが》ってない、というか悪くない。誰《だれ》のせいでもないし、誰《だれ》も悪くない！」

召喚獣《しょうかんじゅう》は召喚主《しょうかんぬし》の命令に服従する。

感覚の一部すら共有する事が出来る。

だからこそ召喚士《しょうかんし》と召喚獣《しょうかんじゅう》は、他者からは一体の存在と見做《みな》される事が多いのだ。召喚《しょうかん》獣《じゅう》は召喚士《しょうかんし》の身体《からだ》の一部に等しいと考えられているのである。

エルーシャが男の子を助けるのを優先したのは、エミリアがそうすべきと考えていたからだ。エルーシャはそれに異を唱える程度の事は出来ても、最終的にエミリアの命令を拒《こば》む事は無い。

「俺が師匠《ししょう》を助けてくるから、エルーシャ、お前はその子を守って川から離《はな》れてろ！　いいな？」

そう言い置いてユウゴは駆《か》け出《だ》した。

向かうのは川下――エミリアが流されているであろう先。

「くそっ……ええと、〈遠　見《ユニバーサルスコープ》〉の魔術《まじゅつ》……其《そ》は眼《め》・其《そ》は光……」

走りながらの呪文詠唱《じゅもんえいしょう》と集中はひどく面倒《めんどう》だ。

もっとも――この〈遠　見《ユニバーサルスコープ》〉はユウゴが使う事の出来る数少ない魔術《まじゅつ》の一つなので、使い慣れている。多少手間取ったが、それでも何とかユウゴは魔術《まじゅつ》で視点を高い位置に設定――上空から広く川を見下ろした。

轟々《ごうごう》と音を立てて流れる川は、あちらこちらで白く泡立《あわだ》ち、水そのものも濁《にご》っている。もしエミリアが水中に沈《しず》んでいれば、発見するのは難しかっただろうが――

「エミ姉《ねえ》！」

見つけた。

外套《がいとう》は灰色で濁流《だくりゅう》に紛《まぎ》れていたが、肩《かた》に縫《ぬ》いつけられた魔術師《まじゅつし》組合の紋章《もんしょう》は、金糸銀糸を用いた派手なものなので、よく目立つ。

ただ――

「やばい！」

エミリアは――既《すで》にぐったりとして流されるままになっていた。藻掻《もが》いていない。俯《うつぶ》せで顔を水に浸《つ》けたまま、苦しむ素振《そぶ》りも無い。それはつまり『溺《おぼ》れる』という段階を既《すで》に過ぎているという事だ。

まずい。一刻の猶予《ゆうよ》もない。

呼吸が止まれば程無《ほどな》くして脳がやられる。そうなれば魔術《まじゅつ》や召喚獣《しょうかんじゅう》による『癒《い》やし』の力で蘇生《そせい》し一命を取り留めたとしも、元の状態には戻《もど》らないだろう。

「くっそ、悠長《ゆうちょう》に魔術《まじゅつ》を使ってる場合じゃない――悪い、カミラ、俺を抱《かか》えて飛べるな？」

「アルマス師はどちらに？」

そんな一言と同時に――ユウゴの足が空を蹴《け》った。

背後から抱《だ》きつくようにして彼の身体《からだ》を保持したカミラが、力強くその翼《つばさ》を羽ばたかせ、ふわりと浮《う》き上《あ》がったのだ。

「こっちだ！　頼《たの》む！」

ユウゴの指し示す方へと飛んでいくカミラ。

勿論《もちろん》、視覚を共有する事も出来たが、ユウゴは〈遠見《ユニバーサルスコープ》〉の魔術《まじゅつ》を一旦《いったん》解除して、別の魔術《まじゅつ》の呪文詠唱《じゅもんえいしょう》を開始した。

ユウゴが使えるたった二つの魔術《まじゅつ》――そのもう一方である。

「……故《ゆえ》にこそ・轟《とどろ》き渡《わた》るは……」

程無《ほどな》くして――二人は水面に浮《う》き沈《しず》みしながら流されていくエミリアの真上に到達《とうたつ》していた。

「…………っ！」

ユウゴは右手を伸《の》ばしてエミリアの手を摑《つか》む。

彼は尚《なお》も呪文詠唱《じゅもんえいしょう》を続けているため、口頭での指示をカミラに出す事は無かったが――そこは半人前とはいえ『一心同体』とも言われる召喚士《しょうかんし》と召喚獣《しょうかんじゅう》である。

カミラは心得た様子ですぐに上昇《じょうしょう》を開始。

ユウゴ達の高度が上がると、水の中からエミリアの身体《からだ》が引《ひ》き揚《あ》げられてくる。

だが……完全に水の中からエミリアの身体《からだ》が脱《だっ》する前に、上昇《じょうしょう》は止まっていた。

「…………」

普段《ふだん》は超然《ちょうぜん》とした無表情を維持《いじ》しているカミラの顔に、まるで困惑《こんわく》するかのような揺らぎが生じる。

重量超過《ちょうか》——だ。

ユウゴ一人ならば問題は無くとも、更《さら》に水に濡《ぬ》れたエミリアを川の流れの中から引《ひ》き揚《あ》げようとすると、倍、あるいはそれ以上の力が必要になってくる。

元々自分一人が飛ぶためだけの翼《つばさ》に、三人分の——いや、服が水をたっぷり吸ってそれ以上になっている重量を負わせるのは、明らかに無理があった。

川の流れに引っ張られてユウゴ達まで下流に寄っていく始末だ。このままではまた川の水の流れに巻き込まれ、今度はユウゴやカミラまで水中に没《ぼっ》しかねない。

しかし——

「…………」

ユウゴが一瞬《いっしゅん》、肩越《かたご》しに、背中から自分を抱《だ》きかかえているカミラを振《ふ》り返《かえ》る。

それを見たカミラは頷《うなず》いて——

「承知」

「――爆《は》ぜよ」

次の瞬間《しゅんかん》、ユウゴはそれまで唱えていた魔術《まじゅつ》を解き放っていた。

〈爆轟《ブラスト》〉――虚空《こくう》に爆発《ばくはつ》を生み出す魔術《まじゅつ》。

本来は土木工事、あるいは大規模火災の消火に使われるものだ。見た目は派手だが、実は発生する火炎《かえん》は最小限。その威力《いりょく》の大半は衝撃《しょうげき》と爆風《ばくふう》である。

「――くっ」

短い苦鳴を漏《も》らすカミラ。

彼女は――そして彼女に抱《かか》えられたユウゴ、ユウゴが引《ひ》き揚《あ》げたエミリアは、衝撃《しょうげき》と爆風《ばくふう》に弾《はじ》かれて大きく横に跳《と》んでいた。

三人はそのまま川から外れ、ふらふらと蛇行《だこう》しつつも、確固たる地面の上へと辿《たど》り着《つ》く。

ユウゴは最初からこれを想定して魔術《まじゅつ》を唱えていたのである。

「カミラ、大丈夫《だいじょうぶ》か？」

「はい。助かりました」

そんな言葉を交《か》わしながら、三人はとりあえず濡《ぬ》れた地面を踏《ふ》みしめて、大きく枝を広げた樹木の下へと向かった。

†

自分を呼ぶ声が聞こえる。

「師匠《しょう》！　師匠《しょう》――エミ姉《ねえ》っ！」

虚無《きょむ》の深淵《しんえん》に落ち込みつつあったエミリアの意識は、その声に引きずられるようにして現実へと浮上《ふじょう》していく。

やがて体の感覚が戻《もど》ってくるとエミリアは瞼《まぶた》を開いた。

「ユウゴ……？」

どうやら自分は大きな樹《き》の根元に寝《ね》かされているらしい。

すぐ近くにユウゴ・ヴァーンズの顔が在った。

未《ま》だ幼さが拭《ぬぐ》い切れていない彼の――しかし、最近は急に大人びてきたその顔には、ひどく真剣《しんけん》な表情が浮《う》かんでいる。余程《ほど》に焦《あせ》っていたのだろう、その顔はひどく紅潮していて、鼻血でも噴《ふ》きそうに見えた。

「良かった、気がついた……！」

と震《ふる》える声で言うユウゴ。

ぽたりぽたりと彼の顔から滴《したた》り落《お》ちる雫《しずく》は、雨にしては奇妙《きみょう》に温かく感じた。

（ユウゴ……）

胸の内でそっとその名を呼ぶ。

エミリアにとっては義理の弟であり魔術《まじゅつ》、召喚術《しょうかんじゅつ》の弟子《でし》。

そして今は命の恩人だ。

この十四年間、一緒《いっしょ》に暮らしてきた。彼のおしめを換《か》えた事もあるし、彼が六歳になるまでは一緒《いっしょ》に風呂《ふろ》にも入っていた。

だから——

「…………って」

ふとエミリアは自分の口元に残る感触《かんしょく》に気がついた。

「いや。ちょっと待ってユウゴ？」

片手を挙げて上から覗《のぞ》き込んでいるユウゴを顔を脇《わき》に退《ど》ける。

身を起こして深呼吸を一つ。

「ひょっとしてユウゴ、その」

そして自分の唇《くちびる》に触《ふ》れながら、エミリアは恐《おそ》る恐《おそ》る尋《たず》ねた。

「人工呼吸…………したの？」

「したけど」

なんでそんな事を訊《き》くんだ？　とでも言うかのように、眼《め》を瞬《まばた》かせているユウゴ。彼にしてみれば、文字通りの救急救命処置でしかなかったのだろう。

咄嗟《とっさ》に出来ただけでも、師匠《ししょう》としては褒《ほ》めてやるべきなのだが——

「ない、ないから！」

「え？　なにが？」

「そういうの、おかしいから！」

平手で地面を叩《たた》きながら言うエミリア。

その様子をどう思ったか——

「何か俺、手順間違《まち》った⁉　ええと、最初は俯《うつぶ》せにして水吐《は》かせて、それから胸を押さえたりもしたけど、なかなか息が戻《もど》らなかったから——」

「胸っ⁉」

と己《おのれ》の胸を——華奢《きゃしゃ》ながらもそこだけは柔らかく大きめに育った乳房《ちぶさ》を、両手で庇《かば》うように隠《かく》してから。

「……あ、いや、えっと」

困惑《こんわく》の表情を浮《う》かべる弟子《でし》を前に、エミリアは首を振《ふ》ると——長い溜息《ためいき》をついた。

（あー……もう……十三も離《はな》れてるってのに。何なの）

こんな事で少女みたいに動揺《どうよう》する自分が、情けない。

十四年前のあの日から、魔術師《まじゅつし》として、召喚士《しょうかんし》として、何より人として恥《は》じる事の無い生き方を心掛《こころが》けてきた。

積極的に召喚士《しょうかんし》の力を使って、町の人々の生活を支えてきた。

そんなエミリアに異性と付き合うような余裕《よゆう》は無く……ブロドリックの同世代の娘《むすめ》達は、既《すで》に結婚《けっこん》して子供を二人三人と生んでいる者も珍《めずら》しくないが、エミリアの恋愛観《れんあいかん》は十四年前から止まったままなのである。

「とにかく、エミ姉《ねえ》――じゃなかった、師匠《ししょう》が助かって良かった」

とユウゴもまた長い溜息《ためいき》をつく。

その隣《となり》で〈ヴァルキリー〉のカミラが頷《うなず》いているのを見て――エミリアはもっと深刻な問題に思い至った。

「ユウゴ、あなた、召喚獣《しょうかんじゅう》を――」

「あ、いや、これは」

「だから！　あなたは未《ま》だ資格取れてない見習いなんだから、私が居ないところでカミラを喚《よ》び出したら駄目《だめ》だって、あれほど！」

「だ、だけど、エミ姉《ねえ》が――」

「だけどじゃない！　それから家の外ではエミ姉《ねえ》じゃなくて、アルマス師、でしょ⁉」

言ってエミリアは片手を挙げた。

「………」

ぶたれる――と思ったのだろう。

ユウゴは避《よ》けようともせず、眼《め》を瞑《つぶ》って俯《うつむ》いている。

その殊勝《しゅしょう》な態度を見て――エミリアは小さく首を振《ふ》った。

「……そうね」

掲《かか》げた右手を、そっとユウゴの頬《ほお》に添《そ》える。

「あなたは仕事をしくじった『召喚術《しょうかんじゅつ》の師匠《ししょう》』じゃなくて、単に溺《おぼ》れてた『お姉ちゃん』を助けてくれただけなんだよね……」

「……エミ姉《ねえ》……」

驚《おどろ》いた様子で呟《つぶや》くユウゴの身体《からだ》に、腕《うで》を回して抱《だ》き締《し》める。

「ごめんなさい。それからありがとう、ユウゴ」

「あ……ああっ………」

戸惑《とまど》いつつも頷《うなず》くユウゴ。

ふと気づいて眼《め》を向けると――カミラとエルーシャが、顔を合わせて微笑《ほほえ》んでいるのが見えた。エルーシャの傍《かたわ》らには疲《つか》れて眠《ねむ》ってしまったらしい男の子の姿もある。

（そっか……エルーシャとカミラが）

共に水属性の召喚獣《しょうかんじゅう》。

今、身体《からだ》が冷えていないのは彼女等のお陰《かげ》だろう。

〈ヴァルキリー〉たるカミラは翼《つばさ》を広げて吹《ふ》き付《つ》ける雨粒《あまつぶ》交じりの風を防いでくれていたようだし、〈フェアリー〉たるエルーシャは、エミリアとユウゴの、そして男の子の身体《からだ》から水滴《すいてき》を『剝《は》がして』乾《かわ》かしてくれているようだった。

「みんな、ありがとう」

エミリアの言葉に二体の召喚獣《しょうかんじゅう》は、小さく頷《うなず》いてきた。

†

轟々《ごうごう》と音を立てて濁流《だくりゅう》が流れる川。

その近くに生えた樹《き》の下で——雨宿りをしている人影《ひとかげ》が五つ。

召喚士《しょうかんし》の男女。幼い子供。そして召喚獣《しょうかんじゅう》二体。

その様子を——

「…………」

少し離《はな》れた場所から眺《なが》める眼《め》が在った。

「——どうした、御嬢《おじょう》？」

木々の生《お》い茂《しげ》る山の斜面《しゃめん》——そこに立つ人影《ひとかげ》が二つ。

共に暗色の外套《がいとう》を着た上、頭巾《フード》を目深《まぶか》に被《かぶ》っているため、その顔立ちや表情は影《かげ》に隠《かく》れて判

然としない。

片方は小柄《こがら》で細身。

片方は中肉中背。

その程度は、おおよそながら判別がつく。

「御嬢《おじょう》って言うな」

小柄《こがら》な方の人影《ひとかげ》が、高い声でそう言った。

声音《こわね》からすれば若い娘《むすめ》――少女だろう。

「――召喚士《しょうかんし》が二人居るみたい。こんな田舎《いなか》の町に。お陰《かげ》で橋の破壊《はかい》は失敗しちゃった。慣れない小細工なんかするもんじゃないわね……」

「まあ、しょうがねえ」

対して中肉中背の方は――これも声質からして男らしい。

若いか老いているかは、声だけでは分《わ》かり難《にく》いが……

「確かに、町を孤立《こりつ》させる事が出来れば、じっくり丁寧《ていねい》な仕事が出来たんだが……ま、こういう場に出てこられる召喚士《しょうかんし》が二人も居るって事実を確認《かくにん》出来ただけでも良しとすべきだろ」

そういって男は杖《つえ》代わりについていた槍《やり》をくるりと回す。

明らかにその武器を使い慣れている人間の手つきだ。

錆《さび》防止か、あるいは光を反射して目立たぬようにか、穂先《ほさき》には革製《かわせい》の覆《カバー》いが被《かぶ》せられていた。

「魔術師《まじゅつし》の数は未《ま》だ分からないけどね」

「まあそっちは大した脅威《きょうい》にゃならんだろうが」

男は外套《がいとう》の下で肩《かた》を竦《すく》めると――既《すで》に興味は無いといった様子で川に背を向けて歩き出す。

「明後日《あさって》には本隊が着く。それまでにおおよその人数を確認《かくにん》出来ればそれで充分《じゅうぶん》だろ」

「そうね」

男の後を追って歩きながら少女が同意する。

やがて――どこか不穏《ふおん》な雰囲気《ふんいき》を帯びた二つの人影《ひとかげ》は、山の草木が造る濃《こ》い暗がりの中へと消えていった。

†

召喚士《しょうかんし》と喚《よ》ばれる者達が居る。

彼等は大きな分類では魔術師《まじゅつし》の一種だ。

ただし当の魔術師《まじゅつし》の中には、召喚士《しょうかんし》を魔術師《まじゅつし》と認めない者も居る。

「召喚士《しょうかんし》？　あれは魔術師《まじゅつし》とは別物だよ」

「魔術《まじゅつ》は技術だが……召喚術《しょうかんじゅつ》は技術というより能力だよ。持って生まれたね。どれだけ研鑽《けんさん》を積んでも召喚術《しようかんじゆつ》だけは使えない魔術師《まじゆつし》が居る一方で、生まれつき、召喚術《しようかんじゆつ》に対する適性がやたら高い奴《やつ》も居る」

召喚士《しようかんし》とはつまり、魔術《まじゆつ》の中でも特に召喚術《しようかんじゆつ》と喚《よ》ばれる種類の——極《きわ》めて『特殊《とくしゆ》な』技法を行使し『此処《ここ》ではない何処《どこ》か』から不思議な力を備えた存在を喚《よ》び出して、これと『契約《けいやく》』を結び、使役《しえき》する権能を備えた者達の事を言う。

そしてこの『此処《ここ》ではない何処《どこ》か』から喚《よ》び出された存在を一括《ひとくく》りに『召喚獣《しようかんじゆう》』と呼ぶ。

獣《けもの》ではなく人に近似《きんじ》の姿形をしたものも多いのだが、それでもこう呼ぶのは、歴史上最初に召喚《しようかん》された存在が、獣《けもの》の形をしていたからだ、とも言われている。

ともあれ——

「恐《おそ》ろしい奴等《やつら》さ。召喚獣《しようかんじゆう》も、召喚士《しようかんし》もね」

召喚士《しようかんし》達は——しばしば『最強の魔術師《まじゆつし》』とも言われる。

魔術《まじゆつ》も強大な力ではあるのだが、強大故《ゆえ》に、その行使には少なからず手間と時間を要する。呪文《じゆもん》を唱え、印《いん》を切り、あるいは事前に触媒《しよくばい》を用意し、儀式《ぎしき》を執《と》り行《おこな》い、様々な手順を経て、ようやくその力は使う事が出来る。

ってしまう。

大抵《たいてい》の場合、大きな力を扱《あつか》えば扱《あつか》うほどに、その手順は増えていき、行使には手間暇《ひま》がかかってしまう。

仮に蠟燭《ろうそく》に火を点《つ》ける魔術《まじゅつ》があったとして。

呪文詠唱《じゅもんえいしょう》を長々として印《いん》を切っている間に、慣れた者なら火打ち石であっさり着火してしまうだろう。魔術《まじゅつ》無しでも出来る事を、魔術《まじゅつ》でやろうとすると、ひどく面倒臭《めんどうくさ》いだけで、あまり意味が無いのだ。

これに対して……召喚術《しょうかんじゅつ》は即応《そくおう》性が高い。

「召喚獣《しょうかんじゅう》ってのは、言うなれば、姿形のある魔術《まじゅつ》だよ」

召喚士《しょうかんし》は自らの魔力《まりょく》を契約《けいやく》済みの召喚獣《しょうかんじゅう》に分《わ》け与《あた》える事で、召喚獣《しょうかんじゅう》をこの世界に繋《つな》ぎ止《と》める事が出来る。

そして存在そのものが元よりこの世界の条理常識から半ば外れている召喚獣《しょうかんじゅう》は、技術ではなく、その身に備わった能力として、その不思議な力を行使する事が出来る。

魔術《まじゅつ》と同種の力を、魔術《まじゅつ》と異なり、各種手順を飛ばして扱《あつか》えるのだ。

空を飛んだり。

炎《ほのお》を出したり。

水を操《あやつ》ったり。

姿を消したり。

…………

故《ゆえ》に——召喚獣《しょうかんじゅう》と魔力《まりょく》で繋《つな》がり、これを己《おのれ》の手足の如《ごと》く操《あやつ》れる召喚士《しょうかんし》は、緊急《きんきゅう》を要する場面などにおいて魔術師《まじゅつし》よりも有利な場合が多い。

例えば、戦闘《せんとう》のような場合はそれが顕著《けんちょ》だ。

「戦いになんてならないよ。全く以《もっ》て勝負にならない」

「同じように稲妻《いなずま》を投げるとしてもだ、魔術師《まじゅつし》が長々と呪文詠唱《じゅもんえいしょう》をしている間に、あいつら、五回でも十回でも攻撃《こうげき》してくるんだ」

一方的な奇襲《きしゅう》や、何らかの奇策《きさく》を用いる場合は別として、正面から向かい合っての戦闘《せんとう》ともなれば、およそ魔術師《まじゅつし》は召喚士《しょうかんし》に勝てない。

これが召喚士《しょうかんし》をして『最強の魔術師《まじゅつし》』と呼ばしむ所以《ゆえん》である。

当然、召喚獣《しょうかんじゅう》を従えた召喚士《しょうかんし》は、戦場において『死神』と恐《おそ》れられた。

「戦場で敵陣《てきじん》に召喚獣《しょうかんじゅう》が居るのを見たら逃《に》げろ。一目散にだ。戦って勝てるような相手じゃない」

「あの激しい戦いでも、召喚士《しようかんし》のお陰《かげ》でうちの部隊は生き残ったんだ——召喚士《しようかんし》様々《さまさま》だよ」

召喚士《しようかんし》達はかつて世界が戦乱に満ちていた時代、英雄《えいゆう》だった。

彼等は武功に武功を重ね、成り上がり、民心を——そして権力や財力をその身に集めた。

やがて召喚士《しようかんし》は、王侯《おうこう》貴族に並び立つほどの権勢を誇《ほこ》るようになった。

だが——

†

豪雨《ごうう》から——二日後。

雨は一旦《いったん》は降《ふ》り止《や》んだものの、空は相変わらずの曇天《どんてん》が続いており、時折、小雨《こさめ》がぱらつくような陰鬱《いんうつ》な天気が続いていた。

橋はエミリアらのお陰《かげ》で崩壊《ほうかい》を免《まぬが》れたが……近くの山で土砂《どしや》崩《くず》れが起きた事もあり、畑と道の一部が埋《う》まってしまっている。

人的被害《ひがい》こそ出ていないものの、東区域に在る畑の作物は全滅《ぜんめつ》、道も通れず、町全体として見れば無視し難《がた》い損害が出ていた。

そんな中――

「…………」

魔術師《まじゅつし》組合のブロドリック支部事務所。

この町では比《ひ》較的《かくてき》大きく――新しい建物である。

平屋が多いブロドリックの町の風景の中では、三階建て、地下を含《ふく》めた四層構造の四角い建物は、殊更《ことさら》に目立つ。

ユウゴとエミリアはこの支部の最上階――ヴァン・ホールデン支部長の執務《しつむ》室に居た。

二日前の豪《ごう》雨の最中、ユウゴがエミリアの許可無く召喚獣《しょうかんじゅう》を使った事について叱責《しっせき》する為《ため》に、呼び出されたのである。エルーシャが救い出した男の子が一部始終を見ていたため、ユウゴもエミリアも誤魔《ごま》化《か》しきれなかったのだ。

もっとも――

「はい。それは――私の責任です、監督《かんとく》不行き届きというか」

組合の支部長とやりとりをしているのは、もっぱらエミリアだ。

弟子《でし》の不始末は師《し》匠《しょう》の不始末。彼女はユウゴが私利私欲で召喚獣《しょうかんじゅう》を使ったわけではない事、緊急《きんきゅう》事態であった事を主張し、ユウゴが咎《とが》められるのを、何とか防ごうとしていた。

一方――ユウゴはといえば、彼女の隣《となり》に座っているものの、特にやる事も無いので傍《かたわ》らの窓から外をぼんやりと眺《なが》めているだけである。

勿論《もちろん》、エミリアに全て押しつけて、自分は知《し》らん振《ぶ》り——というわけではない。ユウゴの場合、売り言葉に買い言葉というか……うっかり要《い》らぬ事を口走って事態を悪化させかねないので、エミリアから『あんたは黙《だま》ってなさい』と強く命じられているのである。

（こんな処《ところ》まで土砂《どしゃ》が来てるのか……）

支部事務所から少し離《はな》れた場所で……二十人を超《こ》える人々が、町の中に流れ込んできた土砂《どしゃ》の撤去《てっきょ》作業を行っているのが見える。

誰《だれ》も彼もが野良着《のらぎ》なので、見分けがつきがたいが——

（あー……クレイの奴《やつ》……）

その中に一人見覚えのある人物をユウゴは見つけた。

魔術師《まじゅつし》組合の人間たる事を示す紋章《もんしょう》入りの外套《がいとう》を着た青年。その顔はユウゴの方を向いていないが、背格好から何となく分かった。

クレイ・ホールデン。

今、エミリアと話をしている魔術師《まじゅつし》組合ブロドリック支部の、ホールデン支部長——その息子《むすこ》がクレイである。

年齢《ねんれい》はユウゴより四つ上。

魔術師《まじゅつし》としては比較的優秀《ひかくてきゆうしゅう》で……未《ま》だ二十歳前だというのに、既《すで》に十種類を超《こ》える魔術《まじゅつ》を身につけて自在に使いこなしてみせるという。

二種類しか魔術《まじゅつ》の使えないユウゴとは大違《ちが》いだ。

そういう訳で……別に魔術師《まじゅつし》組合の役職は世襲《せしゅう》制などではないのだが、ブロドリックの支部長の座に限っては、ヴァン・ホールデンから息子《むすこ》のクレイ・ホールデンに引《ひ》き継《つ》がれるだろうと言われていた。

実際、未《ま》だ若いのに、土砂崩《どしゃくず》れの処理の現場に出張《でば》って、周りの者に指示を出している。

改めて見れば——かなりの大きさのある岩が、雨で掘《ほ》り起《お》こされて転がり落ちてきたらしく、道の真ん中に鎮座《ちんざ》するそれをどかせるのに、人々が難儀《なんぎ》しているらしいのだ。

一応はクレイが粉砕《ふんさい》のための魔術《まじゅつ》を使う準備をしているようだ。

勿論《もちろん》、ユウゴには大岩を、安全に砕《くだ》くような魔術《まじゅつ》は無い。

ただ——

(俺にやらせてくれれば、あんな大岩、カミラと一緒《いっしょ》に、一瞬《いっしゅん》で片づけられるのに……)

そんな事をユウゴは思ったりする。

カミラの——〈ヴァルキリー〉の持つ『剣《けん》』は、とりあえず人の眼《め》には実体を持った刃物《はもの》のように見えるが、本質的には魔術《まじゅつ》そのものに近い。

『切断』という結果を現出させるための魔術《まじゅつ》——その表象として分かりやすい形をしているに過ぎないのだ。

彼女の剣《けん》なら、岩だろうが鉄だろうが瞬《また》く間《ま》に切り刻める。

わざわざ魔術師《まじゅつし》のような下準備と長い呪文詠唱《じゅもんえいしょう》など必要無い。

「…………」

出来る事を――してはいけないと禁じられる。

それは結構な苦痛であり憂鬱《ゆううつ》の種だった。

未《ま》だ若く、気力体力も有り余っているユウゴにしてみれば、手足を縛《しば》られて転がされているかのような、もどかしさを禁じ得ないのだ。

「それで――ユウゴ君？」

「…………」

「ユウゴ君？　聞いているか？」

「あ？　は、はい、聞いてるよ、もとい、聞いてます！」

自分が名を喚《よ》ばれている事に気づいて、視線をホールデン支部長の方へと戻《もど》すユウゴ。

隣《となり》でエミリアが溜息《ためいき》をついて顔を覆《おお》っているのが眼《め》に入った。

「聞いての通り、直接の責任は、君の師匠《ししょう》であり、監督《かんとく》役であるエミリア・アルマスに対して問われるわけだがね？」

ホールデン支部長はユウゴの方を見ながら行った。

四角い顔には苦々しげな表情が浮《う》かんでいる。

年季の入った魔術師《まじゅつし》であるこの人物は、言動こそ落ち着いたものだが、その顔には、まるで幾多《いくた》の戦場を渡《わた》り歩《ある》いた古参兵の如《ごと》く、大きな刃物傷《はものきず》が残っていて――奇妙《きみょう》な迫力《はくりょく》が在った。

「そもそも君は魔術師《まじゅつし》としての、更《さら》には召喚士《しょうかんし》見習いとしての自覚に欠ける。力を無分別《むふんべつ》に振《ふ》り回《まわ》す人間を許しては、秩序《ちつじょ》というものを保つことが出来ない。秩序《ちつじょ》が無ければ社会は成り立たない。弱肉強食の獣《けもの》の世界に逆戻《ぎゃくもど》りだ。それを君は本当に、分かっているかね？」

ホールデン支部長の言葉はもっともだ。

正しい。全くの正論。

彼の息子《むすこ》のクレイが、以前よくユウゴにぶつけてきたような、難癖《なんくせ》の類《たぐい》とは違《ちが》う。魔術師《まじゅつし》組合の要職に在る者ならば、言って当然の話であり、彼は差別しているわけでも迫害《はくがい》しているわけでもない。

それはユウゴにもよく分かっているが――

「無分別《むふんべつ》じゃありません、あれは、人の命が懸《か》かってました」

さすがに少しむっとして、ユウゴはそう反論した。

法律であれ制度であれ……それらは人々の生活における、安全性と利便性を確保するために作られたものだ。

だからこそ生活以前――人の命が失われかねない様な非日常の現場において、法律や制度を一時的に無視して行動する事は、悪い事ではないとユウゴは思っていた。

しかし……

「それは理由にならない、ならないんだよ、分かっているのだろう、ユウゴ・ヴァーンズ――」

首を振《ふ》ってホールデン支部長は言った。

「………」

勿論《もちろん》――分かっている。

如何《いか》な大義名分があろうとも自分だけは法を破る事は許されない。

オウマ・ヴァーンズの息子《むすこ》であるユウゴ・ヴァーンズだけは。

「人殺しの息子《むすこ》！」

「お前も召喚獣《しょうかんじゅう》で俺達を殺すのか？」

物心ついて以来、何度か――いや何度も、そんな罵詈雑言《ばりぞうごん》を投げつけられてきた。同じ世代の子供からだった場合もあれば、大人からだった事もある。言葉と共に拳《こぶし》や石が飛んで来た事すらある。

大抵《たいてい》の場合はエミリアが庇《かば》ってくれたが、それでも四六時中休み無く彼女もユウゴに貼《は》り付いている訳にもいかない。

殴《なぐ》り合《あ》いになった事だって何度もある。

（……そういえばクレイとやった回数が一番多いか……）

クレイが同世代の魔術師見習《まじゅつし》い達と共に、ユウゴを罵倒《ばとう》し侮蔑《ぶべつ》してくるなど日常茶飯事《にちじょうさはんじ》――我慢《がまん》出来ず彼等の挑発《ちょうはつ》にユウゴが応じ、取っ組み合いの喧嘩《けんか》に発展した事は、一度や二度ではない。

しかも大抵《たいてい》はクレイの側についた見習い達を相手に、一対多でやりあったので、ユウゴがボロボロにされて終わるのだが。

自分自身への罵倒《ばとう》ならばユウゴも我慢《がまん》する術《すべ》を覚えていたのだが、エミリアまで一緒《いっしょ》くたに馬鹿にされては、さすがの彼も黙《だま》っていられなかったのだ。

その度にユウゴはエミリアとエルーシャの世話になった。エルーシャの〈浄化の手招き《ピュリフィケーション》〉で何度癒《い》やしてもらった事か。

（……最近はやらなくなったけどな……）

せいぜい、先日のように嫌味《いやみ》の一つや二つが飛んでくる程度だ。

魔術師《まじゅつし》組合で色々な仕事を任されるようになって、クレイにも分別《ふんべつ》というものがついたのかもしれない。

（……最後に喧嘩《けんか》したのは……）

あれは――ユウゴが初めて召喚術《しょうかんじゅつ》に成功した日の翌日だったか。

「やっぱりお前は、あの人殺しの息子《むすこ》だよ。何が『父親とは違《ちが》う』だ。お前も結局、召喚士《しょうかんし》になるんじゃないか。どうしてお前や、お前の父親みたいな奴《やつ》が、召喚士《しょうかんし》なんだよ、召喚士《しょうかんし》になりたい奴《やつ》は一杯《ばい》居るのに、どうしてお前等なんだよ」

あるいは……ユウゴが召喚士《しょうかんし》の道を歩まなければ、誹謗中傷《ひぼうちゅうしょう》される事も無かったのかもしれない。

だがエミリアの背中を見て育ったユウゴにとって、『姉と同じ召喚士《しょうかんし》になる』事は夢だった。

自分もああなりたい。

オウマ・ヴァーンズのような、人殺しの召喚士《しょうかんし》ではなく。

エミリア・アルマスのような、沢山《たくさん》の人のために働ける召喚士《しょうかんし》に。

だから——

「ユウゴ君」

改めて名を呼ばれてユウゴは我に返る。

ホールデン支部長は眼《め》を細めて彼を見つめながら——

「次は無いぞ。次に同じことをすれば、組合は永遠に君に召喚士《しょうかんし》資格を認めない。いいな？」

「…………」

ユウゴは言葉に詰《つ》まった。

彼は自分が間違《まちが》った事をしたとは思っていない。

次に同じような状況《じょうきょう》で、誰《だれ》かの命が危険に晒《さら》されていれば、また、躊躇《ちゅうちょ》無くカミラを喚《よ》び出すだろう。

だが――

「ユウゴ！」

エミリアが叱《しか》りつけるかのような強い口調で彼の名を呼ぶ。

勿論《もちろん》、ホールデン支部長はむしろ温情で『今回は不問にする』と言っているのだという事は、ユウゴにも分かっている。ユウゴの前ではっきりオウマの名前を出さないのも、彼なりに気を遣《つか》ってくれているのだという事も。

彼には彼の立場がある。

だからこう言わざるを得ないのだ。感情にまかせてユウゴに絡《から》んできていた息子《むすこ》のクレイとは、違《ちが》うのだ。

ユウゴは短く溜息《ためいき》をつくと、椅子《いす》から立ち上がった。

「分かりました、申し訳ありませんでした」

そう言って頭を下げる。

それからユウゴは――エミリアや組合支部長の反応を確かめる事も無く、踵《きびす》を返《かえ》して部屋を出た。

ばたん――と何処《どこ》か荒々《あらあら》しい音を立てて扉《とびら》が閉まる。

「…………」

ホールデン支部長はしばらくそちらを眺《なが》めていたが――

「で……アルマス師、身体《からだ》の方は？」

やがて短い溜息《ためいき》を一つついて、視線をエミリアの方に向けた。

「概《おおむ》ね問題は無いと思います」

とエミリアは苦笑《くしょう》して答える。

「流木が当たったところは……骨にヒビが入っているようですが、激しく動き回らなければ特には。むしろ川に入って身体《からだ》を冷やしてしまったせいか、古傷が少し――」

「古傷？」

「この辺りに」

言ってエミリアは己《おのれ》の左脇腹《ひだりわきばら》に触《ふ》れて見せた。

「……………古傷、ね」

とホールデン支部長もまた苦笑《くしょう》を浮《う》かべて己《おのれ》の顔に触《ふ》れる。

刃物《はもの》によるものと思《おぼ》しき大きな――傷。

「あれから……十三……いや、十四年か」

二十年前から魔術師《まじゅつし》としてこのブロドリックの町に住んできた彼は――彼もまた実体験と

して覚えている。

エミリアの師であり、ユウゴの実父であるオウマ・ヴァーンズの起こしたあの事件、あの凶行《きょうこう》、あの惨劇《さんげき》を。

誰《だれ》もが、特に魔術師《まじゅつし》組合の人間は、それを忘れたいと願った。

だからこそ、この十四年間、エミリアも、組合関係者も、衛士の事情聴取《ちょうしゅ》以外では口をつぐんで、事件に触《ふ》れないようにしてきた。

「今更《いまさら》と言えば今更《いまさら》だが」

ホールデン支部長はどこか遠くを見る目つきで言った。

「まさか奴《やつ》の息子《むすこ》が同じ召喚士《しょうかんし》になると言い出すとは――ね」

「ユウゴは容姿も性格も母親似ですけれど、才能は間違《まちが》いなく父親のそれを受《う》け継《つ》いでいますから……何の不思議もありません」

召喚術《しょうかんじゅつ》は『技術』ではなく、生来の『能力』だと言う者が居る。

学んでも学んでも身につけられない者が居る一方で、魔術《まじゅつ》を究《きわ》めた訳でもないのに、召喚《しょうかん》術《じゅつ》に対しては適性を示す者が居るからだ。

「君の傍《そば》で育ってきたわけだしな。影響《えいきょう》を受けて当然だ」

とホールデン支部長は言った。

それが生まれ持つ能力だというのなら、親から遺伝しても何ら不思議ではない。近くに同種の能力者がいるならば、尚更《なおさら》に己《おのれ》の『才能《ギフト》』に気づく可能性は高いだろう。

「君とその御両親《ごりょうしん》以外は、誰《だれ》もあの子を――オウマ・ヴァーンズの子を引き取ろうとは言わなかった。その意味では、彼が召喚士《しょうかんし》になろうとするのを止められなかった責任は、我々にもあるわけだが」

「単に環境《かんきょう》がどうのという話でもないと思います」

エミリアは苦笑《くしょう》して肩《かた》を竦《すく》める。

「ユウゴの、召喚士《しょうかんし》としての才能はずば抜《ぬ》けています。成長の早さという意味では、私とは桁違《けたちが》いです」

エミリア自身――オウマの弟子《でし》になってから三年、わずか十四歳で召喚士《しょうかんし》としての資格を取得した才媛《さいえん》だといわれているが、彼女をして『桁違《けたちが》い』と言わしめるユウゴは、やはり天才の類《たぐい》なのだろう。

実際にユウゴがカミラを召喚《しょうかん》して契約《けいやく》をしたのは、つい最近の事だが……彼が最初に、見よう見まねで召喚術《しょうかんじゅつ》を扱《あつか》ったのは九歳の時、驚《おどろ》いた事に彼が未《ま》だ魔術《じゅつ》を学ぶ前である。

その時は傍《そば》にいたエミリアが大慌《おおあわ》てで止めたが。

「魔術師達《まじゅつし》の中でも召喚士《しょうかんし》になれるのは――召喚術《しょうかんじゅつ》を扱《あつか》い召喚獣《しょうかんじゅう》と契約《けいやく》を結ぶ事が出来る者は少数だ」

ホールデン支部長は窓の外に目を向けながら言った。

外では相変わらず、彼の息子《むすこ》が現場を指揮して土砂崩《どしやくず》れの後始末を行っている。

「息子《むすこ》も──あれは、親の欲目を差し引いても魔術師《まじゅつし》としてはかなり優秀《ゆうしゅう》だが、それでも召《しょう》喚術《かんじゅつ》を扱《あつか》いきれなかった」

『術』と言いつつ、召喚《しょうかん》の成否は多分にその適性──生まれ持った資質に因《よ》る部分が大きいですから……」

とエミリアが言う。

どれだけ魔術師《まじゅつし》としての研鑽《けんさん》を積んでも、生まれ持ったその資質のために、召喚士《しょうかんし》になれない者も多い。

ならば召喚士《しょうかんし》としての資質を持っている人間が、召喚士《しょうかんし》にならずにいるのは許されない。周りがそれを放ってはおかない。召喚士《しょうかんし》一人の存在で辺境地の生活水準が激変する事も珍《めずら》しくないからだ。

だが……。

他の生き方を考える事すら出来ないほどの──適性。

それは果たして、祝福《ギフト》なのか、それとも呪詛《のろい》なのか。

「さすがはオウマ・ヴァーンズの子か……」

「彼に召喚士《しょうかんし》としての資格を認めないのは、父親のせいですか？」

眼《め》を細めて問うエミリア。

「彼と師匠《ししょう》とは――オウマ・ヴァーンズとは全くの別人なのに？」

「それでも我々はあの一件を忘れる事は出来ない」

首を振《ふ》ってホールデン支部長は言った。

「口には上らせなくともあの怒《いか》り、あの恐《おそ》れ、あの悲しみを忘れられない。もう十四年というが、未《ま》だ十四年とも言えるのだ」

執務机《しつむづくえ》を指先でこつこつと叩《たた》きながらホールデン支部長は続ける。

「組合の魔術師《まじゅつし》が十八名。警備員も含《ふく》め非魔術師《ひまじゅつし》の職員が三十九名。居合わせた組合の関係者、十五名。総計死者七十二名。オウマ・ヴァーンズの襲撃《しゅうげき》で殺された人間の血縁者《けつえんしゃ》は未《ま》だこの町にも何百人もいる。彼等に『忘れろ』と強制出来るものでもなかろう」

「…………」

エミリアは口をつぐむしか無い。

ホールデン支部長の挙げた死者の中には……魔術師《まじゅつし》見習いであった彼の長女と、夫や娘《むすめ》に会いに来て現場に居合わせた、彼の妻も含《ふく》まれている。

クレイ・ホールデンがユウゴに何かと絡《から》んでいたのも、当時五歳であった幼い彼から、母と姉を奪《うば》ったのがオウマ・ヴァーンズだった事を思えば、当然の話である。

むしろホールデン支部長がユウゴに対して差別も迫害《はくがい》もせず、あくまで公正な態度をとれている事こそ感嘆《かんたん》すべきだろう。

それに、ホールデン支部長の口にしたのはあくまで死者の数だ。

エミリアや、そして組合支部長のように、重傷を負いながら生き延びた人間の数は入っていない。そもそも数え切れなかったとも言われているが――

「少なくとも彼等は表立ってユウゴを非難はしていない」

やはり淡々《たんたん》と、まるで他人事《ひとごと》の様にホールデン支部長は言う。

「子に親の罪を問うても詮無《せんな》いと誰《だれ》もが理性では分かっているからだ。その事だけでも彼らは十二分に公正にふるまってきてくれたと言える」

確かに……なんだかんだと理屈《りくつ》をつけてユウゴをブロドリックの町から追い出す事も出来ただろう。

裏でユウゴに『人殺しの子』だなんだと罵詈《ばり》雑言《ぞうごん》を投げる者は居たし、それが元で喧嘩《けんか》が起きたりもした。

だが……逆に言えば町の人々がオウマ・ヴァーンズの息子《むすこ》に対して行った嫌《いや》がらせはその程度なのだ。多くの者はユウゴ・ヴァーンズを町の住人の一人として受け入れてくれている。

しかし……

「…………」

「だが彼が父と同じ召喚士《しょうかんし》となるなら、当然、十四年前の恐怖《きょうふ》は再び人々の脳裏《のうり》に蘇る《よみがえ》」

「子は親に似る。ならばユウゴが同じことをするのではないか――そう恐《おそ》れてしまうのは、当然だろう。それを考えるな、忘れろ、とこれ以上の譲歩《じょうほ》を強《し》いるわけにもいくまい」

「私は──」

エミリアは自分の膝《ひざ》に視線を落としながら十四年前のあの日の事を思い出す。師と決別したあの日の事を。

そして──

「──⁉」

「……‼」

エミリアと組合支部長は揃《そろ》って身を震《ふる》わせた。

爆音《ばくおん》が轟《とどろ》いたからだ。

それも恐《おそ》らくは──間近に。

「なんだ？　土木作業の魔術《まじゅつ》か？」

組合支部長がそう呟《つぶや》きながら窓に歩み寄る。

「クレイの奴《やつ》、何を──」

「いえ、この音は……」

エミリアも椅子《いす》から立ち上がって、彼の横に並んだ。

そして──

「──え？」

「何が起こってる⁉」

二人が視線を向けた先。

土砂崩《どしゃくず》れで埋《う》まった道の復旧作業をしていた現場。

そこに――十数人の人間が倒《たお》れていた。

「――クレイ⁉」

とホールデン支部長が悲鳴じみた声を上げたのは、彼の息子《むすこ》も倒《たお》れている人間の中に含《ふく》まれていたからだ。

生きているのか、死んでいるのかは、距離《きょり》が在って分からない。

だが……それが魔術《まじゅつ》の失敗や何らかの事故でない事は一見して明らかだった。

倒《たお》れた人々の脇《わき》を通り過ぎ、あるいは彼等の身体《からだ》を容赦《ようしゃ》なく踏《ふ》み越《こ》えて、二十名余りの一団が移動しているからだ。

しかも何者かは分からないが――一団は武装していた。

剣《けん》。槍《やり》。弩《いしゆみ》。そして銃《じゅう》。

それだけでも十分に不穏《ふおん》、剣呑《けんのん》なのだが――

「――召喚獣《しょうかんじゅう》‼」

ホールデン支部長が呻《うめ》く様に言った。

武装集団の前後には召喚獣《しょうかんじゅう》らしき存在が一体ずつ随行《ずいこう》していた。

獅子《しし》のような鬣《たてがみ》を炎《ほのお》の如《ごと》く揺《ゆ》らめかせる、狼《おおかみ》に似た大型獣《おおがたじゅう》。

人型ながら頭巾《フード》の下からのぞくその顔が、髑髏《どくろ》状の何か。

いずれもその姿を見ただけで、尋常《じんじょう》の――この世界の条理常識に沿った存在ではない事が分かる。

「〈イヌガミ〉と……〈グリムリッパー〉？」

「なんという事だ……！」

ホールデン支部長は慌《あわ》てて窓を離《はな》れ部屋を出て行った。

恐《おそ》らく他の魔術師《まじゅつし》や、支部の警備として雇《やと》っている傭兵《ようへい》達に注意を促《うなが》しに行ったのだろう。

だが――

「…………」

エミリアは窓に釘《くぎ》づけになっていた。

「まさか……そんな……」

武装集団の最後尾《さいこうび》。

そこを歩く人物に――エミリアは見覚えがあった。

あれから十四年。

記憶《きおく》の中の姿と比べれば、多少老《ふ》けた印象はあるが……涼《すず》し気《げ》な眼鼻立《めはなだ》ち、仮面の如《ごと》く穏《おだ》やかな笑《え》みをまとって微塵《みじん》も揺《ゆ》らがぬその顔は、忘れたくても忘れようが無い。

まさか話題にしたから帰ってきた、というわけでもあるまいに——

「……ヴァーンズ……師匠《せんせい》……!?」

古傷のある脇腹《わきばら》を押さえながら——エミリアは悲鳴じみた声でその名を呼んだ。

第二章

惨禍の再来

イラスト：haru

遠雷《えんらい》にも似た轟音《ごうおん》を耳にして――ユウゴは足を止めた。

魔術師《まじゅつし》組合ブロドリック支部の建物から出て、すぐの事である。

「なんだ……？」

眉《まゆ》を顰《ひそ》めて曇《くも》り空《ぞら》を見上げる。

また豪雨《ごうう》でも降る前兆かと身構えたが、しばらく眺《なが》めていても雲間に稲光《いなびかり》が閃《ひらめ》く様子は無い。

では道の復旧作業をしていた魔術師《まじゅつし》――クレイが、魔術《まじゅつ》を使った際の音だろうか。

（でもこんな音したっけか？）

まるで爆音《ばくおん》のような――何処《どこ》か威嚇《いかく》的な音。

通常、土木工事等で岩を砕《くだ》く際の魔術《まじゅつ》は、こんな爆音《ばくおん》じみた、瞬間《しゅんかん》的で騒々《そうぞう》しい音を立てない。ある種の超《ちょう》高音を継続《けいぞく》的に当てて、岩が自ら崩《くず》れるように促《うなが》すのだ。

手っ取り早く爆発《ばくはつ》系の魔術《まじゅつ》や火薬で爆破《ばくは》しないのは、単純に、破片《はへん》が飛んできて危ないからである。

ともあれ――

「どうにも嫌《いや》な予感がするっていうか――」

呟《つぶや》きながらユウゴは魔術師《まじゅつし》組合の支部の方を振《ふ》り向《む》いた。

その瞬間《しゅんかん》――

「――って、おい⁉」

まるでそれを待っていたかの様に、支部の建物の方で二度目の轟音《ごうおん》と、そして白い閃光《せんこう》が膨《ふく》れ上《あ》がった。

「爆発《ばくはつ》⁉」

それも魔術師《まじゅつし》組合の支部で。

爆発《ばくはつ》が何かの可燃物によるもの――つまりは偶発《ぐうはつ》的な事故か、それとも魔術《まじゅつ》による人為《じんい》的なものなのかまでは、さすがのユウゴにも判別がつかなかった。

だが、何にしても魔術師《まじゅつし》組合の建物で、不測の事態が起きているのは間違《まちが》いが無い。

「くそ、なんだよこんな時に⁉」

ユウゴは踵《きびす》を返《かえ》して魔術師《まじゅつし》組合の建物に向かって駆《か》け出《だ》した。

あそこには未《ま》だエミリアがいる。

しかも彼女は未《ま》だ昨日の傷が癒《い》えていない。

(クレイの奴《やつ》だって作業していた――あんな嫌味《いやみ》や奴《やつ》、友達でも何でもないけど……！)

顔見知りである事に違《ちが》いは無い。

いや――クレイだけではない。

ユウゴも魔術師《まじゅつし》の端《はし》くれだ。組合支部の事務所には、ホールデン支部長をはじめとして何人もの知り合いが居る。クレイと共に作業をしていた者達の中にも、ユウゴの知人がいる可能性があった。

（万が一に、クレイの奴《やつ》が、魔術《まじゅつ》の失敗か何かであの轟音《ごうおん》と閃光《せんこう》を引き起こしたのなら――）

本人達も無事では済んでいない可能性がある。

そして――

「……え？」

魔術師《まじゅつし》組合の建物に辿《たど》り着《つ》く前にユウゴは思わず足を止めていた。

死屍累々《ししるいるい》――と言って良いのかどうかは分からないが。

「な、なんだこれ⁉」

道端《みちばた》に何人もの人々が倒《たお》れている。

というより立って歩いている者が皆無《かいむ》だ。

生きているのか死んでいるのかまでは、一見しただけでは分からないが……尋常《じんじょう》の風景でないのは間違《まちが》いなかった。

しかも――

「クレイ⁉」

倒《たお》れている人々の中に見知った顔を見つけて駆《か》け寄《よ》るユウゴ。

「おい、クレイ？　何があった⁉」

「うっ……？」

短く呻《うめ》くクレイ。

彼の額には、転倒《てんとう》した際に擦《す》ったのか、薄《うっす》らと血が滲《にじ》んでいる。

あるいは何かで強く頭を打ったのか、クレイの神経質そうな細眼《ほそめ》は、朦朧《もうろう》として焦点《しょうてん》が定まっていない。傍《そば》にしゃがんで自分を見下ろしているのがユウゴかどうかも分かっていないようだった。

「おい、クレイ、クレイ・ホールデン、しっかり――」

咄嗟《とっさ》に抱《だ》き起《お》こして揺《ゆ》すろうとして――しかし脳内出血の可能性に思い至ってユウゴは手を引いた。

彼の師匠《ししょう》であるエミリアは、時に事故現場に借り出される事もある。なので彼女の手伝いが出来るようにと、ユウゴは怪我人《けがにん》の応急処置についても、多少の知識を持ち合わせているのだ。

「くっそ――なんなんだ一体⁉」

勿論《もちろん》、クレイだけではない。

一カ所に折り重なって――というわけではなく、通りには点々と町の住人が倒《たお》れている。まるで何者かが通りすがりに、次々と――出会《でくわ》した順に、襲《おそ》い掛《か》かっていったかのように。

一体、何があったのか。

クレイには息があった事を思えば、他の者達も死んではいない可能性は在る。だが一人一人その生死を確かめているような余裕《よゆう》はユウゴには無かった。

倒《たお》れている人々の姿を追っていくと、その『何者か』は間違《まちが》いなく魔術師《まじゅつし》組合の建物に向かっていると分かるからだ。

「…………」

ユウゴは立ち上がり、魔術師組合《まじゅつし》の支部に向かって走り出す。

クレイの容態は気になったが、本格的な治療《ちりょう》となると、ユウゴの手に余る。専門の魔術《まじゅつ》を心得た魔術師《まじゅつし》や、医者の出番だ。下手に動かさない方がよいだろう。

それよりも――

「まさか……魔術《まじゅつ》の攻撃《こうげき》か？」

呪文詠唱《じゅもんえいしょう》だの結印《けついん》だので手間暇《てまひま》を喰《く》う魔術《まじゅつ》を、一瞬《いっしゅん》を争う戦闘《せんとう》の現場で使うのは難しいが――予《あらかじ》め入念に準備しておいて、奇襲《きしゅう》の手段として使うなら、一度に大勢の人間を昏倒《こんとう》させる事は可能だ。

だとすれば――

（魔術師《まじゅつし》が――多分、徒党を組んで町を襲《おそ》った？）

それとも目的は魔術師《まじゅつし》組合で、町の住人を昏倒《こんとう》させたのはもののついでか――あるいは邪《じゃ》魔《ま》が入らぬようにか。

（万が一、魔術師《まじゅつし》の中に召喚士《しょうかんし》が混じっていたら――）

魔術師《まじゅつし》組合の側に勝ち目は無い。

召喚士《しょうかんし》に正面から挑《いど》んで勝てるのは召喚士《しょうかんし》だけ――逆に言えば召喚士《しょうかんし》に奇襲《きしゅう》されては魔《ま》

術師組合《じゅつし》の側は為《な》す術《すべ》が無い。勿論《もちろん》、数名の武装した傭兵《ようへい》が警備員とし常駐《じょうちゅう》しているが、先制攻撃されては満足に応戦出来るかどうかも怪《あや》しい。

（エミ姉《ねえ》は——師匠《ししょう》は戦い方なんて知らないだろうし）

ユウゴが知る限り、エミリアは徹底《てってい》して召喚獣《しょうかんじゅう》を——エルーシャを戦闘《せんとう》には使ってこなかった。せいぜいが害獣《がいじゅう》を追《お》っ払《ぱら》った事がある程度である。

ちなみにエルーシャの弟子《でし》であるユウゴも、召喚獣《しょうかんじゅう》を使った戦闘法《せんとうほう》なんて知らないわけだが……幼い頃《ころ》から、クレイらに『人殺しの息子《むすこ》』だの何だのと罵倒《ばとう》され因縁《いんねん》をつけられる経験だけはあったので、喧嘩《けんか》の場数だけは人並み以上に踏《ふ》んでいる。

「——カミラ！」

通りを走りながらユウゴは己《おのれ》の相棒を喚《よ》ぶ。

「——お呼びですか、我が君」

間髪容《かんはつい》れずユウゴの傍《かたわ》らの虚空《こくう》に〈ヴァルキリー〉のカミラが姿を現していた。

ただし——先日と異なり彼女は空を飛ばず、すとんと地に降りると足を使ってユウゴと共に走りだした。翼《つばさ》は目立たないように折《お》り畳《たた》まれ、一見すると軽装の鎧《よろい》を帯びた人間の少女と見分けがつきづらい。

どうやらユウゴが『勝手に召喚獣《しょうかんじゅう》を使った』事で叱《しか》られたのを、彼女なりに気にしてくれているらしい。

「叱《しか》られたばかりだというのに、また――」

「何度でも叱《しか》られてやるから！」

カミラの言葉に覆《おお》い被《かぶ》せるように言うユウゴ。

「周りを見ろ。下手したら人死にが出る」

「…………御意《ぎょい》」

カミラは点々と町の住人が倒《たお》れている通りを一瞥《いちべつ》して――それから小さく頷《うなず》いた。

そして――

「――！」

ユウゴは愕然《がくぜん》と立ち止まった。

道の先――突《つ》き当《あ》たり。

魔術師組合支部《まじゅつし》の建物の周りに、二十人ばかりの人影《ひとかげ》が見えた。

彼等は銃《じゅう》や剣《けん》や槍《やり》で武装している。

ただし軍隊の類ではないのもすぐに分かった。着ている服も、帯びている装備も、全く統一がとれていない。山賊《さんぞく》だの夜盗《やとう》だの――いわゆる無法者の集団だというのは、明らかだった。

「……カミラ、速攻《そっこう》で片づけるぞ」

「御意《ぎょい》」

抑《おさ》えたユウゴの声にカミラが応える。

武装集団は、いずれも魔術師《まじゅつし》組合の建物の方を向いており、ユウゴ達の接近に気づいている様子は無い。

ならば素早《すばや》く彼等の間合いの内側に飛び込んで暴れ回った方が効果的だろう。何しろこちらにはカミラが——戦乙女《いくさおとめ》たる召喚獣《しょうかんじゅう》〈ヴァルキリー〉が居るのだから。

（こっちから奇襲《きしゅう》してやる！）

喧嘩《けんか》ならば先手必勝だ。

一対多でも、いきなり相手の戦意をくじけば、あるいは相手を引っかき回してやれば、勝てない事も無い。要は相手に連携《れんけい》する隙《すき》を与《あた》えない事だ。それをユウゴは経験上、知っていた。

脱兎《だっと》の如《ごと》く駆《か》け出《だ》すユウゴとカミラ。

さすがに武装集団の男達も駆《か》け込んでくる二人の足音に気がついて身構えるが——遅《おそ》い。

「なんだこいつ⁉」

男達が声を上げた次の瞬間《しゅんかん》、ユウゴとカミラは武装集団の真ん中に飛び込んでいた。

そして——

「——ッ！」

カミラの翼《つばさ》が広げられる。

虚空《こくう》を叩《たた》く戦乙女《いくさおとめ》の白い羽根。渦《うず》を巻く風が周囲の男達を押し退け、数名を転倒《てんとう》させていた。

そして――

「おい、こいつ召喚《しようかん》――」

「――〈契約の剣《ソードオブプロミス》〉」

呟《つぶや》くようなカミラの一言と共に、彼女は一回転。

剣《けん》を虚空から抜《ぬ》き放《はな》ちながら弧《こ》を描《えが》くと、剣先《けんさき》の軌道《きどう》に沿って強烈《きようれつ》な衝撃波《しようげきは》が迸《ほとばし》っていた。

「ぐおっ⁉」

「ぎゃっ――」

男達の間から悲鳴が上がる。

よろめく者、倒《たお》れる者、反応は様々だったが、カミラの初撃《しよげき》を防いだ者は皆無《かいむ》――誰《だれ》もが体勢を崩《くず》していた。

〈契約の剣《ソードオブプロミス》〉はカミラの戦技《スキル》だ。

基本、攻撃《こうげき》は剣《けん》を用いての斬撃《ざんげき》である〈ヴァルキリー〉だが……その本質は見た目通りのものではない。あくまで剣《けん》による斬撃《ざんげき》に『人間の眼《め》には見える』だけだ。カミラの剣《けん》は魔術《まじゆつ》の具象であり、使い方によってはその効果は千変万化《せんぺんばんか》する。

剣閃《けんせん》の軌道《きどう》に乗せて放たれた衝撃波《しようげきは》は、触《ふ》れた者の盾《たて》や鎧《よろい》を透過《とうか》してその肉体を直接叩《たた》く。まともに喰《く》らえば脳震盪《のうしんとう》は必至、何とか堪《こら》え、躱《かわ》したとしても、全くの無傷というわけにはいかない。

それこそ魔術《まじゅつ》で防ぐのでもない限りは。

「このガキっ⁉」

「誰《だれ》がガキだっ！」

カミラの〈契約の剣《ソードオブプロミス》〉を耐《た》えてまだ立っている男達には、ユウゴが飛《と》び掛《か》かる。

特に格闘技《かくとうぎ》だの何だのの心得はないが、前述の通り喧嘩《けんか》の場数だけは豊富に踏《ふ》んでいる。複数に囲まれて殴《なぐ》り合った経験も何度かある。だから相手が集団であろうとも、ユウゴは全く怯《ひる》まない。

そもそも今のユウゴは一人ではないのだ。

頼《たの》もしい相棒と一緒《いっしょ》なのだから。

(まずは一人！)

勿論《もちろん》、ユウゴは馬鹿正直に殴《なぐ》り合う様な真似《まね》はしない。

身体《からだ》を沈《しず》め、足払《あしばら》いを掛《か》け、相手の姿勢が崩《くず》れたところを——押すなり突《つ》くなりしてやればそれで充分《じゅうぶん》である。後はそれを上から体重を掛《か》けて踏《ふ》んづけるなり蹴飛《けと》ばすなりすればいい。

「ぐえっ⁉」

ユウゴに腹を踏《ふ》まれた男がカエルのように無様《ぶざま》な悲鳴を上げる。

だが勝《か》ち誇《ほこ》るでも相手の状態を確認《かくにん》するでもなく、ユウゴは次の相手に向かっていた。

勿論《もちろん》、男達もユウゴに対応しようと身構えているのだが、先にカミラの〈契約の剣《ソードオブプロミス》〉を喰《く》らっているせいで、多くの者が足下《あしもと》すら定まらずにふらついている。

そこに突《つ》っ込んでやれば彼等は面白《おもしろ》いように転んでくれた。

「こ、このガキ――」

「うぎゃっ!?」

更《さら》にカミラはもう一度――全包囲に〈契約の剣《ソードオブプロミス》〉を仕掛《しか》ける。

武器を構える彼等は、しかしそれを使う事も無く、衝撃波《しょうげきは》を喰《く》らって仰《の》け反《ぞ》った。

使わないというより使えないのだ。ユウゴ達は彼等の集団の真ん中に居るため、迂闊《うかつ》に武器を使うと味方を傷付ける恐《おそ》れがある。特に弓矢や銃《じゅう》はとても使えたものではない。

そして――

「退《しりぞ》け、一旦《いったん》、退《しりぞ》いて距離《きょり》をとれ!」

武装集団の中の誰《だれ》かがそう叫《さけ》ぶ。

我に返った彼等は、防御《ぼうぎょ》を固め、一カ所に集まりユウゴ達と向かい合う。賢明《けんめい》な判断だ。

だがこの時点で既《すで》に立っている者は、半減していた。

残り半分は全員、悶絶《もんぜつ》するか気絶するかして路上に転がっている。

もっともこれを多いとみるか少ないとみるかは、その者の考え方によるだろう。もしユウゴが男達を殺すつもりであったなら――カミラに殺戮《さつりく》を命じていたならば、彼等は半減どころか、全滅《ぜんめつ》していたであろうからだ。

召喚士《しょうかんし》や召喚獣《しょうかんじゅう》と戦うとは、そういう事なのだ。

「お前等なんだ⁉　何しに来た⁉」

改めてユウゴはそう詰問《きつもん》する。

同時に傍《かたわ》らのカミラが剣《けん》を掲《かか》げると、その一閃《いっせん》がどんな威力《いりょく》を持つのか身を以《もっ》て知っている男達は、表情を強《こわ》ばらせた。

しかし――

「――何やってんの」

不意に、ユウゴの背後から呆《あき》れたかのような声が掛《か》かる。

その瞬間《しゅんかん》、男達の表情が明らかに安堵《あんど》で緩《ゆる》んだ。

「リゼル御嬢《おじょう》！」

「だから、御嬢《おじょう》って呼ばないで」

「………………」

振《ふ》り返《かえ》るユウゴ。

道の真ん中を悠然《ゆうぜん》と歩いて来る影《かげ》が一つ。

小柄《こがら》で細身の――少女だ。

暗めの紅《あか》い衣装《いしょう》を身に包み、少し癖《くせ》のある長い赤毛を黒い紐《ひも》で括《くく》ってまとめている髪型《かみがた》。そのせいかまるで少女は全身に炎《ほのお》を帯びているかのようにも見える。

対してその肌《はだ》の色は雪のように白く、琥珀色《こはくいろ》の両眼《りょうめ》は凛然《りんぜん》とした光を宿しており、全体として鮮烈《せんれつ》な存在感が在った。

美しい少女だが、ただ美しいだけではない。

奇妙《きみょう》な迫力《はくりょく》を帯びている。

その正体は――

「――召喚士《しょうかんし》」

呟《つぶや》くユウゴ。

少女の背後には、赤い鎧《よろい》をまとった金髪《きんぱつ》の青年が付《つ》き添《そ》っていた。

人間のように見えるが、人間ではない。少なくとも人間が極光《オーロラ》のように揺《ゆ》らめく光を、その身にまとう事はない。

召喚獣《しょうかんじゅう》だ。

(多分……〈雷帝《らいてい》〉だな……)

今まで、正規の召喚士《しょうかんし》が召喚《しょうかん》に成功した召喚獣《しょうかんじゅう》については、魔術師《まじゅつし》組合が詳細《しょうさい》な記録を採って共有している。召喚士《しょうかんし》になるための修行《しゅぎょう》の経緯《けいい》で、ユウゴはその記録に眼《め》を通した事があった。

「リゼル、こいつも召喚士《しょうかんし》だ!」

「……そうみたいね?」

リゼルと喚《よ》ばれた少女が眼《め》を細めて猫《ねこ》のように笑う。

薄《うす》い唇《くちびる》が開いて口元に小さな八重歯が見えた。

「丁度いいわ。一方的に蹴散《けち》らすのもそろそろ飽《あ》きてきたところなのよね。ねえ、バーレイグ？」

「………………」

〈雷帝《らいてい》〉らしき召喚獣《しようかんじゆう》は無言でリゼルの言葉に頷《うなず》く。

「あんたの召喚獣《しようかんじゆう》は〈ヴァルキリー〉なんだ？」

リゼルも一目見てユウゴの相棒の正体を見抜《みぬ》いたらしい。

「衛士隊があっさり全滅《ぜんめつ》しちゃったんで、ちょっと欲求不満なの。君はあの脳筋連中より、少しは骨があったりするかな？」

「………………」

ユウゴは息を呑《の》む。

町の治安を預かる衛士達の詰所《つめしよ》は、このブロドリックの町に数カ所在るが——確か少女がやってきた方に本部が在った筈《はず》だ。

（つまり……本部の衛士全員を？）

彼女の言葉がハッタリではないのだとすれば、武装集団の連中とは別行動をして、衛士達を——総勢百名以上の、戦闘《せんとう》訓練を受けた武装兵士達を、片づけてきたという事になる。

（……つまり準備万端《ばんたん》って事か……）

最初からこの町を襲《おそ》うためにこの連中は準備をしてきたのだ。

そして魔術師《まじゅつし》組合と衛士詰所《つめしょ》をほぼ同時に襲《おそ》った。

自分達の邪魔《じゃま》が出来るだけの力を持った相手を、連携《れんけい》させる事無く、最初に潰《つぶ》しに掛《か》かったのである。

「私と遊んでくれる？」

リゼルという名の少女召喚士《しょうかんし》は、そう言って——再び猫《ねこ》のように、にんまりと笑った。

†

「しっかり——」

重傷を負ったホールデン支部長に肩《かた》を貸しながら、エミリアは支部の一階へと繋《つな》がる階段を降りていた。

「………………」

ホールデン支部長は歩いてはいるものの、意識は朦朧《もうろう》としているようで、エミリアの声にも返事をしない。

二度目の爆発《ばくはつ》の際——建物そのものに対して仕掛《しか》けられた攻撃《こうげき》に巻き込まれたらしく、エミリアは廊下《ろうか》に血塗《ちまみ》れで倒《たお》れていた彼を見つけたのである。

彼女の脇《わき》には気遣《きづか》わしげな表情の〈フェアリー〉エルーシャが寄《よ》り添《そ》っている。

支部長が受けた傷はエルーシャの力で応急処置を済ませてはいたが、流した血の量が多く、傷を塞《ふさ》いだだけでは安心出来ない状態だった。

改めて何処《どこ》かに運んで輸血するなり、〈浄化の手招き《ピュリフィケーション》〉以外にも治療《ちりょう》のための魔術《まじゅつ》を重《かさ》ね掛《が》けしなければならない。

ただ――

「…………」

エミリアの表情は恐怖《きょうふ》に引《ひ》き攣《つ》っていた。

ホールデン支部長を巻き込んだ二度目の爆発《ばくはつ》。

あれは、召喚士《しょうかんし》と召喚獣《しょうかんじゅう》によるものだった。

爆発の直後、二階の窓から飛び込んできた彼等は、支部長を傷つけたのみならず、愉《たの》しげに笑いながら、その場に居たエミリアにも攻撃《こうげき》を仕掛《しか》けてきた。

これに対しエミリアは――エルーシャを喚《よ》び出して〈水柱《アクアハリケーン》〉と〈睡眠《スリープ》〉の連撃《れんげき》で召喚《しょうかん》士《し》と召喚獣《しょうかんじゅう》を制圧した。

咄嗟《とっさ》の対応としては見事なものだったろう。

十四年ぶりの戦闘《せんとう》なら尚更《なおさら》の話である。

ただ――

（あの召喚士《しょうかんし》と召喚獣《しょうかんじゅう》……死んでない……よね……？）

咄嗟《とっさ》の事で手加減が出来なかった。

〈睡眠《スリープ》〉は基本、其《そ》の名の通り眠《ねむ》りを対象に強制する力で、殺傷力は無いと言われているが――いきなり昏倒《こんとう》する為《ため》、転倒《てんとう》して頭を打つ、骨を折る、という事は有り得る。

先の〈水柱《アクアハリケーン》〉で致命《ちめい》的な傷を負っていたという可能性も在る。

何にしても――

（私は……私やユウゴは……師匠《せんせい》みたいにはならないっ……！）

簡単に人を殺せる力がある。

だから人を殺す――それは野獣《ケダモノ》の理屈《りくつ》だ。

理性在る人間だから、その力を持っていたとしても、御《ぎょ》して、敢《あ》えて使わない――それが召《しょう》喚士《かんし》の、いや、人間の在り方なのだとエミリアは考えている。

棍棒《こんぼう》や刃物《はもの》だって最初は武器であったのだろう。

だがそれで同じ人を傷つけ殺すのではなく、別の使い方をして、他者と手を取り合い、より豊かに生きる方法を、大多数の人は選んだ。

出来るからする、ではない。

出来てもしない、敢《あ》えてやらない、からこそ別の道を見つけられる。

料理を作ったり。

田畑を耕したり。

病気を治したり。

絵画を描《えが》いたり。

…………

だから人間の世界には文明があり、だから召喚獣《しょうかんじゅう》達とも力を合わせて栄える事が出来るのだ。エミリアはあの日以来、そう自分に言い聞かせてこの十四年間を生きてきた。

だが……

「――！」

ホールデン支部長と共に、階段を降りきって一階の床《ゆか》に脚《あし》を降ろす。

何かが燃えているのだろう。一階には白い煙《けむり》と焦《こ》げ臭《くさ》い匂《にお》いが立ちこめ、時折、炎《ほのお》のものらしい光が揺《ゆ》らめいては消える。

「…………」

まるで十四年前のあの日の再来のように、何もかもが曖昧《あいまい》で……自分は未《ま》だあの悪夢に囚《とら》われているのかとすら、エミリアは思った。

そして――その、何もかもを朧《おぼろ》に霞《かす》ませる煙《けむり》の向こうに、見覚えのある影《かげ》を見て、エミリアは凍《こお》り付《つ》いた。

「マクシミリアン……！」

通路の先、玄関堂《ホール》の真ん中。

そこに飄然《ひょうぜん》と立っているのは〈ウェポンマスター〉ことマクシミリアン、即《すなわ》ちエミリアの師匠《ししょう》オウマ・ヴァーンズの召喚獣《しょうかんじゅう》だった。

「…………」

いや。先にオウマの姿を見ている以上、ここにマクシミリアンがいる事には何も不思議は無い。驚《おどろ》くには値《あたい》しない。エミリアが身を強張《こわば》らせたのは、十四年前の忌《い》まわしい記憶《きおく》と現在が繋《つな》がったからだ。

一撃《いちげき》で人間の首を刎《は》ねた召喚獣《しょうかんじゅう》。

いや。一体で魔術師《まじゅつし》組合の人間を半数以上、殲滅《せんめつ》したバケモノ。

あの時の再現だ――とでも言うかの様に、今、マクシミリアンの周囲には魔術師《まじゅつし》組合の人間の死体が幾《いく》つも転がっていた。生死は確かめるまでもない。首を切り落とされて生きていられる人間は居ない。

「エミリア――」

「だ……大丈夫《だいじょうぶ》」

こみ上げてくる吐《は》き気《け》を無視し、気力を振《ふ》り絞《しぼ》って声を掛《か》けてくるエルーシャに頷《うなず》く。

ここで気絶してしまったら、肩《かた》を貸しているホールデン支部長まで死なせる事になってしまうからだ。

「――おや」

血と、そしてものの焼《や》け焦《こ》げる匂《にお》いと……それらが混ざり合った凄惨《せいさん》な空気にはおよそ似つかわしくない、穏《おだ》やかな声が投《な》げ掛《か》けられる。

「エミリア――ですか？　久しぶりですね」

十四年ぶりに耳にする師の声。

エミリアは脇腹《わきばら》の古傷が再び痛み始めるのを感じていた。

「息災でしたか？」

かつて自分がエミリアに対して行った事を忘れ果てたかのように、柔《やわ》らかな笑顔《えがお》でそう問いながら、エミリアの師匠《ししょう》だった人物は――オウマ・ヴァーンズは堂々と魔術師《まじゅつし》組合の建物に足を踏《ふ》み入《い》れてきた。

当時と異なるのは……今、彼の左右には人間の男女が一人ずつ付き従い、更《さら》には召喚獣《しょうかんじゅう》が一体ずつ随行《ずいこう》している事だった。

炎《ほのお》の如《ごと》く揺《ゆ》れる蒼《あお》い鬣《たてがみ》の獣《けもの》は〈イヌガミ〉。

骸骨《がいこつ》めいた顔をした紅衣《べにごろも》の人影《ひとかげ》は〈グリムリッパー〉。

共に先に、事務所の二階から見た召喚獣《しょうかんじゅう》だが――

（召喚士《しょうかんし》が……三人……いえ、先の一人を含《ふく》めれば四人……）

それは最早《もはや》、完全武装の兵士千人とでも渡《わた》り合《あ》える戦力だ。

恐《おそ》らくオウマの左右の男女は召喚士《しょうかんし》だろう。

召喚士《しょうかんし》一人につき召喚獣《しょうかんじゅう》は一体。

それはかつて天才と評された召喚士《しょうかんし》オウマも、そして同じく師に迫《せま》る実力があるとされたエミリアも、覆《くつがえ》す事が出来ない絶対的な『決まり』だった。

「十五……いえ、十四年ぶりでしたか。久しぶりの師弟《してい》の再会ともなれば、積もる話もあるかもしれませんが――」

オウマの口調はやはり落ち着いていて、何の色も帯びていない。

（この人は……）

やはりもう人の心を持っていない。

この話しぶりは――別に質《たち》の悪い諧謔《かいぎゃく》でも、偽悪《ぎあく》を気取っているのでもない。完全に素だ。

本当に何の罪悪感もこの男は抱《いだ》いていない。

そも十四年ぶりに再会したエミリアに対して掛《か》ける言葉がそれか。

実の子であるユウゴの事に言及《げんきゅう》すらしない。恐《おそ》らく彼の事など興味の範疇《はんちゅう》外なのだろう。

（師匠《せんせい》……）

オウマ・ヴァーンズとは、元々こういう人間だったのか。それに愚《おろ》かな周りの人間が気がつかなかっただけなのか。

それとも妻と死別した時に、密《ひそ》かに変わってしまったのか。

そこまではエミリアにも分からないが——

「私は少々急いでいましてね。話はまたの機会に。それよりも零番倉庫《ゼロ》の鍵《かぎ》を渡《わた》して欲しいのですが」

「零番倉庫《ゼロ》——」

このブロドリック支部に限らず——各地の魔術師《まじゅつし》組合の建物は、大抵《たいてい》、地下に『零《ゼロ》』の番号が振《ふ》られた特殊《とくしゅ》な倉庫を備えている。

およそ考え得る限りに頑丈《がんじょう》に作られたそこには、魔術師《まじゅつし》組合によって『一般人《いっぱんじん》には扱《あつか》いきれない危険物』と判断された品が保管——いや封印《ふういん》されているのだ。

当然、普通《ふつう》の人間は出入り出来ない。

組合所属の魔術師《まじゅつし》が、自らの肉体を——『生きた人間』の持つ魔力《まりょく》特性そのものを『鍵《かぎ》』として登録し、零番倉庫《ゼロ》の扉《とびら》を解錠《かいじょう》する。

エミリアもホールデン組合支部長も共に登録者だ。

かつてはオウマもその登録者だったが、当然、十四年前の一件以来、彼の登録は抹消《まっしょう》されていた。

「今更《いまさら》、今更《いまさら》何の用なのですか、師匠《せんせい》——いえ、オウマ・ヴァーンズ！」

「まさに、まさに今更《いまさら》ですね」

オウマは眼《め》を閉じて、過去に思いを馳《は》せるかのように言った。

「私とした事が初歩的な失敗をしてしまいました。探し求めていたものが、実は始まりの地に在ったなど――」

――轟音《ごうおん》。

鋭《するど》くも重いそれが、オウマの言葉を遮《さえぎ》った。

それも――幾《いく》つもの音が重なり合って。

（あれは――）

吹《ふ》き抜《ぬ》け構造になっている玄関堂《ホール》――その二階部分の張り出し廊下《ろうか》で、一斉《いっせい》に小銃《ライフル》を手にした男達が二十名ばかり、立ち上がる処《ところ》だった。

恰好《かっこう》からして魔術師《まじゅつし》組合が警備として雇《やと》っている傭兵《ようへい》だろう。

襲撃者《しゅうげきしゃ》が召喚士《しょうかんし》だと知って、警告無しに一斉射撃《いっせいしゃげき》を仕掛《しか》けるという行動に出たのだ。エミリアと組合支部長が、オウマ等と一定の距離《きょり》があった事も――斉射《せいしゃ》に巻き込まれる可能性が低い事も、彼等が不意打ちに踏《ふ》み切《き》った理由だろう。

基本的に普通《ふつう》の人間は如何《いか》に武装していたとしても、召喚士《しょうかんし》と召喚獣《しょうかんじゅう》の組み合わせには勝てない。普通《ふつう》の人間同士の戦いとは理《ことわり》が違《ちが》うのだ。

だからこそ一方的に攻撃《こうげき》するしか——奇襲攻撃《きしゅうこうげき》しか、普通《ふつう》の人間が召喚士《しょうかんし》や召喚獣《しょうかんじゅう》に勝つ方法が無い。

しかし——

「畳《たた》み掛《か》けろ!」

指揮官らしき傭兵《ようへい》がそう指示を出す。

屋内での発砲《はっぽう》の際に閃光《せんこう》で目が眩《くら》んだか、硝煙《しょうえん》に遮《さえぎ》られて、オウマ達の状態が確認《かくにん》出来なかったのか。あるいは単に念には念をという考え方からか——傭兵《ようへい》達の小銃《ライフル》は上下二連銃身《じゅうしん》なので、二発までは間髪容《かんはつい》れずに撃《う》つ事が出来る。

だが——

「駄目《だめ》、逃《に》げ——」

エミリアの声は届かない。

彼女の位置からはオウマを含《ふく》めた三人の召喚士《しょうかんし》と召喚獣《しょうかんじゅう》が、無傷である事が見て取れた。〈イヌガミ〉と〈グリムリッパー〉、それに〈ウェポンマスター〉が同時に動いて、銃弾《じゅうだん》の雨を防いだのだろう。

一瞬《いっしゅん》の事だったので、それぞれどう動いたのかはエミリアにも視認《しにん》出来なかったが——これが召喚獣《しょうかんじゅう》の強み、単なる『武器』とは異なる恐《おそ》ろしさだ。

彼等はあくまで意思を持った生き物であり、この世界の理《ことわり》からも半ば外れた存在である。そして必要とあれば主《あるじ》である召喚士《しょうかんし》を守るために独自に動く事が出来る——

——二度目の轟音《ごうおん》。

「——〈無影乱舞《シャドウレスダンス》〉」


マクシミリアンの呟《つぶや》きは、耳を聾《ろう》さんばかりの銃声《じゅうせい》の中でも、何故《なぜ》かはっきり聞き取れた。

同時にマクシミリアンが身に着けている幾《いく》つもの武器が、持ち主の身体《からだ》から離《はな》れて空中に浮《う》かび上《あ》がる。

剣《けん》。斧《おの》。銃《じゅう》。槍《やり》。

それらが一斉《いっせい》に二階に向けて——張り出し廊下《ろうか》の傭兵《ようへい》達に向けて殺到《さっとう》したのは次の瞬間《しゅんかん》だった。〈ウェポンマスター〉の名は伊達《だて》ではない。マクシミリアンにとって身に帯びる武器は全て己《おのれ》の手足に等しいのだ。

「うおあっ⁉」

まるで爆裂《ばくれつ》したかのように二階の張り出し廊下《ろうか》が崩壊《ほうかい》する。

傭兵《ようへい》達は吹《ふ》っ飛ばされ、あるいはマクシミリアンの凶器《きょうき》に身体《からだ》を切り刻まれて、瓦礫《がれき》と共に一階へと落下していた。

そこに——

「駆逐《くちく》しろ！」

「皆殺《みなごろ》しだ！」

召喚士《しょうかんし》の命令を受けて〈イヌガミ〉と〈グリムリッパー〉が奔《はし》った。

「ぎゃあああっ⁉」

「くそっ、やめ――」

未《ま》だ息のある傭兵《ようへい》達は、武器を掲《かか》げて応戦しようとするが――

「……うふ。うふ。……〈グリムサイズ〉」

その骨丸出しの身体《からだ》の、何処《どこ》から声を出しているのか。

髑髏顔《どくろがお》の〈グリムリッパー〉は笑いながら傭兵《ようへい》の一人の首をその大鎌《おおがま》で刈《か》り取《と》ると――殺した相手の命の力を得て超《ちょう》高速化、近くに居たもう一人に斬《き》り掛《か》かっていた。

「～～～ッ！」

〈イヌガミ〉も同様――一人目を嚙《か》み殺《ころ》したかと見えた瞬間《しゅんかん》、時間が止まったかのような超《ちょう》高速《こうそく》移動で、もう一人に襲《おそ》い掛《か》かっている。

一人を殺す時間で二人を殺す。

二人を殺す時間で四人を殺す。

そういう理外の怪物《かいぶつ》達なのである。

普《ふ》通《つう》の人間が――たとえ数と武器を揃《そろ》えても勝てる道理が無い。

しかし……

——銃声《じゅうせい》。間髪《かんはつ》容れずに二度。

「——おや？」

オウマが瞼《まぶた》を開いて首を傾《かし》げるのと——彼の左右に立っていた召喚士《しょうかんし》らしい男女が、倒《たお》れるのは同時だった。

彼等の側頭部には小さな穴が——銃創《じゅうそう》がぽつんと穿《うが》たれていた。

「あれは——」

オウマがふと顔を上げる。

エミリアも彼が目を向けている先に視線をやって——気がついた。

少し癖毛《くせげ》でくすんだ金髪《きんぱつ》の傭兵《ようへい》が一人、殆《ほとん》ど崩落《ほうらく》した張り出し廊下《ろうか》の端《はし》に引っかかっている。

彼が——召喚士《しょうかんし》達を狙撃《そげき》したのだろう。

傭兵《ようへい》は予備のものらしい小銃《ライフル》を投げ捨てると、身軽な動きで崩《くず》れ残った張り出し廊下《ろうか》の上に登る。

「——ッ‼」

二体の召喚獣《しょうかんじゅう》が、二階に向けて跳躍《ちょうやく》するが——しかしその姿は空中で確固たる輪郭《りんかく》を失い、瞬《またた》く間《ま》に虚空《こくう》に溶《と》けて消えていた。

召喚士《しょうかんし》という『因』を失い、そこからの魔力《まりょく》供給を失った召喚獣《しょうかんじゅう》は、この世界に留《とど》まる事が出来ないのだ。

「へっ――」

傭兵《ようへい》は口《くち》の端《はし》に野太い笑《え》みを浮《う》かべる。

張り出し廊下《ろうか》の残骸《ざんがい》に片手でぶら下がった状態、しかも片手保持の小銃《ライフル》で、屋内とはいえ二人を狙撃《そげき》、射殺してのけたのだ。

それだけでも傭兵《ようへい》としては相当な凄腕《すごうで》だと分かる。

だが――

「さすがにあれは少し、うるさいですね、マクシミリアン？」

オウマが呟《つぶや》くように言う。

「除《の》けてください」

「……御意《ぎょい》」

たん、と床《ゆか》を蹴《け》って二階の高さにまで跳《は》ね上《あ》がるマクシミリアン。

距離《きょり》を置いての不意打ち以外に、普通《ふつう》の人間が召喚獣《しょうかんじゅう》に真正面から相対して勝つ方法は無い。傭兵《ようへい》は次の瞬間《しゅんかん》には、マクシミリアンに首を刎《は》ねられている――筈《はず》だったが。

「――こんのバケモノっ！」

傭兵《ようへい》が、咄嗟《とっさ》に、懐《ふところ》から取り出した何かを投げる。

次の瞬間《しゅんかん》——閃光《せんこう》が迸《ほとばし》った。

「——!」

それは傭兵《ようへい》の投擲《とうてき》した何かの威力《いりょく》か、あるいはマクシミリアンの攻撃《こうげき》の威力《いりょく》か、それとも、その両者がぶつかり合った相乗効果なのか。

爆音《ばくおん》が組合の建物全体を揺《ゆ》るがし、衝撃波《しょうげきは》が広がる。

「くっ——」

エミリアとエルーシャは、負傷したホールデン支部長共々、薙《な》ぎ倒《たお》されないように防御《ぼうぎょ》するだけで精一杯《せいいっぱい》だった。

†

『いざ戦いとなれば召喚士《しょうかんし》は召喚士《しょうかんし》にしか倒《たお》せない』

しばしば人々の口に上る話である。

だがこれは厳密に言えば『扱《あつか》う力の大きさ』や『召喚獣《しょうかんじゅう》による攻撃《こうげき》の素早《すばや》さ』のみを問題にしているわけではない。

召喚士《しょうかんし》には知識が在る。

召喚術《しょうかんじゅつ》を扱《あつか》う上で当然の事だが、召喚士《しょうかんし》は基本的に召喚獣《しょうかんじゅう》について知悉《ちしつ》している。過去に召喚士《しょうかんし》達が行った召喚《しょうかん》の記録に眼《め》を通し、多種多様な召喚獣《しょうかんじゅう》達の生態や能力についての情報を蓄《たくわ》えている。

自分自身が召喚《しょうかん》した召喚獣《しょうかんじゅう》と契約《けいやく》を結ぶ際、そうした知識が無ければ扱《あつか》いを誤る事も在るからだ。宝の持《も》ち腐《ぐさ》れになるなら未《ま》だ良い方で……互《たが》いに魔力《まりょく》で繋《つな》がっているため、召喚士《しょうかんし》と召喚獣《しょうかんじゅう》の双方《そうほう》が衰弱《すいじゃく》してしまう場合すら在る。

故《ゆえ》に――召喚士《しょうかんし》同士が戦う場合、相手の召喚士《しょうかんし》が連れている召喚獣《しょうかんじゅう》について、一見しただけでも『どんな能力が在るのか』について想像がつくし、そこから『どんな攻撃《こうげき》を仕掛《しか》けてくるのか』『どうそれを防げばよいのか』についても思い至り易《やす》い。

「――ッ！」

閃光《せんこう》が奔《はし》る。

文字通りに光の速さで〈雷帝《らいてい》〉から飛んで来た稲妻《いなずま》を、しかしユウゴとカミラは辛《かろ》うじてかわす事が出来た。

「あぶねぇ……！」

勢い余ったか、蒼《あお》い白い稲妻《いなずま》が濡《ぬ》れた路面でぱちりと音を立てて跳《は》ねるのを見て、ユウゴは呟《つぶや》く。

勿論《もちろん》、光に優《まさ》る速度で動ける筈《はず》が無い。

ユウゴらが回避《かいひ》出来たのは、〈雷帝《らいてい》〉相手だと稲妻《いなずま》が来る、と先に心構えが出来ていたからである。

雷《かみなり》を投げてくる遠距離《えんきより》攻撃《こうげき》型の〈雷帝《らいてい》〉は格闘《かくとう》戦型の〈ヴァルキリー〉に対して自ら近づいてくる事は無い筈《はず》だ。ならば相手が狙《ねら》いを定める瞬間《しゅんかん》を見極《みきわ》めて、その瞬間《しゅんかん》に跳《と》び退《の》けば、相手の攻撃《こうげき》は空《くう》を切る。

理屈《りくつ》ではそうなのだが——

「避《よ》けたわね」

と〈雷帝《らいてい》〉の召喚士《しょうかんし》らしき赤毛の少女——『リゼル御嬢《おじょう》』と呼ばれていた——は、必殺である筈《はず》の初撃《しょげき》をかわされても、さして慌《あわ》てた風も無く、むしろ愉《たの》しげに笑《え》みすら浮《う》かべている。

「少しは愉《たの》しめそうじゃない？」

「俺は愉《たの》しみたくなんかないんだよ！」

言いながらユウゴは身構える。

リゼルの脇《わき》でバーレイグと呼ばれていた〈雷帝《らいてい》〉が、次の攻撃《こうげき》の準備をしているのが見えたからだ。リゼルの方に意識を向けたままだと、回避《かいひ》が遅《おく》れる。むしろリゼルはリゼルでそれを期待して、わざわざ、戦闘《せんとう》の最中に話しかけてきているのだろう。

「じゃあ次は——」

とリゼルは首を傾《かし》げて。

「〈落　雷《ライトニング・ストライク》〉の連撃《れんげき》、いってみようか」

その言葉と同時に〈雷帝《らいてい》〉の持つ杖《つえ》が、閃光《せんこう》を発する。

「――っ！」

立て続けの五連撃《れんげき》。

咄嗟《とっさ》にユウゴとカミラは、近くの建物から路上に張り出していた、大きな看板の陰《かげ》に隠《かく》れる。

看板は木製だが、それだけに絶縁性《ぜつえんせい》は高い筈《はず》――と読んだのである。充分《じゅうぶん》に稲妻《いなずま》を防ぐ盾《たて》になり得る。

ただ――

「――ぐあっ⁉」

次の瞬間《しゅんかん》、ユウゴは全身に走る強烈《きょうれつ》な痛みに、思わず声を上げていた。

足がもつれて、その場に転倒《てんとう》する。身体《からだ》の感覚が半ば麻痺《まひ》していて思うように動かない。

これは――稲妻《いなずま》を喰《く》らったのか。

だが、確かに防いだ筈《はず》――

「お馬鹿」

とリゼルが笑う。

「雨の日に〈雷帝《らいてい》〉と戦うのがどれだけ無謀《むぼう》か、考えなかったの？　召喚士《しょうかんし》のくせに？」

「我が君！」

立ち上がる事も出来ずにもがくユウゴを、カミラが抱《かか》えて浮《う》かび上《あ》がる。彼女は攻撃《こうげき》を喰《く》らっていないようだが――

（……路面か！）

五連撃《ごれんげき》。文字通りに瞬《また》く間《ま》に畳《たた》み掛《か》ける連続攻撃《こうげき》。

だが一瞬《いっしゅん》で五回の稲妻《いなずま》を、同じ場所に向けて発する事に、意味は無い。連撃《れんげき》は同じ攻撃《こうげき》を続けるのではなく、微妙《びみょう》に角度や狙点《そてん》を変えるからこそ相手を追い詰《つ》める事が出来るからだ。

そして――先に〈雷帝《らいてい》〉が発した五連撃《れんげき》のうちの二発は、やや下向きに放たれていた。ユウゴが盾《たて》にした看板ではなく、濡《ぬ》れた路面に命中し、そこを伝わり、ユウゴの足を這《は》い上《あ》がる様にして彼を痛めつけたのだ。

カミラが無傷なのは、彼女が空中に浮《う》かんでいたからだ。

彼女に抱《かか》えてもらったユウゴは、もう路面を伝わる雷撃《らいげき》を喰《く》らう事は無いが――カミラ単身での移動に比べるとどうしても速度が落ちる。

また、いかに直撃《ちょくげき》はしていないとはいえ、召喚士《しょうかんし》と召喚獣《しょうかんじゅう》は繋《つな》がっている以上、カミラも、ユウゴの感じた痛みも痺《しび》れや一部は味わっている筈《はず》だ。

次はかわせるかどうか。

（くっそ……喧嘩《けんか》とは勝手が違《ちが》うか、やっぱり）

素手《すで》の殴《なぐ》り合《あ》いで稲妻《いなずま》を投げてくる奴《やつ》は居ない。

ただ——

「これじゃあ、次でもう終わっちゃうね。つまんない。君、もうちょっと頑張《がんば》って、私に対召喚士《しょうかんし》戦の経験、積ませてよ?」

とリゼルは余裕《よゆう》の笑《え》みを浮《う》かべながらそんな事を言ってくる。

ユウゴにつけ込む隙《すき》があるとすれば、彼女がユウゴを『容易《たやす》く倒《たお》せる相手』と舐《な》めてかかっている内だが……

(……待てよ?)

カミラに抱《かか》えられて移動しながらふとユウゴはある事に思い至って口の中で呪文《じゅもん》を唱える。

〈遠見《ユニバーサルスコープ》〉の魔術《まじゅつ》だ。

(あいつは衛士隊を全滅《ぜんめつ》させたって言ってたな)

これだけの騒《さわ》ぎで一人の衛士も駆《か》けつけてこないところを見ると、それははったりではないのだろう。

だが……それが本当だとして。

百人以上の衛士を、一人ずつ雷撃《らいげき》で撃《う》ち倒《たお》していったわけでもあるまい。そんな悠長《ゆうちょう》な事をしていたら、むしろ回り込んだ衛士に弓矢なり銃《じゅう》なりで背後から攻撃《こうげき》を喰《く》らいかねない。

格闘戦《かくとうせん》型である〈ヴァルキリー〉のカミラですら、対集団攻撃《こうげき》用の戦技《スキル》を持っているのだ。

〈雷帝《らいてい》〉がその種の攻撃《こうげき》手段を備えていない筈《はず》がない——容易《たやす》く避《よ》けられる『点』ではなく

『線』でもなく、回避《かいひ》そのものが極《きわ》めて困難な『面』を攻撃《こうげき》する戦技《スキル》を。

では何故《なぜ》それを使って一気にユウゴとカミラを薙《な》ぎ払《はら》わない？

ユウゴとカミラを目で追うばかりで、リゼル自身は先程《さきほど》から、全く動いていない。〈雷帝《らいてい》〉も召喚士《しょうかんし》を守る必要性からか、同様だが――

（……やっぱりか）

〈遠見《ユニバーサルスコープ》〉の魔術《まじゅつ》でユウゴは視点を変えて現場を真上から見下ろす。

最初にユウゴとカミラが倒《たお》した無法者達、十人余りがあちらこちらに倒《たお》れたままである。残りの十人は、ユウゴらの相手をリゼルらに任せ、仲間を救護する事も無く既《すで》に魔術師《まじゅつし》組合の建物の中に入っている。

（面攻撃《めんこうげき》、しないんじゃない――出来ないんだ）

面攻撃《めんこうげき》を――範囲《はんい》攻撃《こうげき》をすれば、仲間を巻き込む。

そもそも倒《たお》されていなかった十人がリゼルらの支援《しえん》に回らず迅速《じんそく》に現場を離《はな》れたのも、自分達の存在が足を引っ張りかねないと理解していたからだろう。

（余裕《よゆう》かましてべらべら喋《しゃべ》ってるのも――）

実際には、ユウゴが移動してリゼルらから見て『攻撃《こうげき》しやすい』位置に来るのを待っているのではないか？

（路面が濡《ぬ》れてるから、さっきみたいに、『盾《たて》』を迂回《うかい》して稲妻《いなずま》がこっちを攻撃《こうげき》してくるけど……）

その一方で、濡《ぬ》れた路面に触《ふ》れた〈落　雷《ライトニング・ストライク》〉の威力《いりょく》は急速に拡散し、その影響範囲《えいきょうはんい》は著《いちじる》しく縮小してしまう。

逆に言えば、リゼルらは、一定の威力《いりょく》で単体攻撃《こうげき》をしている限り、広範囲《こうはんい》に〈落　雷《ライトニング・ストライク》〉の威力《いりょく》が広がって仲間を巻き込む可能性は低いのだ。

だから――

（間に倒《たお》れた連中を挟《はさ》んでやれば、あいつら、攻撃《こうげき》しにくいんだ）

ならば戦いようはある。

「――我が君」

気遣《きづか》わしげに声を掛《か》けてくるカミラ。

彼女に――

「……俺の言った通りに動いてくれ」

ユウゴはそう囁《ささや》いた。

†

魔術師《まじゅつし》組合ブロドリック支部地下――零《ゼロ》番倉庫。

そこには魔術師達《まじゅつし》が、一般人《いっぱんじん》には扱《あつか》いかねると判断した品々が厳重に保管されている。

その内訳は旧時代の魔術師《まじゅつし》達が造り上げた遺物が殆《ほとん》どだ。

「かつての召喚士《しょうかんし》達、私達の先達は、相争う中で、世界を滅《ほろ》ぼしかけた事があるそうです」

「その『世界滅亡《めつぼう》の危機』に際しては、大戦争もかくやというほどの死傷者が出て、無数の町や村が焼かれたのだとか」

「なので後世の人々はその一件を『大災厄《だいさいやく》』と呼んでいます」


具体的に何がどう起こったのかは……直《じか》に知る者はもう居ない。

また召喚士《しょうかんし》達の『暴走』による暗黒時代の記録は、人命と共にその多くが失われ、魔術《まじゅつ》に絡《から》んだ多種多様な技術も、失われて久しい。

だからこそ『大災厄《だいさいやく》』以前のものと思《おぼ》しき遺跡《いせき》からの発掘品《はっくつひん》、回収品は、まず魔術師《まじゅつし》達の元に運ばれて検査・検分されるのが常だ。

そして『危険性は無い』と判断された品は、市場に出回る。

一方で『危険性が在る』と判断されたもの、あるいは『危険性があるかどうか判別がつかない』ものは、零番《ゼロ》倉庫に保管される。

そして……

「市場に出回る〈大災厄《だいさいやく》〉以前の品は、大抵《たいてい》の場合に高値がつきます。魔術師《まじゅつし》組合の重要な収入源の一つですね」

もう手に入らない、失われた技術の産物ともなれば、好事家《こうずか》、権力者、そういった者達が金に糸目をつけずに欲《ほ》しがるからだ。

『旧時代の遺品』は今や『宝物』と同義。

当然、魔術師《まじゅつし》組合から強奪《ごうだつ》しようと考える者も出てくる。

そうした不埒者《ふらちもの》を撃退《げきたい》するために、零番《ゼロ》倉庫には大抵《たいてい》、『倉庫番』が居る――それ自体が旧時代の遺品とも言われる存在が。

即《すなわ》ち……

「――ふむ」

オウマは首を傾《かし》げて眼《め》の前《まえ》の二体の巨大《きょだい》な『倉庫番』を眺《なが》めた。

彼のすぐ横には此処《ここ》に来る途中《とちゅう》で拾った、年配の女性が一人、転がっている。恰好《かっこう》からして魔術師《まじゅつし》組合の関係者だ。

零番《ゼロ》倉庫を開けるための『生きた鍵《かぎ》』として〈ウェポンマスター〉に引きずらせ、連れてきたわけだが……無理をさせたせいか、あるいは雑な扱《あつか》いで頭でも打ったか、『解錠《かいじょう》』作業の途《と》中《ちゅう》で死んでしまった。

その結果、零番《ゼロ》倉庫への不正な侵入行為《しんにゅうこうい》と見做《みな》されたらしく『倉庫番』が起動してしまったようだった。

即《すなわ》ち――

「相も変わらずストーンゴーレムの『倉庫番』ですか」

ストーンゴーレム。

石の身体《からだ》を備え、人間に倍する身《み》の丈《たけ》と、人間とは桁違《けたちが》いの膂力《りょりょく》を備えた自動人形である。

先程《さきほど》までそれら二体は、倉庫《そうこ》扉《とびら》の両脇《りょうわき》にそびえる石の柱だったのだが……今やそれらは、ぎちぎちと音を立てながら、組木細工の様に部品を入《い》れ替《か》えて変形――折《お》り畳《たた》まれていた両手を伸《の》ばして、彼に掴《つか》みかかろうとしていた。

「経験から学ぶという事を知らないのでしょうか。単なる停滞《ていたい》を伝統と言《い》い換《か》えて得られるものが何かあるとでも？」

人間など一瞬《いっしゅん》で握《にぎ》りつぶせる石の掌《てのひら》が左右から迫《せま》ってくるというのに、オウマに慌《あわ》てた様子は無い。

「ああ、それとも、ストーンゴーレム以上の『倉庫番』を用意できなかったのかもしれませんね。それは気の毒な事です」

そう言うオウマの肩《かた》に石の指が触《ふ》れた――その瞬間《しゅんかん》。

――ぎぢっ！

岩がこすれ合い軋《きし》むかのような異音。

次の瞬間《しゅんかん》、ごつりと音を立てて、ストーンゴーレムの手は、手首から切断されて落下、床《ゆか》にめり込んでいた。

右も左もほぼ同時に――だ。

「…………」

言うまでもなくオウマの傍《そば》に侍《はべ》るマクシミリアンの仕業《しわざ》である。

「マクシミリアン。任せましたよ」

そうオウマが告げ、マクシミリアンは小さく頷《うなず》く。

腕《うで》を落とされたとはいえ、血も通わぬ石像は、痛がりもしなければ怯《ひる》みもしない。

それどころか――ストーンゴーレム達が落ちた腕《うで》を拾って、切断面を合わせると、どういう理屈《りくつ》か瞬《また》き二つ三つの間にこれらは接合し、その指が元通りに動き始めた。

轟音《ごうおん》と異音が地下の通路に響《ひび》く。

ごつりごつりと岩のこすれ合う音を立てて、先にも勝《まさ》る勢いでマクシミリアンに掴《つか》みかかるストーンゴーレム達。

「………」

だがマクシミリアンもまた怯《ひる》む様子も無く、その両腕《りょううで》に武器を携《たずさ》えてストーンゴーレムの攻撃《こうげき》を弾《はじ》き、あるいは受け流して、そこから攻撃《こうげき》へとつなげていった。

火花が散り、石片《せきへん》が飛び、打音が響《ひび》く。

マクシミリアンとストーン・ゴーレム二体は、まるで三体揃《そろ》って踊《おど》っているかのように、互《たが》いに位置を変えながら、腕《うで》を振《ふ》り、一定の調子で撃《う》ち合っていく。

しばらくは拮抗《きっこう》しているだろう。

その様子を一瞥《いちべつ》してから、オウマは呪文《じゅもん》を唱えて扉《とびら》に触《ふ》れた。

やがて――

「――ふむ」

ぱちん、と何かが弾《はじ》ける音が響《ひび》いたその後、分厚い鉄製の扉《とびら》が、音もなく左右に開いていく。

濃密《のうみつ》な闇《やみ》の凝《こ》った内部を曝《さら》け出《だ》す零番《ゼロ》倉庫。

そこにオウマは躊躇《ちゅうちょ》なく足を踏《ふ》み入《い》れた。

「………」

続けてオウマはまた別の呪文《じゅもん》を唱える。

程《ほど》なくして彼の頭上に魔術《まじゅつ》の明かりが――光球《こうきゅう》が生まれる。それは歩みを進めるオウマに付き従い、彼の頭上に定位し続けた。

「……さて」

零番《ゼロ》倉庫の中には三列の棚《たな》が在った。

壁際《かべぎわ》の二つと真ん中の一つ――そこに、あるものは布に包まれて、あるものは硝子瓶《ガラスびん》に入れられて、またあるものは鉄の箱に入れられて、何十何百の『遺品《アーティファクト》』が安置されている。

その全てを持ち去って売り払《はら》えば一生遊んで暮らせるだけの財が手に入《う》るだろう。

だがオウマはそれらの『遺品』には興味が無いようだった。

彼は迷う事無く真《ま》っ直《す》ぐ倉庫の奥へと向かい――真ん中の棚《たな》の端《はし》で足を止める。

「…………おや？」

オウマは薄闇《うすやみ》の中で目を瞬《まばた》かせた。

彼が眼《め》を向けた先には、掌《てのひら》に乗る程《ほど》の四角い箱が在る。

まるで宝石箱のような造りのそれは、しかし既《すで》に開いていていた。

中身は――無い。

布張りされたその中には、大きめの硬貨《コイン》か、さもなければ何かの勲章《メダル》を収めていたと思《おぼ》しき丸く浅いくぼみが二つ残っているだけだ。

「よもや――既《すで》に？」

そう呟《つぶや》いて首を傾《かし》げるオウマ。

彼の背後で――二体のストーン・ゴーレムが揃《そろ》って機能核《きのうかく》を貫《つらぬ》かれて倒《たお》れたのは、次の瞬《しゅん》間《かん》だった。

†

「──粘《ねば》るわね」

赤毛の少女召喚士《しょうかんし》リゼルはユウゴらをそう評してきた。

既《すで》に彼女と〈雷帝《らいてい》〉バーレイグの攻撃《こうげき》を、ユウゴとカミラはギリギリながらも、五回にわたって回避《かいひ》しているからだ。

〈遠見《ユニバーサルスコープ》〉の魔術《まじゅつ》で上から彼女と自分の位置を確認《かくにん》し、間に倒《たお》れている無法者が来るようにして『盾《たて》』にする。

〈落雷《ライトニング・ストライク》〉の稲妻《いなずま》が飛んで来た際には、カミラがユウゴを引っ張って一瞬《いっしゅん》、空中に逃《に》げる事で、濡《ぬ》れた地面を伝わってくる攻撃《こうげき》を回避《かいひ》する。

これをユウゴらは繰《く》り返《かえ》してきたのだが──

「さすがにちょっとイラッときたかな」

と言うところを見ると、そろそろ『経験を積む』だの『愉《たの》しむ』だのという余裕《よゆう》が無くなってきたのかもしれない。

「〈遠見《ユニバーサルスコープ》〉の魔術《まじゅつ》でお互《たが》いの位置を確認《かくにん》して、私の仲間を『盾《たて》』にしてるんでしょ。まあ時間は稼《かせ》げるわね？　稼《かせ》いでどうするのか知らないけど。何処《どこ》かから助けでも来るのを期待してたりする？」

「…………」

だが——

(埒《らち》があかない)

ユウゴはユウゴで焦《じ》れていた。

リゼルの言う通り——これは時間稼《じかんかせ》ぎにしかなっていない。

攻撃《こうげき》をかわす事は出来ても、攻撃《こうげき》に転じられなければ勝ちは拾えないのだ。まさかこのまま延々と、日が暮れるまで戦い続けるわけにもいくまい。魔力《まりょく》も集中力もそれまでに尽《つ》きる。

(厄介《やっかい》だな……)

カミラは斬撃《ざんげき》を『飛ばす』事が——遠距離《えんきょり》攻撃《こうげき》も出来る。

だが、これは剣《けん》を振《ふ》る動作を伴《ともな》う。

なので、バーレイグの〈落　雷《ライトニング・ストライク》〉よりも攻撃《こうげき》が相手に届くのが遅《おそ》い。放つのが同じ魔《ま》術《じゅつ》の力である以上、バーレイグの放つ稲妻《いなずま》がこれを空中で叩《たた》き墜《お》とす事も可能だ。実際、カミラは二度ばかり遠距離《えんきょり》攻撃《こうげき》を仕掛《しか》けているが、いずれもあっさり稲妻《いなずま》で撃墜《げきつい》されていた。

やはり魔術《まじゅつ》の撃《う》ち合《あ》い、投げ合いでは、〈ヴァルキリー〉よりも〈雷帝《らいてい》〉に分《ぶ》があるようだ。

(どうにかしてこっちの間合いに——格闘《かくとう》戦の間合いに持ち込めれば)

そうすれば勝機はある。

だがその隙《すき》が――どうにも見いだせない。

リゼルと〈雷帝《らいてい》〉バーレイグは感覚を同調させているらしく、四つの眼《め》が常にユウゴ達を見《み》据《す》えているからだ。

迂闊《うかつ》に近づけば即座《そくざ》に〈落雷《ライトニング・ストライク》〉の直撃《ちょくげき》を喰《く》らうだろう。

（こんな事なら、エミ姉《ねえ》に土下座してでも、対召喚士《しょうかんし》戦の訓練をしておくべきだったな……）

そもそもユウゴは召喚士《しょうかんし》や召喚獣《しょうかんじゅう》を相手に戦うのは初めてだ。

喧嘩《けんか》の経験は豊富でも、同じ町の住人相手に、召喚獣《しょうかんじゅう》は勿論《もちろん》、魔術《まじゅつ》を使って攻撃《こうげき》するわけにもいかない。

エミリアがこれを厳しく禁じていた。

彼女はあくまで『人々の役に立つ』『皆《みな》の生活を支える』事に召喚士《しょうかんし》の力を使う事にこだわっており、召喚士《しょうかんし》になる事を決めたユウゴにも、召喚獣《しょうかんじゅう》を戦いに使う事を――それが訓練であっても許さなかった。

今、ユウゴが瞬殺《しゅんさつ》されずに粘《ねば》っていられるのは、単に喧嘩《けんか》の経験と、召喚士《しょうかんし》としての知識と、それに生来の頭の回転の速さが上手《うま》く嚙《か》み合《あ》っただけの……いわば偶然《ぐうぜん》の結果に過ぎない。

ただ――

「君、格闘戦《かくとうせん》の間合いに持ち込めば勝てる――とか思ってるんでしょ？〈ヴァルキリー〉は近接格闘《かくとう》が強いものね？」

見透《みす》かしたかのようにそんな事を言ってくるリゼル。

「じゃあやる？　格闘戦《かくとうせん》？」

「――!?」

驚《おどろ》くユウゴに、リゼルは掌《てのひら》を上に向け、指を折り曲げて『招き』の仕草をしてみせる。かかってこい。そう言っているのだ。

何かの罠《わな》か。だが――

「我が君――」

「いくぞ、このままじゃ勝ち目が無い」

ユウゴは相手の誘《さそ》いに乗る事にした。

罠《わな》なら罠《わな》で――自信満々で仕《し》掛《か》けたそれを食い破られれば、相手には大きな隙《すき》が出来る筈《はず》だ。

「――御意《ぎょい》」

カミラはそう応じて――駆《か》け出《だ》したユウゴに並んで飛ぶ。

再び濡《ぬ》れた路面を稲妻《いなずま》が伝わってくれれば、瞬時《しゅんじ》にユウゴを引っ張りあげられる位置である。

だが――

「――勝負っ！」

カミラが剣《けん》を構えて前に出る。

彼女が狙《ねら》うのは言うまでもなく〈雷帝《らいてい》〉バーレイグの方だ。

リゼルらの攻撃力《こうげき》は全て召喚獣《しょうかんじゅう》たる〈雷帝《らいてい》〉に依《よ》っている。そして〈雷帝《らいてい》〉の攻撃《こうげき》である〈落雷《ライトニング・ストライク》〉は稲妻《いなずま》の投射——相手との距離《きょり》があまりに近ければ、召喚士《しょうかんし》であるリゼルまで巻き込みかねない諸刃《もろは》の剣《つるぎ》だ。

つまり格闘戦《かくとうせん》に持ち込んだ時点でカミラの勝ちである。

そう——考えたのだが。

「——ッ！」

裂帛《れっぱく》の気合いと共にカミラの剣《けん》が横薙《よこな》ぎにバーレイグを襲《おそ》う。

〈雷帝《らいてい》〉は空中に浮《う》かんだまま、特にこれを回避《かいひ》する様子も無く——

「甘い」

「——⁉」

あろう事か。

バーレイグは手にしたその杖《つえ》でカミラの剣《けん》の斬撃《ざんげき》を受け止めていた。

「そんな馬鹿な⁉」

思わず叫《さけ》びながら——しかしユウゴももう停《と》まれない。

彼は疾走《しっそう》の勢いそのままにバーレイグに飛《と》び掛《か》かっていた。

（倒《たお》す事が出来なくても注意をそらせれば！）

そう思っての事だったが。

「遅《おそ》い」

そんな言葉と共に杖《つえ》の下端《かたん》――石突《いしづ》き部分が突き出《だ》され、ユウゴの胸部を強打していた。

「ぐあっ⁉」

苦鳴を漏《も》らして転倒《てんとう》するユウゴ。

（なんだ、この速《はや》さっ⁉）

カミラのような『技《わざ》』で武器を振《ふ》っているのではない。だが恐《おそ》ろしい程《ほど》の速さでバーレイグは動いている。それがカミラの攻撃《こうげき》を難なく防ぎ、結果的に単なる杖《つえ》の一打を、猛烈《もうれつ》な強打に換《か》えているのだ。

これは――

「我が君⁉」

と悲鳴じみた声で彼を呼ぶカミラに、バーレイグの振《ふ》るう杖《つえ》が容赦無《ようしゃな》く叩《たた》き付《つ》けられる。虚《こ》空《くう》に残像の尾《お》を引く程《ほど》の速度で旋回《せんかい》したそれは、カミラをもそのまま地面に叩《たた》き伏《ふ》せていた。

濡《ぬ》れた路面に二人揃《そろ》って這《は》いつくばるユウゴとカミラ。

それを見下ろしながら――

「〈ヴァルキリー〉は格闘戦《かくとうせん》が強い。そうね。その通り。でも〈雷帝《らいてい》〉が――私のバーレイグが、格闘戦《かくとうせん》に弱いなんて誰《だれ》が言ったの？」

「…………」

「種明かししてあげましょうか？」

リゼルは腕《うで》を組んでそう言った。

「〈知識の習得《ラーニング》〉――」

「あれ。知ってた？」

とリゼルは首を傾《かし》げる。

「私が強化の魔術《まじゅつ》を掛《か》けてあげるとバーレイグは『知識』を習得する。まあ知性派召喚獣《しょうかんじゅう》の面目躍如《めんもくやくじょ》ってところかしらね？」

「…………」

ユウゴはそれ以上は声も出ない。

代わりに、横倒《よこだお》しになって喘《あえ》ぐ彼の口からこぼれ落ちたのは――血だ。

「バーレイグの『知識』は自身の能力を強化し、応用する。〈雷帝《らいてい》〉は稲妻《いなずま》を投げるだけが能だと思ってた？　お生憎《あいにく》。神経の上を走ってるのも電気――稲妻《いなずま》の一種よ。だからバーレイグはこれを操《あやつ》って自分自身の『速度』を速める事が出来る」

「…………」

「それと。別の使い方をすれば、稲妻《いなずま》の『網《あみ》』を作って物に被《かぶ》せる事も出来る。この網《あみ》は物の『補強』に使えるのよ。どうして岩でも鋼《はがね》でも斬《き》れちゃう〈ヴァルキリー〉の剣《けん》を、杖《つえ》で防げたのかと思ったでしょ？　『網《あみ》』は強化にも使えるし、『向き』を反転させてやれば、相手の攻《こう》撃《げき》を弾《はじ》く斥力場《せきりょくば》としても使え――んん？　ちょっと難しかった？」

ユウゴが反応しないのを見て――リゼルはわずかに身を屈《かが》めて彼の様子を窺《うかが》ってくる。

「折角説明してあげてんだから、有《あ》り難《がた》く聴《き》きな……って血吐《は》いてる？　え、死にかけ？」

「折れた肋骨《ろっこつ》が肺を傷つけたのだろう」

と言うのはその肋骨《ろっこつ》を折った当事者のバーレイグである。

「出血量にもよるが、手当をせねば己《おのれ》の血で溺《おぼ》れ死ぬ事もある」

「うわっ――」

とリゼルは顔をしかめて。

「どうしよう、バーレイグ？」

「どうも何も。手当をしてやる義理はないが」

と〈雷帝《らいてい》〉は素っ気ない。

召喚士《しょうかんし》と違《ちが》って彼は『敵』の生死には興味が無いのだろう。

「うーん……」

一方でリゼルは今更《いまさら》のように困惑《こんわく》の相を見せている。

どうやら彼女はユウゴを殺すつもりはなかったらしい。

（……考えてみれば……雷撃《らいげき》も……）

ユウゴが即死《そくし》する強さではなかった。

先にユウゴに『時間稼《じかんかせ》ぎ』云々《うんぬん》と言っていたが、彼女こそ他の者達が目的を果たすための時間を稼《かせ》いでいただけだったのかもしれない。

「…………」

ユウゴが唇《くちびる》を震《ふる》わせる。

「え？　なに？　何か言い残す事でもあるの？」

と顔を近づけるリゼルに――

「――捕《つか》まえ……たっ……！」

ユウゴが伸《の》ばした右手がかかった。

「え？　ちょっ――」

間の抜《ぬ》けた声を漏《も》らしたリゼルの顔に――というか顎《あご》にユウゴの頭突《ずつ》きが決まったのは次の瞬間《しゅんかん》である。

「みぎゃっ⁉」

「リゼル⁉」

とさすがのバーレイグも慌《あわ》てたように声を上げるが、次の瞬間《しゅんかん》、地面から跳《は》ね起《お》きたカミラの剣《けん》が、彼の首を狙《ねら》って旋回《せんかい》する。

「――！」

バーレイグが杖《つえ》を掲《かか》げてこれを防ぐものの──

「〈落雷《ライトニング・ストライク》〉は……やめておけよ……〈雷帝《らいてい》〉……！」

口《くち》の端《はし》から血をこぼしながらの、凄絶《せいぜつ》な相でユウゴが告げる。

「召喚士《しょうかんし》を……巻き込むぞ……勿論《もちろん》……この密着状態だと……速さも……関係ないよな……？」

リゼルの襟首《えりくび》を摑《つか》んだまま、そう言って笑うユウゴ。

最初に突撃《とつげき》した時から、ユウゴが狙《ねら》っていたのはこれだった。

「こ……こんのっ……！」

と左手で顎《あご》を押さえながら、右手でユウゴを殴《なぐ》るリゼル。

だが先にユウゴがバーレイグに言った通り、互《たが》いに密着状態だとそもそも腕《うで》を大きく振《ふ》れず、威力《いりょく》が出ない。もっとも小柄《こがら》な少女の腕力《わんりょく》では、振《ふ》れたとしても大した威力《いりょく》は出ないかもしれないが。

やがて──

「離《はな》せ、離《はな》しなさいっ⁉」

「誰《だれ》が……離《はな》すかっ……！」

そんな応酬《おうしゅう》をしながら、お互《たが》いにつかみ合った二人はごろごろと濡《ぬ》れた路面を転がっていく。

「…………」

「………」

互《たが》いに牽制《けんせい》している状態なので、召喚獣《しょうかんじゅう》二体はといえば、その場を動けず、これを見送るしか無い。

召喚士《しょうかんし》同士も、召喚獣《しょうかんじゅう》同士も、それまでの戦いがまるで嘘《うそ》であったかのように、実に泥臭《どろくさ》くて無様《ぶざま》な状態だった。

そして——

「ああもう、バーレイグ！」

転がりながらリゼルが焦《じ》れた叫《さけ》びを上げる。

「巻き込んでもいいから、私ごと〈落雷《ライトニング・ストライク》〉をこいつに当てて！」

「………」

逡巡《しゅんじゅん》は一瞬《いっしゅん》。

割り切りは良いのか、召喚士《しょうかんし》の命令には絶対服従なのか、バーレイグはカミラの剣《けん》を杖《つえ》で受け止めたまま、その先端《せんたん》に光を灯《とも》す。

〈落雷《ライトニング・ストライク》〉の稲妻《いなずま》を放つ前兆だ。

このままの体勢からでもバーレイグは問題無く稲妻《いなずま》を放てる。カミラは剣《けん》を引こうとするのだが、バーレイグの『網《あみ》』に絡《から》め取られているのか、剣《けん》は杖《つえ》から離《はな》れない。

まずい状態だ。このままでは良くて相打ち。悪ければ吐血《とけつ》で体力が落ちているユウゴだけが死ぬ可能性もある。

ただ――

「――!?」

そんな最中《さなか》に。

まるで――場の空気を微塵《みじん》も読んでいないかのように。

「…………」

ふらふらとした足取りで、魔術師《まじゅつし》組合支部の建物から出てくる小柄《こがら》な人影《ひとかげ》が一つ。

それは――白銀の髪《かみ》をした、一人の少女だった。

「――おいっ!?」

思わず――血飛沫《ちしぶき》と共に、悲鳴じみた声をユウゴは口から洩《も》らしていた。

その白銀の髪《かみ》の少女は、あろう事か、彼やリゼルと、バーレイグらの間に割って入ったのだ。

このままでは先《ま》ず少女が〈落雷《ライトニング・ストライク》〉を喰《く》らう。

リゼルをも巻き込むのが前提の〈落雷《ライトニング・ストライク》〉であれば、その威力《いりょく》は殺傷能力を押さえ込まれている筈《はず》だが――突然《とつぜん》の事態に動転しているユウゴはそこまで察する余裕《よゆう》は無い。

彼は――

「危ないっ……!」

咄嗟《とっさ》にリゼルから手を離《はな》して、銀髪《ぎんぱつ》の少女に飛びついていた。

彼女を両手両足で抱《かか》え込んで、今度はまた別方向に転がっていく。

（くっそ、しくじった……！）

思わず少女を庇《かば》ってしまったが。

考えてみれば、これは結局〈雷帝《らいてい》〉の前に『どうぞ攻撃《こうげき》してください』と己《おのれ》と銀髪《ぎんぱつ》の少女の身を差し出したに等しい。

むしろリゼルを巻き込む恐《おそ》れが無くなった分、バーレイグは遠慮《えんりょ》無く攻撃《こうげき》が出来るだろう。

ただ――

「………？」

眉《まゆ》をひそめるユウゴ。

攻撃《こうげき》が――雷撃《らいげき》が来ない。

代わりに何か空気の唸《うな》りのような音が聞こえてきて――

「なんだ？」

怪訝《けげん》の表情を浮《う》かべて顔を上げたユウゴは――すぐ眼《め》の前《まえ》に、自分達を庇《かば》うようにしてそびえる、水の柱を見る事になった。

樹齢《じゅれい》千年の巨木《きょぼく》にも等しい大きさのそれは、ユウゴ達を撃《う》つ筈《はず》だった稲妻《いなずま》を、高速回転する己《おのれ》の内に絡《から》め取っていた。

「エルーシャの〈水柱《アクアハリケーン》〉――エミ姉《ねえ》!?」

魔術師《まじゅつし》組合支部の建物の方を振《ふ》り返《かえ》ると——そこに、片膝《かたひざ》をつきながらエルーシャと支え合っているエミリアの姿が見えた。

エルーシャは水属性の〈フェアリー〉だ。

彼女は自由自在に水を操《あやつ》る事が出来るので、水を用いて稲妻《いなずま》の軌道《きどう》を曲げたり、逆に混じりっけの無い純水を生み出して稲妻《いなずま》を遮《さえぎ》る防壁《ぼうへき》とする事も可能だ。

エミリアは戦闘《せんとう》にエルーシャを使うのを頑《かたく》なに拒《こば》んでいたが、だからこそ、こうした防御《ぼうぎょ》に特化した使い方には精通している。

しかもエルーシャの〈水柱《アクアハリケーン》〉は——竜巻《たつまき》の様に回転しながら少女召喚士《しょうかんし》らの方へと移動を始めた。

それは即《すなわ》ち、移動する『盾《たて》』だ。

「…………」

〈雷帝《らいてい》〉バーレイグは、カミラを解放し、リゼルの傍《そば》へと空中を滑《すべ》るようにして移動——これを庇《かば》いながらも更《さら》に、〈落雷《ライトニング・ストライク》〉の稲妻《いなずま》を放ってくる。

だがそれらは全て回転する〈水柱《アクアハリケーン》〉に巻き取られ、遮《さえぎ》られて、ユウゴ達には届かない。

「……ユウ……ゴ……」

エミリアがユウゴ達の方に眼《め》を向けてくる。

かなり無理をしているのだろう、彼女の顔はひどく青ざめており、その呼吸は熱病にでも罹《かか》っているかのように、荒《あら》い。

だが――今は姉の所に駆《か》け寄《よ》っている余裕《よゆう》は無い。

というよりユウゴはユウゴで、激痛と貧血《ひんけつ》で既《すで》に今にも気を失いそうだった。

もう長くは保《も》たない。

ならば――

「カミラ……！」

ユウゴは銀髪《ぎんぱつ》の少女から身を離《はな》して、己《おのれ》の召喚獣《しょうかんじゅう》に声を掛《か》けた。

「――御意《ぎょい》」

以心伝心――殊更《ことさら》に言葉にせずともカミラはユウゴの考えをくみ取ってくれたらしい。彼女はユウゴの背後に回って彼を左腕《さわん》で抱《かか》えると、地を蹴《け》り、翼《つばさ》を広げて――滑空《かっくう》した。

地面すれすれの超《ちょう》低空飛行。

だがそれ故《ゆえ》に二人は水柱《アクアハリケーン》の陰《かげ》に隠《かく》れ、稲妻《いなずま》に撃《う》たれる事も無く、一気に相手との距離《きょり》を詰《つ》めていた。

「ちょっ――えええええ!?」

「――なに!?」

眼前に迫《せま》ったユウゴ達を前に、狼狽《ろうばい》するリゼルと〈雷帝《らいてい》〉。

咄嗟《とっさ》に〈雷帝《らいてい》〉は杖《つえ》を掲《かか》げてカミラの振《ふ》りかざす剣《けん》に対抗《たいこう》する。自らの稲妻《いなずま》で加速しているバーレイグは、難なくカミラの斬撃《ざんげき》を止められる筈《はず》だったが――

「――弱い」

着地したカミラの呟《つぶや》きと共に放たれる、下段からのすくい上げるような斬撃《ざんげき》。これを受けた杖《つえ》は弾《はじ》かれ……手放しこそしなかったものの〈雷帝《らいてい》〉は大きく姿勢を崩《くず》す事となった。

空中での斬撃《ざんげき》と、地に足を着けての斬撃《ざんげき》では、そも、威力《いりょく》が違《ちが》う。

加速しているとはいえ、『受け止める』バーレイグの力は、変わっていないので、彼はカミラの斬撃《ざんげき》を抑《おさ》えきれなかったのである。

更《さら》に次の瞬間《しゅんかん》――

「――喰《く》らら……えっ！」

ユウゴは自らの叫《さけ》びと共に『射出』されていた。

カミラがその外見に似合わぬ膂力《りょりょく》で――召喚獣《しょうかんじゅう》としての怪力《かいりき》で、左腕《さわん》に抱《かか》えていたユウゴをぶん投げたのである。

「――うあっ⁉」

〈雷帝《らいてい》〉を掠《かす》め、すっ飛んでくるユウゴを前に、目を丸くして固まるリゼル。そこに――ユウゴがカミラに抱《かか》えられている間に呪文詠唱《じゅもんえいしょう》していた魔術《まじゅつ》が炸裂《さくれつ》した。

〈爆轟《ブラスト》〉の魔術《まじゅつ》である。

ユウゴがたった二つだけ使える魔術《まじゅつ》の一方。

だが見た目の派手さに比してその威力《いりょく》は――殺傷力は低い。

だからユウゴも、これでリゼルを殺したり傷つけたりするつもりはなかった。

「ひあっ⁉」

魔術《まじゅつ》が発動した瞬間《しゅんかん》、ユウゴとリゼルの距離《きょり》は、ほぼ無い超至近距離《ちょうしきんきょり》――密接状態でこれを喰《く》らった少女召喚士《しょうかんし》は、一瞬《いっしゅん》にして目を回していた。

しかも……

「だあああああああっ――」

射出されたユウゴはユウゴで、目的を果たしたからとその場に停止する方法があるでもなし――彼は、リゼルに対して再び頭《ず》突き気味に衝突《しょうとつ》していた。

「ぎゃんっ⁉」

「ぐおっ――」

二人して悲鳴を上げると、ユウゴと少女召喚士《しょうかんし》はまたも、絡《から》まり合うような体勢でごろごろと一緒《いっしょ》に転がっていった。今度は共に意識がもうろうとしているのか、がつんごつんと石《いし》畳《だたみ》の路面で痛そうな音を立てながら転がっていく無様《ぶざま》な事この上無い。

だが――

「リゼル！」

召喚主《しょうかんぬし》の方を振《ふ》り返《かえ》る〈雷帝《らいてい》〉。

その首筋に、刃《は》を立てない、カミラの剣《けん》が棍棒《こんぼう》の如《ごと》く撃《う》ち込まれたのは次の瞬間《しゅんかん》であった。

「……ぐっ？」

召喚獣《しょうかんじゅう》といえど、人と同じ姿をしている以上、人と同じ弱点を持っているという事か。〈雷《らい》帝《てい》〉はがくりと姿勢を崩《くず》した後、その場に跪《ひざまず》き——

「ぬ……………」

カミラの方を恨《うら》めし気《げ》に一瞥《いちべつ》して——消えた。

召喚主《しょうかんぬし》が急に気絶した事で、供給される魔力量《まりょくりょう》がいきなり半減したためだろう。自身の存在をこの世界で維持《いじ》するために、魔力《まりょく》消費の少ない状態に自ら移行したのである。

「………………」

ほっと溜息《ためいき》をつくカミラ。それから彼女は少し離《はな》れたところで少女召喚士《しょうかんし》と共に転がっているユウゴの方へ視線を向ける。

「我が君！」

「…………」

大丈夫《だいじょうぶ》だと示すかのように、ユウゴの拳《こぶし》が上がるのを見て——カミラはもう一度、今度は胸に手を当てて長い溜息《ためいき》をついた。

†

「――我が君。動かないで」

「ユウゴ、オトナシクシテテ」

カミラとエルーシャ――二体がかりで〈応急処置〉と〈浄化の手招き《ピュリフィケーション》〉、治癒《ちゆ》系の力を、重ね掛《か》けしている召喚獣《しょうかんじゅう》達。

重傷にもかかわらずユウゴがじっとしていないので、彼女等は文句を言いつつも彼に寄《よ》り添《そ》って治癒《ちゆ》を続けていた。

とりあえず肺の出血は止まったようだが――

「えっと……大丈夫《だいじょうぶ》か？」

ユウゴは改めて銀髪《ぎんぱつ》の少女に歩み寄ってそう尋《たず》ねた。

「…………」

銀髪《ぎんぱつ》の少女は……尚《なお》も状況《じょうきょう》が分かっていないのか、ぼんやりとした様子でその場に座り込んでいる。

歳《とし》の頃《ころ》は十代前半だろうか。

短めに整えられた銀の髪《かみ》、大きく円《つぶ》らな碧眼《へきがん》、眼《め》鼻立《はなだ》ちには歪《ゆが》みも偏《かたよ》りも無く、顔の輪郭《りんかく》はといえば綺麗《きれい》な卵型。

清楚《せいそ》にして可憐《かれん》。

まるで——名匠《めいしょう》の手になる精緻《せいち》な人形のように、一切《いっさい》の隙《すき》が無く美しい容姿だった。

ただ美しすぎて生身の俗臭《ぞくしゅう》に欠けるというか……何処《どこ》か人型の召喚獣《しょうかんじゅう》にも似た、浮《う》き世離《よばな》れして超然《ちょうぜん》たる雰囲気《ふんいき》がそこにはあった。

人によっては『近寄りがたい』と感じるかもしれない。カミラやエルーシャで『人ならぬ美しい少女』に慣れているユウゴは、さすがにこの銀髪《ぎんぱつ》の少女を前にしても、気後《きおく》れするような事は無かったが——

「…………」

銀髪《ぎんぱつ》の少女は——無言でユウゴを見つめている。

その顔には恐《おそ》れや焦《あせ》りの表情は無く、まるで夢でも見ているかのように瞳《ひとみ》の焦点《しょうてん》すら曖昧《あいまい》に緩《ゆる》んでいる。

「おい。大丈夫《だいじょうぶ》か？　俺の声が聞こえてるか？」

ひょっとして先の爆発《ばくはつ》か何かで頭を打って朦朧《もうろう》としているのだろうか。

そんな風にも思ってユウゴはもう一度、声を掛《か》けてみたのだが。

「我が君の顔が怖《こわ》いのでは？」

と——横からカミラが言ってくる。

「は？　俺の顔？」

「血塗《ちまみ》れですが」

「あ、そっか」

　とユウゴは合点して頷《うなず》く。

　そんな彼を前にして——

「問題ない。です」

　銀髪《ぎんぱつ》の少女は一度瞬《またた》きしてからそう答えてきた。

「そうか。ええと、見ない顔だけど、君は——」

「問題ない。です」

「…………」

　何かの機関《カラクリ》の様に、同じ言葉を同じ口調と同じ声音《こわね》で繰《く》り返《かえ》す銀髪《ぎんぱつ》の少女。

　魔術師《まじゅつし》組合支部の建物から出てきた事を思えば、魔術師《まじゅつし》組合の関係者なのだろう。そして
ユウゴも魔術師《まじゅつし》の端《はし》くれ、魔術師《まじゅつし》であるなしにかかわらず、組合の関係者とは大抵《たいてい》、顔見知
りである。

　なのにこの銀髪《ぎんぱつ》の少女には全く見覚えが無い。

「——名前は？」

「カティ。です」

今度は即答《そくとう》である。

ただし何かその喋《しゃべ》り方には奇妙《きみょう》な抑揚《よくよう》というか……ぶつ切りにした単語を並べているかのような、たどたどしさが在った。

「カティ――名前か。姓《せい》は？」

「姓《せい》はない。です」

「…………」

言葉に詰《つ》まるユウゴ。

自分も『実の親が居ない』という事もあって、このカティという少女にそれ以上、家族に関連する話を問《と》い質《ただ》すのが躊躇《ためら》われたのである。

「……とりあえず、カティ」

周囲を見回してユウゴは言った。

戦いは一段落ついたが、少女召喚士《しょうかんし》を含《ふく》め、気絶した武装集団は十名ばかりこの場に倒《たお》れたままだ。いつ息を吹《ふ》き返《かえ》してくるか、細かい事まではユウゴにも分からない。

「ここは危ないから、少し離《はな》れててくれ」

「危ない？　少し？　抽象的《ちゅうしょう》かつ曖昧《あいまい》な命令は実行し難《にく》い。です」

「曖昧《あいまい》って――ああもう、いいから、この建物が見えない辺りにまで行ってくれ」

と言ってユウゴは魔術師《まじゅつし》組合と反対の方向を指さす。

「了解《りようかい》した。です。実行する。です」

こっくりと頷《うなず》くとカティはすたすたと通りを歩いて行く。

「いや。だから——おい、急いで、駆《か》け足《あし》！」

「了解《りようかい》した。です」

とユウゴが叫《さけ》ぶと、カティはとたたた、と軽《かろ》やかな足音を立てて走って行った。

本当に分かっているのかどうか少し怪《あや》しい感じだったが、ユウゴとしては、いつまでも彼女にかまけているわけにはいかない。

「我が君」

「分かってる」

促《うなが》してくるカミラに頷《うなず》くと、ユウゴは大きく一階と二階の壁《かべ》が崩《くず》れた魔《ま》術《じゆつ》師《し》組合の建物の中へと駆《か》け込んだ。

「エミ姉《ねえ》！　じゃなかった、師匠《ししよう》！」

ユウゴはエミリアの処《ところ》に駆《か》け寄《よ》った。

先程《さきほど》は〈水柱《アクアハリケーン》〉でユウゴ達を助けてくれた彼女だが——今は壁《かべ》に背中を預けるようにして、座っていた。

「ユウゴ——」

ユウゴの顔を見て安堵《あんど》したのか——彼女はふっと眼《め》を閉じる。

どうやら張《は》り詰《つ》めていたものが切れて、意識を失ったらしい。

彼女が気絶した事で魔力《まりよく》供給量が半減したからか、ユウゴに付《つ》き添《そ》っていたエルーシャの姿が、空中で溶《と》けるようにして消えた。

「エミ姉《ねえ》——」

念《ねん》のため、エミリアの首筋に指を触《ふ》れさせて脈をとる。とりあえず呼吸も脈拍《みやくはく》も安定はしているようだ。小さな擦《す》り傷《きず》切り傷はあるようだが、即時《そくじ》の手当が必要な深い傷、大きな傷も見当たらない。

「でもどうする、ここにこのままにしておくわけにも」

周囲にはこれ以上無いというくらいに明らかな死体が——首を刎《は》ねられた骸《むくろ》が幾《いく》つか転がっていた。

先のリゼルという名の少女召喚士《しようかんし》と違《ちが》って、魔術師《まじゆつし》組合の建物に突入《とつにゆう》した連中は、これを見る限り、殺人に対して躊躇《ちゆうちよ》しない輩《やから》だという事が分かる。

そんな奴《やつ》が——あるいは奴等《やつら》が、うろうろしている様な場所にエミリアを置いていくわけにはいかない。

だからといってエミリアだけ連れて逃《に》げ出《だ》すわけにもいかない。

クレイ同様、個々人に好感を持っているか否《いな》かはさておいても……ユウゴは魔術師《まじゆつし》組合の関係者は殆《ほとん》どが顔見知りだ。

彼等もまた殺されるかもしれないというのに、無視して自分達だけで逃《に》げるような真似《まね》はしたくなかった。ましてや師匠《ししょう》たるエミリアがそれを許しはしないだろう。

「むしろ敵対する相手を制圧してしまう方が早いかとも」

と──カミラが提案してくる。

「我が君と私だけで全ての負傷者を保護するのは無理です」

「……それは、そうだな」

確かにその通りだ。

しかも先にリゼルが言っていた事が本当なら、衛士達の詰所《つめしょ》は彼女に襲撃《しゅうげき》されて皆《みな》、制圧済み──死んではいないかもしれないが、身動きがとれない状態の者が殆《ほと》どだろう。

だとすると、これ以上、事態が悪化しないよう、襲撃《しゅうげき》者達を確実に制圧しておく──というのは、最初に採るべき一手として悪くない。

そう考えて、ユウゴは立ち上がり──

「──!」

そこで煙《けむり》の立ちこめる奥から、二つの人影《ひとかげ》が歩み出てくるのを視認《しにん》する事になった。

「あれは──」

煙《けむり》の中から姿を現したのは、召喚士《しょうかんし》らしい壮年《そうねん》の男性と、それに付き従う召喚獣《しょうかんじゅう》──どうやら〈ウェポンマスター〉らしき者が一体。

（未《ま》だ召喚士《しょうかんし》がいたのか……いや、居て当然か）

リゼル以外にも召喚士《しょうかんし》がいたからこそ、彼女は本隊より離《はな》れて衛士詰所《つめしょ》本部の制圧という仕事を任されたのだ。

「カミラ」

「──御意《ぎょい》」

身構えるユウゴにカミラも頷《うなず》いて剣《けん》を構える。

その様子を見て──

「──おや」

壮年《そうねん》の男性は首を傾《かし》げた。

「それは〈ヴァルキリー〉ですね。リゼル達の言っていた二人の召喚士《しょうかんし》一人はエミリアで──もう一人が君ですか」

その口調には何の緊張《きんちょう》感も無い。

この状況《じょうきょう》で身構えるユウゴ達が何を考えているのか、分からない程《ほど》に愚《おろ》かなわけでもないだろうに、まるで『お前達など恐《おそ》るるに値《あたい》しない』とでも言うかのように、身構えるでもなく、従える召喚獣《しょうかんじゅう》共々、泰然自若《たいぜんじじゃく》としている。

それが──ユウゴには少々腹立たしかった。

「何だあんたは。何者だよ、何を考えてこんな事してんだよ」

ユウゴは挑《いど》み掛《か》かるような口調でそう問うた。

「そもそも、あんたエミ姉《ねえ》の事を知ってるのか？　どういう知り合いだ？」

「エミ姉《ねえ》？　ああ、エミリア・アルマスの弟ですか？」

男はユウゴの問いには答えず、何やら自分の中の知識を確認《かくにん》するかのように頷《うなず》いている。

「まあ、あれから十四年も経《た》っているのだから、君くらいの弟が居ても不思議ではないですが
——」

「答えろよ、あんた何者だ、何を考えて——」

「ああ、失礼」

男は苦笑《くしょう》を浮《う》かべて言った。

「オウマ・ヴァーンズ、見ての通りの召喚士《しょうかんし》です。もっとも公的資格は既《すで》に剝奪《はくだつ》されて久しいですが、ね」

「……なんだって？」

今、この男は何と言った？

オウマ——『ヴァーンズ』？

それはつまり……

「……我が君」

「…………」

気遣《きづか》わしげにカミラが声を掛《か》けてくるが、ユウゴには返事をする余裕《よゆう》が無かった。

胸の内で心臓が跳《は》ねる。

どくんどくんと己《おのれ》の鼓動《こどう》が耳障《みみざわ》りなほどに感じられた。

同じヴァーンズ姓《せい》。十四年前。エミリアの知り合い。

それらの情報が導き出す結論は一つしか無い。

つまりこの眼《め》の前《まえ》の男が――

「はぁっ……はぁっ……」

「――我が君！」

胸を押さえて荒《あら》い呼吸を繰《く》り返《かえ》すユウゴに慌《あわ》てて寄《よ》り添《そ》うカミラ。

だが――

「カミラ――」

「――はい」

「こいつら、ぶちのめす、ぞ」

「…………」

カミラは何か言おうとしたが。

「――御意《ぎょい》」

召喚主《しょうかんぬし》に従うのが召喚獣《しょうかんじゅう》だ。

彼女は何かを振《ふ》り切《き》るように小さく首を振《ふ》ると、改めて剣《けん》を構えてその翼《つばさ》を広げた。

——だん！

と床《ゆか》を蹴《け》って男に向かい飛び出すユウゴとカミラ。

「おや？」

ユウゴ達の反応がむしろ意外だったのか、男は再び首を傾《かし》げていたが——彼の召喚獣《しょうかんじゅう》は、それよりも先に動いていた。

ユウゴ達と男の間に割り込むと、両手の武器を掲《かか》げる。

長槍《ながやり》と大剣《たいけん》。

それらはカミラの剣《けん》と同様、『そう見えている』だけの、実体は魔術《まじゅつ》的な別の何かである。

カミラが斬撃《ざんげき》を飛ばせるのと同じく、それらの大きさは間合いとは関係が無い。

故《ゆえ》に——

「——！」

先手必勝、とばかりにカミラが剣《けん》を振《ふ》り降ろす。

彼女の剣《けん》から放たれた斬撃《ざんげき》——飛ばされた切断の魔術《まじゅつ》が〈ウェポンマスター〉へと殺到《さっとう》した。

召喚獣《しょうかんじゅう》は召喚獣《しょうかんじゅう》でしか倒《たお》せない。

逆に言えば人間たる召喚士《しょうかんし》は同じ人間でも倒《たお》せる。

ならば自分は〈ウェポンマスター〉を抑《おさ》え、オウマと名乗った男はユウゴに任せる——そういう割り切りだ。先のリゼルらとの戦いと基本的には同じである。

だが……

「………………」

ぶぉん、と音を立てて〈ウェポンマスター〉が長槍《ながやり》を振《ふ》る。

次の瞬間《しゅんかん》、見えない何かを引っかけ、絡《から》め取ったかのように、長槍《ながやり》の周囲の空間が歪《ゆが》み、
そして、音を立てて弾《はじ》けていた。

カミラの斬撃《ざんげき》だ。単なる武器の打ち合いのようにも見えるが――召喚獣《しょうかんじゅう》の魔術《まじゅつ》的な攻撃《こうげき》を、同じく魔術《まじゅつ》的な力で防いで流したのである。

しかも――

「――っ⁉」

入《い》れ替《か》わるようにして繰《く》り出《だ》される大剣《たいけん》の一撃《げき》。

突撃《とつげき》しているユウゴとカミラには、これを避《さ》ける術《すべ》が無い。

咄嗟《とっさ》に――カミラは翼《つばさ》で羽ばたいて急制動、爪先《つまさき》でユウゴの服の襟《えり》を引っかけていた。

引っ張られて、がくんとユウゴの姿勢が崩《くず》れる。

斬撃《ざんげき》の場合、間合いを変えれば回避《かいひ》出来る可能性が上がる。

そう判断しての事なのだろうが――

「――うおっ⁉」

大剣《たいけん》の一撃《げき》は、斬撃《ざんげき》ではなかった。

それは上下左右に広がる衝撃波《しょうげきは》となって——面攻撃《めんこうげき》となって、ユウゴ達の方へと押し寄せていた。

こうなれば避《よ》ける避《よ》けないどころの話ではない。

カミラのお陰《かげ》で、衝撃波《しょうげきは》に正面から突《つ》っ込む事は無かったが、ユウゴ達は投網《とあみ》のようにして迫《せま》る衝撃波《しょうげきは》を完全に回避《かいひ》する事は出来なかった。

「…………！」

高々と吹《ふ》っ飛《と》ばされる二人。

カミラは背後からユウゴを抱《だ》き締《し》めてくれたが、その翼《つばさ》で勢いを殺すところまではいかず、二人は壁《かべ》に激突《げきとつ》する。

「ぐはっ——」

肺から空気を絞《しぼ》り出《だ》されて、喘《あえ》ぐユウゴ。

彼とカミラは、そのまま壁《かべ》から滑《すべ》り落《お》ちて——

「く……そ……」

急速に赤黒く染まって閉じていく視界。

その中で、悠然《ゆうぜん》と立つオウマ・ヴァーンズを睨《にら》みながら——ユウゴは怒《いか》りと悔《くや》しさに歯ぎしりしていた。

第三章

家族の恩讐

イラスト：haru

オウマ・ヴァーンズ。

彼は将来を嘱望《しょくぼう》された優秀《ゆうしゅう》な魔術師《まじゅつし》にして召喚士《しょうかんし》だった。

元々バラクロフ王国の王都出身であったが、二十歳《はたち》の頃《ころ》、魔術師《まじゅつし》組合からの要請《ようせい》で魔術師《まじゅつし》不足、召喚士《しょうかんし》不足が深刻とされていた辺境区に派遣《はけん》される事になった。

これは別にオウマに限った事ではない。

魔術師《まじゅつし》組合では、若い魔術師《まじゅつし》や召喚士《しょうかんし》は地方に派遣《はけん》されて経験を積み見聞を広めるのも、修練の内だと考えられているからだ。

また……開拓《かいたく》の最前線である辺境区では、〈大災厄《だいさいやく》〉以前のものと思《おぼ》しき遺跡《いせき》が発見される事も少なからず有り、『遺品』の検分に魔術師《まじゅつし》の知見が必要とされる場面も多い。

ともあれ――

オウマ・ヴァーンズは辺境区の町の一つであるブロドリックに派遣《はけん》され、彼の地《かのち》の支部で三年を勤め上げた後、後任の魔術師《まじゅつし》に引《ひ》き継《つ》ぎを済ませて、王都に戻《もど》る筈《はず》だった。

だが……彼は三年を経ても、王都に戻《もど》らなかった。

「まあよくある事さ。派遣《はけん》された魔術師《まじゅつし》が現地の娘《むすめ》と所帯を持ってそこに留《とど》まるなんて事はね。それが召喚士《しょうかんし》なら尚更《なおさら》、現地の人間は何としてでも引き留めようとするだろうね」

「召喚士《しょうかんし》が一人居るだけで田舎《いなか》暮らしは激変する。王都と同様とまでは言わないが――」

オウマ・ヴァーンズは彼《か》の地《ち》で妻を娶《めと》って定住する事になった。

ちなみに――魔術師《まじゅつし》組合に提出された書類では『ブロドリック近隣《きんりん》にて、研究に値《あたい》する遺《い》跡及《せきおよ》び出土品を発見したため』となっている。

「確かに旧時代の遺跡《いせき》が町の北方で一つ発見されていますね。小規模だったんですぐに隅々《すみずみ》まで探索《たんさく》されて、遺品は全て回収されたようですが」

研究者肌《はだ》だったオウマは、積極的に町の運営に貢献《こうけん》する事こそ無かったが、助力を請《こ》われれば嫌《いや》な顔一つせずに、魔術師《まじゅつし》にして召喚士《しょうかんし》たるその力を惜《お》しみなく奮ったとされる。

故《ゆえ》に町の住人も、魔術師《まじゅつし》組合支部も、彼を高く評価していた。

「性格は温厚《おんこう》、礼節を弁《わきま》え、仕事ぶりは丁寧《ていねい》かつ迅速《じんそく》――召喚士《しょうかんし》だというのに、それを鼻に掛《か》けたような言動も無い」

「これは良い人が居着いてくれたと皆《みな》、喜んでいたよ――」

問われれば、誰《だれ》もが彼の事を好意的に語った。

だから、だろうか。

魔術師《まじゅつし》組合の者は勿論《もちろん》、町の住人達も彼の『乱心』――いや『変心』に気がつかなかった。

あるいはオウマは何ら変わってなどおらず、何年にもわたって、注意深く本性《ほんしょう》を隠《かく》し、好人物を演じ続けていただけなのかもしれない。

いずれにせよ彼は突然《とつぜん》……暴挙に出た。

魔術師《まじゅつし》組合ブロドリック支部の地下、零《ゼロ》番倉庫の中からある品物を持ち出そうとして、これを止めに掛《か》かった組合の職員達を、己《おのれ》の召喚獣《しょうかんじゅう》である〈ウェポンマスター〉を用い殺したのである。

「酷《ひど》い有様《ありさま》だったよ。魔術師《まじゅつし》組合の建物も燃えてさ……殺された人の亡骸《なきがら》が燃える匂《にお》いが漂《ただよ》ってきて……俺、吐《は》いちまったよ」

「私の夫もあの事件で死んださ。夫は魔術師《まじゅつし》じゃなかったけど、魔術師《まじゅつし》組合に事務方として勤めててね。あのくそったれの召喚士《しょうかんし》と召喚獣《しょうかんじゅう》に殺されたんだ。まともな遺体すら残らなかったよ」

この際……オウマは弟子《でし》であったエミリア・アルマスをも容赦無《ようしゃな》く〈ウェポンマスター〉に攻撃《こうげき》させている。

エミリアはオウマの弟子《でし》という事で共謀《きょうぼう》を疑われる立場に在ったが、彼女は重傷を負い、何日も生死の境を彷徨《さまよ》った事により、『共謀《きょうぼう》の疑いなし』と町の衛士隊に判断された。

結局――

魔術師《まじゅつし》組合支部は半壊《はんかい》し、組合の魔術師《まじゅつし》が十八名、警備員も含《ふく》め非魔術師《ひまじゅつし》の職員が三十九名、居合わせた組合の関係者、十五名、総計七十二名の死者を出し、重軽傷者の数は今尚《いまなお》、数え切れていないという大事件となった。

オウマ・ヴァーンズは王都の魔術師《まじゅつし》組合本部から召喚士《しょうかんし》、及《およ》び魔術師《まじゅつし》としての公的資格を剝奪《はくだつ》された上、官憲より罪人として指名手配される事になった。

だが――

「なんでって？　はっ――あんな野郎《やろう》の思惑《おもわく》なんて、知った事かよ。遺跡《いせき》の『遺品』を売って儲《もう》けたかったんじゃねえのか？」

オウマが何を思ってそのような行動に出たのかは分かっていない。

それから――十四年。

オウマは官憲に捕縛《ほばく》される事も無く逃亡《とうぼう》を続け――あろう事か、ブロドリックの町に帰ってきた。

いつの間にか集めたらしい大勢の『手下』を連れて。

そして――

「……オウマ・ヴァーンズの事件については、貴方《あなた》もさすがに全部とは言わずとも、小耳に挟《はさ》んだ事はあるでしょう？」

オウマと、その『手下』らしき武装集団による、魔術師《まじゅつし》組合への襲撃《しゅうげき》事件――その翌日。

ユウゴは息を吹《ふ》き返《かえ》して現場に駆《か》けつけた衛士達や、魔術師《まじゅつし》組合の生き残り等によって、その身柄《みがら》を拘束《こうそく》された。

理由は師匠《ししょう》たるエミリアの監督下《かんとくか》に無い状態での、召喚獣《しょうかんじゅう》の使用。

だが――

「我々、魔術師《まじゅつし》組合ブロドリック支部の古参が、君が召喚士《しょうかんし》になる事について、難色を示していた理由は……つまり、君があのオウマ・ヴァーンズと同じ存在になってしまう事を恐《おそ》れたからよ」

眼《め》の前《まえ》のユウゴに対して、魔術師《まじゅつし》組合ブロドリック支部の副支部長を務める魔術師《まじゅつし》――ライラ・エドワーズはそう告げた。

長くブロドリックに住む老婦人で、先代の支部長の妻である。魔術師《まじゅつし》としてはそう優秀《ゆうしゅう》という訳でもないのだが、事務仕事に長《た》けているため、そちらの方面でホールデン支部長を支えてきた。

ちなみにホールデン支部長は負傷のため、現在、自宅にて療養《りようよう》中でこの場には居ない。エミリアも同様である。

「…………」

ユウゴはといえば――エドワーズ副支部長の執務《しつむ》室の真ん中に立たされ、両手を手枷《てかせ》で拘束《こうそく》され、すぐ背後には銃《じゅう》と剣《けん》で武装した傭兵《ようへい》が二人、立っている状態である。

明らかに重罪人に対する処置だ。少なくとも魔術《まじゅつ》師組合支部を守って戦った人間に対する仕打ちではない。

むしろ――

「オウマ・ヴァーンズの教え子という事で、エミリア・アルマスも当初数年間は、厳重な監視《かんし》下におかれていたわね。彼女が徹底《てってい》して戦う術を学ばず、君にも学ばせなかったのは、それが理由」

「エミ姉《ねえ》――じゃなくて師匠《ししょう》が、あの野郎《やろう》みたいになるって？　どんな妄想《もうそう》ですかそれは」

とユウゴは顔をしかめてそう言った。

「師匠《ししょう》は災害救助や医療《いりょう》補助にしかエルーシャを――召喚獣《しょうかんじゅう》〈フェアリー〉を使いません。〈水柱《アクアハリケーン》〉だって攻撃《こうげき》に使えるのに、防御《ぼうぎょ》として使う処《ところ》しか見た事がありませんよ」

「だからそれは、自分が『危険な召喚士《しょうかんし》ではない』という事を証明するためよ。そうでもなければ、彼女は信用が得られなかった」

眼《め》を細めてエドワーズ副支部長は言った。

「弟子《でし》は嫌《いや》でも師《し》匠《しょう》の影響《えいきょう》を受ける。単に技能だけでなく価値観その他でもね」

「……そもそも十四年前の事件の時も、師《し》匠《しょう》が傷を負ったのって、あの野郎《やろう》に攻撃《こうげき》されたからでしょう？」

それで生死の境を彷徨《さまよ》ったからこそ共謀《きょうぼう》は無かった、と判断されたのではなかったか。

「それすら、我々の目を欺《あざむ》くための偽装《ぎそう》かもしれない」

「…………」

「そもそものオウマ・ヴァーンズですら、私達は『そんな事をする人だとは思ってもみなかった』のよ」

と言ってエドワーズ副支部長は椅子《いす》に身体《からだ》を預けながら眼《め》を閉じる。

あるいは昔日《せきじつ》のオウマ・ヴァーンズを思い出しているのかもしれない。誰《だれ》もが好意的に評価していたあの男の姿を――今尚《いまなお》消えない根深い後悔《こうかい》と共に。

「何にしても少なくない死者が出て、怪我人《けがにん》の中にはエミリア・アルマスと同様、後遺症《こういしょう》に悩《なや》んでいる者も何人か居る。ホールデン支部長もその一人よ。彼の顔の傷は〈ウェポンマスター〉の攻撃《こうげき》の余波でついたものらしいわね」

「…………」

それは初耳だった。

逆に言えば、これまでホールデン支部長はその事を隠《かく》してきたのだろう。恐《おそ》らくはユウゴを気遣《きづか》って。

「死者の家族、親類縁者《えんじゃ》まで含《ふく》めれば、相当な数の人間が、オウマ・ヴァーンズの『乱心』で消えない傷を負わされたのよ」

言って――エドワーズ副支部長は眉間《みけん》の皺《しわ》に指を当ててこれをもみほぐす。

「私の夫も――先代の支部長も、あの時、殺された一人」

「…………」

そう言われてはユウゴとしても返す言葉が無い。

「で――エミリアはさておき。今度は皆《みな》、こう考えるの」

「――今度？」

「ユウゴ・ヴァーンズはオウマの実の息子《むすこ》だ。ひょっとして、今回の件は秘密裏《ひみつり》に実父とやりとりをしていたユウゴ・ヴァーンズが、手引きをした結果ではないか？　とね」

「無茶苦茶だ!!」

ユウゴは喚《わめ》いた。

「俺に何の得があってそんな馬鹿な真似《まね》を――」

「得だの利だの以前に、子は親に従うものでしょう？」

「育てられてりゃ、そうかもしれませんけど！」

その意味では確かにユウゴはアルマス夫妻に頼《たの》まれれば、大抵《たいてい》の事は受け入れて従うだろう。

エミリアとその両親は、ユウゴにとってみれば育ての親そのものだ。

「正直、自分に実の親が居るとか、忘れてましたよ、ずっと!」

ユウゴはそう言ったが——これは嘘《うそ》だ。

幼い頃《ころ》から何度となく『人殺しの息子《むすこ》』と詰《なじ》られてきた。実際に十四年前の事件を体験している者でなくとも、彼等から話を聞いた者が、何かの折にそう言ってユウゴを責める。クレイ・ホールデンなどはその典型である。

だから忘れたくても忘れられない。

考えないようにしていても意識させられる。

エミリアの町への尽力《じんりょく》の甲斐《かい》もあって、『オウマ・ヴァーンズの息子《むすこ》』ではなく『エミリア・アルマスの弟子《でし》』だとユウゴを認識《にんしき》している者が多いが、それでも、誰《だれ》もが事件を忘れ果てたわけではない。

「今更《いまさら》、あんな野郎《やろう》を『お前の父親だ』って言われても——」

少なくとも親しみを感じるなどという事は有り得ない。

今のユウゴにしてみれば、オウマ・ヴァーンズという人間は、エミリアや町の住人達を傷つけた『敵』でしかない。

だが——

「でもこの十五年、一度も接触《せっしょく》した事が『無い』と証明する事は出来ないでしょう？」

「『無い』事の証明とか、無茶言わないでください!!」

だん！　とユウゴが床《ゆか》を強く踏《ふ》むと、背後に居た警備の傭兵《ようへい》達が銃《じゅう》を構える気配が在った。

魔術師《まじゅつし》は武装解除出来ない。

召喚獣《しょうかんじゅう》を連れた召喚士《しょうかんし》なら尚更《なおさら》である。

だからこそ召喚士《しょうかんし》を捕縛《ほばく》する場合、強力な武器を——例えば銃《じゅう》を持った人間が常に見張り続ける必要が出てくる。

さもなくばある種の薬物を投与《とうよ》し続けて、意識を曖昧《あいまい》にしておくかだ。

もっとも後者は貴重な召喚士《しょうかんし》を薬物中毒にしてしまう可能性がある事を思うと——余程《よほど》の事が無いととられる手段ではないし、魔術師《まじゅつし》組合のユウゴへの扱《あつか》いは未《ま》だ『マシ』なものだとも言える。

勿論《もちろん》、だからといってそれに感謝する様な、殊勝《しゅしょう》な——いや卑屈《ひくつ》な心持ちになど、なれる筈《はず》も無かったが。

「その辺の事情は、捕《つか》まえたオウマの手下達に対する尋問《じんもん》で、明らかになるでしょうけれど」

傭兵《ようへい》達に片手を掲《かか》げて銃《じゅう》を下ろすように指示すると、エドワーズ副支部長は改めてユウゴの顔を覗《のぞ》き込んで言った。

「……だといいですけどね」

武装集団の男達がユウゴの顔を知らなかったとしても——それが彼の身の潔白を保証するとは限らない。手下達にすら隠《かく》してユウゴと連絡《れんらく》を取り合う事は可能だろう。

「ユウゴ・ヴァーンズ——誤解の無いように言っておくけれど。私達は別に貴方《あなた》が憎《にく》いわけでも嫌《きら》いなわけでもないのよ」

「…………」

「単に、安心したいだけ。だから貴方《あなた》もエミリア同様に、大人しく、自分が無害な存在だという事を、証明し続けて欲しい」

「……牢屋《ろうや》の中で？」

自分の両手に塡《は》められた手枷《てかせ》を見ながら言うユウゴ。

「さしあたっては、そうなるわね」

エドワーズ副支部長は、長い溜息《ためいき》をついてそう言った。

†

ユウゴ達の住むブロドリックは辺境の小さな町だ。

人口は四千弱、『町』を名乗る上で必要とされる条件は満たしているが、いずれも必要最小限で、使用頻度《ひんど》の低い公的施設《しせつ》は、近隣《きんりん》のより大きな『街』や『都市』に依存《いぞん》する場合が多い。

具体的に言えば――

法に則《のっと》って罪人を裁く裁判所や、その罪人を数百人単位で収監《しゅうかん》する大規模な監獄《かんごく》といった施設《しせつ》が、ブロドリックには無い。

在るのは衛士達の詰所《つめしょ》に併設《へいせつ》された二軒《けん》の牢屋《ろうや》のみだ。

二軒《けん》在るのは、片方は武装解除が難しい魔術師《まじゅつし》や召喚士《しょうかんし》を収容するためのもので――常に弩《いしゆみ》や銃《じゅう》で武装した人間が、収容された罪人を見張れるような、独特の造りになっているからである。

当然、こちらの牢屋《ろうや》は使用率が高くない。

というかこの二十年余り、殆《ほとん》ど使用された事が無かったのだ――昨日までは。

「――あんたは!!」

ユウゴが衛士に連れらて建物の中に入り、幾《いく》つかぶら下がっている『鳥籠《とりかご》』に入れられた際。

先に隣《となり》の『鳥籠《とりかご》』に入れられていた少女が怒声《どせい》を上げた。

昨日ユウゴが戦った少女召喚士《しょうかんし》だ。

確かリゼルと呼ばれていたか。

ちなみに先の襲撃《しゅうげき》で、捕《つか》まえられた召喚士《しょうかんし》は彼女だけである。

オウマが連れていた召喚士《しょうかんし》と思《おぼ》しき人物はリゼルを含《ふく》めて総計四人。

内二人は魔術師《まじゅつし》組合の警備を担当していた傭兵《ようへい》に射殺され、内一人はエミリアが召喚獣《しょうかんじゅう》共々制圧したが、後に息を吹《ふ》き返《かえ》して逃亡《とうぼう》。

リゼルはユウゴに制圧されて捕《と》らえられ、そしてオウマ本人はブロドリックの町から平然と立ち去った。

リゼルを含《ふく》め『手下』の大半が捕《つか》まった事については全く気にしていないようだった。少なくとも奪還《だっかん》のための動きをオウマは見せていない。

だが――

「このっ――あんたのせいで！　あんたのせいで‼」

がしゃがしゃと『鳥籠《とりかご》』を揺《ゆ》らしながらリゼルが叫《さけ》ぶ。

天井《てんじょう》から鎖《くさり》で吊《つ》り下《さ》げられたこの小さな檻《おり》は、全方向から中の罪人を監視《かんし》する事が出来る。この為《ため》、脱獄《だつごく》の為《ため》に物陰《ものかげ》に隠《かく》れて何かをする、といった真似《まね》が難しい。

実際、今も、激昂《げきこう》するリゼルに反応して看守役が、ぴくりと手首を動かして銃口《じゅうこう》を彼女に向けるのが見えた。

この看守役――ユウゴは見覚えがあった。

くすんだ金髪《きんぱつ》と琥珀色《こはくいろ》の眼《め》、少し厳《いか》つい眼鼻《めはな》立ちの中年男。

さすがに名前までは知らないが、確か魔術師《まじゅつし》組合支部で何度かその顔は見掛《みか》けた事がある。魔術師《まじゅつし》組合が警備に雇《やと》っていた傭兵《ようへい》だった筈《はず》だ。

その者がどうして此処《ここ》にいるのかは、分からないが……単に衛士達の手が足りないのか、あるいは魔術師《まじゅつし》組合支部の警備をしていた以上、魔術師《まじゅつし》や召喚士《しょうかんし》への対応を心得ている、と判断されたのかもしれない。

ともあれ——

「あんたのせいで、『父様《とうさま》』に見放されちゃったじゃない！」

傭兵《ようへい》の反応などまるで気にしていない様子でリゼルは喚《わめ》く。

「——は？」

こちらは大人しく『鳥籠《とりかご》』の中で座りながら——ユウゴは意外な言葉に眉《まゆ》を顰《ひそ》めた。

「『父様《とうさま》』？　誰《だれ》の事だ？」

「オウマ・ヴァーンズ様よ！」

首を傾《かし》げて問うユウゴに、リゼルは即答《そくとう》してきた。

オウマ・ヴァーンズを『父』と呼ぶこの少女。

それはつまり——

「何言ってるんだお前は⁉」

ユウゴも思わず『鳥籠《とりかご》』の中で腰《こし》を浮《う》かして怒鳴《どな》った。

二つの『鳥籠《とりかご》』が大きく揺《ゆ》れて、がちんがちんと鋼《はがね》がぶつかり合う音を立てる——

「オウマ・ヴァーンズの娘《むすめ》⁉　は？　馬鹿か？」

「何が馬鹿よ！」

「お前、幾《いく》つだよ？」

ユウゴと同じ年頃《としごろ》に見えるのだが。

「十四よ！」

一つ下だが、やはり同世代か。

という事は――

「俺はお前みたいな妹持った覚えないぞ⁉」

「はあ？　あんたこそ何言って――」

「まさかあの人でなし、母さんの他に、外に愛人か何かが居たのか⁉」

一歳下《いっさいした》という事は、ユウゴの母が死んだ直後に別の女性とそういう関係になった――とも考えられるが。だからといって、妻が死んだ直後に別の女性と速攻《そっこう》で親しくなる、というのもかなり、良識を疑われる話であるわけで。

「は？　なに？　まさかあんた――」

さすがに驚《おどろ》いた様子でリゼルは眼《め》を見開いた。

「父様《とうさま》の――ヴァーンズ様の実子⁉」

「認めたくないけど、周囲がそう言うんだよ！」

と――怒鳴《どな》ってから。

ユウゴは、どうしてリゼルの話に対して腹が立つのか分かった。

（こいつは多分――）

ユウゴを『実子』と呼ぶ以上、リゼルはそうではない――恐《おそ》らくオウマが何処《どこ》かで引き取った養女だ。

それが何年前の事なのかは分からない。

だが、自分を棄《す》てたあの男が、わざわざ血の繋《つな》がりの無い少女を引き取って自分の手元で育てていたという事実は、言葉にし辛《づら》い不愉快《ふゆかい》さをユウゴに覚えさせていた。

別にオウマに息子《むすこ》として愛して欲しかったとか、そういう話ではない。

人間としての心を持ち合わせているかどうかすら怪《あや》しいあの男のせいで、自分は、不愉快《ふゆかい》な思いを何度もしてきたし、挙げ句に今こうして在らぬ疑いを掛《か》けられて牢《ろう》に入れられている。

召喚士《しょうかんし》としての未来すら、閉ざされかねない状態だ。

なのにあのオウマは、何処《どこ》か遠く離《はな》れた処《ところ》で、娘《むすめ》を引き取り、のうのうと『家族ごっこ』をしていたという――その事実が、とてもとても不愉快《ふゆかい》だった。

「ふざけんな、お前、俺はお前みたいな妹認めないからな！」

「は？　私だってあんたみたいな奴《やつ》、兄だなんて認めないからね！」

互《たが》いに鉄格子《てつごうし》を両手で摑《つか》み、『鳥籠《とりかご》』を揺《ゆ》らしてがつんがつんとぶつけ合いながら喚《わめ》くユウゴとリゼル。

「っていうか馬鹿じゃないの？　召喚獣《しょうかんじゅう》に自分をぶん投げさせるとか、頭に虫でも湧《わ》いてんじゃない？」

「その馬鹿に負けたのはお前だろうが⁉」

自分でも怒《いか》りに我を失っている――という自覚は在ったが、ユウゴは止まらない。自分が止められない。なんだかんだ言ってもユウゴは十五歳、未《ま》だ成人前の子供なのだ。

だが――

「やるか、こら⁉」

「一度まぐれで勝ったからって調子に乗らないでよ⁉」

そんな言葉を投げ合って、次の瞬間《しゅんかん》。

「カミラ！」

「バーレイグ！」

怒《いか》りに震《ふる》える二人の声に従って、『鳥籠《とりかご》』の横にそれぞれ〈ヴァルキリー〉と〈雷帝《らいてい》〉が姿を現す。

そして次の瞬間《しゅんかん》――

――銃声《じゅうせい》。

「――⁉」

「――!!」

煉瓦《れんが》と石材で造られた牢屋《ろうや》の中では、火薬の爆《は》ぜる音は幾重《いくえ》にも反響《はんきょう》して耳を打つ。少なくとも熱くなりすぎた少年と少女二人を、我に返らせる程度には、それは、強い音だった。

「お前等な……」

右手に回転弾倉式拳銃《リボルバー》を持ちながらその傭兵《ようへい》は呆《あき》れたように言った。

ちなみに銃口《じゅうこう》は真上を向いていて、ユウゴにもリゼルにも、そして召喚獣《しょうかんじゅう》達にも狙《ねら》いはつけられていない。

「召喚獣喚《しょうかんじゅうよ》び出したら、問答無用で撃《う》たれるって最初に言われたよな?」

傭兵《ようへい》は銃《じゅう》を下ろし、左手で無精髭《ぶしょうひげ》の生えた顎《あご》をさすりながらそう言ってきた。

「…………」

「…………」

顔を見合わせるユウゴとリゼル。

その隣《となり》で――別に召喚主《しょうかんぬし》に合わせたわけでもなかろうが、カミラとバーレイクも毒気を抜《ぬ》かれたかのように緩《ゆる》んだ表情の顔を見合わせていた。

「これも仕事なんで、勝手に聞かせてもらったがな」

と言いながら、傭兵《ようへい》はくるりと拳銃《けんじゅう》を一回転させて腰《こし》の銃鞘《ホルスター》に戻《もど》す。

「あのな、嬢《じょう》ちゃんよ――」

「私の事？」

「他に嬢《じょう》ちゃん居ねえだろ。ああ、召喚獣《しょうかんじゅう》はおいといて」

と傭兵《ようへい》はカミラの方を一瞥《いちべつ》してから続けた。

「自分でも言ってたが、お前さんは結局、あのオウマ・ヴァーンズって男に見捨てられたんだろう？」

「それは――」

とリゼルは言葉に詰《つ》まる。

リゼルのみではない。他の捕《つか》まった者達もオウマは一顧《いっこ》だにしなかったという。まるで使い捨ての道具を現場に残していくかのように、立ち去ってしまったのである。

「血が繋《つな》がっているかどうかはさておきな、『娘《むすめ》』が捕《つか》まってるってのに、捨てて自分達だけ帰っちまうような『親』に、義理立てする意味ってあるか？」

「……それは」

「そもそも……お前さんはなんだかんだ言っても誰一人《だれひとり》殺してないって聞いたぞ？　衛士隊の連中も結局、もう全員復帰してるし。召喚獣《しょうかんじゅう》の力で気絶させただけなんだよな？」

「………………」

「だからこのまま死刑《しけい》になるって事も無いぞ」

と傭兵《ようへい》は苦笑《くしょう》を浮かべて言った。

「だとするとだ。大人しくしてた方が身のためだと思わねえか？」

「…………」

リゼルは何処《どこ》か恥《は》じ入《い》るようにして眼《め》を伏《ふ》せる。

その様子を見て――ユウゴは少し彼女に対する自分の中の印象が、変わったような気がした。

この少女は自分と同じく『父』に棄《す》てられた。

いや。ユウゴよりも酷《ひど》い。いいように利用されただけだ。

そしてこの少女はブロドリックの町の人間を誰一人《だれひとり》殺していない――殺せる力を持っていたにもかかわらず。

オウマは何人も殺していたのに。

つまり――

「そっか……そうだよな」

ユウゴは腕《うで》を組みながら呟《つぶや》くように言った。

「お前、あの野郎《やろう》と違《ちが》って、実は悪い奴《やつ》じゃなかったりするのか？」

「なんの話⁉」

と耳ざとく聞きつけて再び噛《か》みついてくるリゼルだが。

「だから………」

ユウゴは魔《ま》術師《じゅつし》組合の建物の中に転がっていた幾《いく》つもの死体を思い出しながら言う。

あのオウマという男は、自分から望んで人を殺しに行ったわけではないようだが、邪魔《じゃま》をした相手を殺して退ける事について、一切《いっさい》、躊躇《ちゅうちょ》していなかった。

要するに自分の目的のためならば、他人の命など、どうでもいい、尊重するに値《あたい》しないと考えているという事である。

それは直接邪魔《じゃま》をしてきた人間を殺す事も、逆に下手を打って自分の足を引っ張りかねない手下を見捨てるのも、邪魔者《じゃまもの》を自分の前から退けるという意味では同じだ。

残虐《ざんぎゃく》、なのではない。

だがどうしようもなく冷酷《れいこく》非情だ。

「殺しちゃう方が楽だろ？」

とユウゴは言う。

「特に〈雷帝《らいてい》〉の力なら。なのにお前はそうしなかった。わざわざ、死なない程度に稲妻《いなずま》の威《い》力抑《りょくおさ》えて。俺に直接攻撃《こうげき》していた時も。召喚獣《しょうかんじゅう》の攻撃《こうげき》って見た目はともかく、本質的には魔《ま》術攻撃《じゅつこうげき》だから、『殺さないように』って手加減、実はすごく面倒《めんどう》で、気力消耗《しょうもう》するよな？」

それはリゼルらと戦っていた際にも感じていた事だ。

この少女は人殺しを意識的に避《さ》けている。

オウマを止めるほどではないにせよ、自分は見ず知らずの恨《うら》みも無い相手を殺す事について、よしとしていないのだ。

それはオウマに比べると、随分《ずいぶん》と真っ当な価値観だと思える。

ならばあの男と違《ちが》って、話し合いの余地があるのではないか――

「俺はお前がどういう経緯《けいい》であの男の娘《むすめ》になったのか知らないしな。認めないとかなんだとか、言える立場でもなかったな」

そこまで言って――溜息《ためいき》を一つついて。

ユウゴは頭を下げた。

「ごめん」

オウマの仲間だから――オウマの『娘《むすめ》』だから、オウマと同じ冷酷《れいこく》非情な悪人と断じるのはあまりにも早計だろう。

世の中には選択《せんたく》の余地なんて最初から無い場合だって珍《めずら》しくないのだ――子が親を選んで生まれてくる事が出来ないのと同じく。

「…………」

バーレイグと顔を見合わせるリゼル。

やがて彼女は短く溜息《ためいき》をついて――

「なんなのこいつは……」

「少なくとも」

バーレイグは静かな口調で言った。

「喜怒哀楽《きどあいらく》は激しいようだが、その一方で理《ことわり》を以《もつ》て説かれれば、自分の非を認められる——自分が間違《まちが》っていたと、考え直す事が出来る、そんな理性を持ち合わせた人間なのだろう」

「…………」

そう諭《さと》されて——リゼルはもう一度、今度は長い溜息《ためいき》をつく。

「ああ…………だから、ええと。戦ってた時は、その、父様《とうさま》の——ヴァーンズ様の命令だったし、無我夢中《むがむちゅう》だったけど」

言ってリゼルはユウゴから恥《は》ずかしそうに眼《め》を逸《そ》らす。

「あの、女の子を庇《かば》ったときも、こいつ馬鹿なの？　って思ったけど」

「なんだと？　馬鹿って人に言う奴《やつ》が馬鹿なんだぞ？」

「話は最後まで聞きなさいよ！　思ったけどって言ってるの！」

「え？　あ、ああ、ごめん」

とユウゴは目を瞬《まばた》かせて謝る。

リゼルは横目で彼を一瞥《いちべつ》してから——

「……本当、調子狂《くる》うわね、でも、その、あんたも多分、悪い奴《やつ》じゃ、ないのよね……」

そのままリゼルは自分の膝《ひざ》のあたりに視線を落としながら——呟《つぶや》くようにこう言った。

「私……ヴァーンズ様に、助けてもらった、から……」

「あいつに？」

「……村の奴等《やつら》に母様《かあさま》が殺されて、その後、私も——」

「………」

言葉に詰《つ》まるユウゴ。

やはりこのリゼルという少女とオウマの間には何か、ユウゴが想像もしていなかった事情があるらしい。

そんな事を思っていると——

「………ところで」

ふと顔を上げてリゼルは目を細めた。

「あんた、何してるの？」

「——あ？　いや、気にするなよ、嬢《じょう》ちゃん」

そう言って傭兵《ようへい》は膝《ひざ》の上に広げた帳面に鉛筆《えんぴつ》で何かを書きつけている。

「続けてくれ。俺としては尋問《じんもん》する手間が省ける」

「あんたね⁉」

「何ならそのまま嬢《じょう》ちゃんとオウマ・ヴァーンズの出会いの話を詳《くわ》しく——」

「喋《しゃべ》るわけないでしょ‼」

そう言ってリゼルは『鳥籠《とりかご》』の鉄格子《てつごうし》を叩《たた》いた。

†

——翌日。

意外にもユウゴは早々に牢屋《ろうや》から解放される事になった。

「——この子が口添《くちぞ》えをしてくれたのよ」

と言うのは魔術師《まじゅつし》組合のエドワーズ副支部長である。

彼女の傍《かたわ》らに居るのは先の戦いの際にユウゴが庇《かば》った銀髪《ぎんぱつ》の少女——カティである。

先日と変わらずどこか茫洋《ぼうよう》とした感じで、美しい少女ではあるものの、つかみどころが無いというか、何を考えているのかその表情や仕草からはまるで分からない。

だが——

「この子曰《いわ》く……ユウゴ・ヴァーンズ、君はこの子を身を挺《てい》して庇《かば》った上、オウマ・ヴァーンズとも命《いのち》懸《が》けで戦ったと」

「——え？」

と思わずユウゴが驚《おどろ》きの声を漏《も》らしたのは、オウマと戦った時点ではカティは現場から離《はな》れていた——離《はな》れるようにユウゴが促《うなが》し、カティもそれに従ったように見えたからだ。

「おい……まさか、離《はな》れてろって言ったのに、戻《もど》ってきてたのか？」

「離《はな》れた。戻《もど》っていない。です」

とカティは言う。

「じゃあなんで——」

「離《はな》れた後、遠くから見ていた。です」

「いや、あのな、頓知《トンチ》やってんじゃないんだから……」

とユウゴは溜息《ためいき》をつく。

「この子が君と共謀《きょうぼう》しているという可能性もあったのと——」

副支部長は何故《なぜ》か悩《なや》ましげな様子で、眉間《みけん》に縦皺《しわ》を寄せる。

「身元を尋《たず》ねても答えないというか……家が何処《どこ》なのかも、親の名前も言わないので、本人の承諾《しょうだく》を得て魔術《まじゅつ》で記憶《きおく》を探《さぐ》ったわ」

「……記憶《きおく》を？」

魔力《まりょく》の波長を合わせて相手の意識の中に入り込み、記憶《きおく》を覗《のぞ》く魔術《まじゅつ》の存在は、ユウゴも知っているが……遡《さかのぼ》れる時間に制限があったり、相手が拒《こば》めば上手《うま》く行かない等、実用としては不都合な点が多く、使われる頻度《ひんど》は低い。

「どうもこの子には君に庇《かば》われた前後からしか記憶《きおく》が無いのよ」

「記憶喪失《きおくそうしつ》って事ですか？」

「はい。です」

と頷《うなず》いたのはカティ本人である。

やはりその表情はぼんやりと曖昧《あいまい》で、悲壮《ひそう》感も無いのだが。

「それって、事件に巻き込まれた時に頭を打ったとか？」

「その辺はまた専門の魔術医《まじゅつい》に診《み》せないとなんとも。ただ、この子の記憶《きおく》の中で、確かにユウゴ・ヴァーンズ、君はあのオウマ・ヴァーンズに挑《いど》みかかっている。他に誰《だれ》も見て居る者が居なかったから、オウマ・ヴァーンズと共謀《きょうぼう》してそれらしい演技をしていたとも考えにくい」

「……なるほど」

と頷《うなず》くユウゴだが。

（身の潔白……？　を証明してくれたのは有《あ》り難《がた》いけど、そもそもこの子、何処《どこ》の誰《だれ》なんだ？）

ユウゴはこのカティと名乗る少女を事件以前に見た覚えが無い。

勿論《もちろん》、彼も四千人ものブロドリックの住人の全ての顔を知っているわけではないのだが――魔術師《まじゅつし》組合の建物に出入りする子供、となると、数が限られてくる筈《はず》なのだ。

ましてこの綺麗《きれい》な――それこそ鏡の如《ごと》く、見つめた者の顔を映すかのような艶《つや》やかな銀髪《ぎんぱつ》は、およそ人間離《にんげんばな》れしているというか、一度見れば忘れる筈《はず》が無い。

「それと――」

エドワーズ副支部長は溜息《ためいき》を一つ挟《はさ》んで続けた。

「クレイ・ホールデンの証言も得られました」

「──クレイの？」

「オウマ・ヴァーンズとその一味の襲撃《しゅうげき》の直後に、君が現場に駆《か》けつけて、クレイに彼自身の安否を尋《たず》ねたと」

「ああ……それは」

咄嗟《とっさ》の事だったが。

「オウマ・ヴァーンズの仲間であったならそんな真似《まね》をする必要は無いでしょう。これも誰《だれ》が見ていたわけでもなし、クレイ自身も直前まで意識を失っていた様だしね」

「…………」

意外な話だった。

幼い頃《ころ》に比べて下らない嫌《いや》がらせや喧嘩《けんか》を仕掛《しか》けてはこなくなったが──相変わらずクレイには嫌《きら》われていると、ユウゴは思っていた。だからクレイがユウゴに有利になる証言をするとは、思ってもみなかったのである。

だが逆に言えば、仲の悪かったクレイの証言は、カティのそれに加えて決定打としてユウゴの身の潔白を証明してくれた事になる。

「その上で私達からは一つ、ユウゴ・ヴァーンズ──君に一つ取引を持ちかけたいと考えています」

エドワーズ副支部長は不意にそんな事を言い出した。

「──取引？」

「ええ。取引です。我々の『お願い』を聞いてくれれば、その対価として君の違法《いほう》な召喚獣《しょうかんじゅう》行使を不問に付し、更《さら》に、君に召喚士《しょうかんし》の公的資格申請《しんせい》を認めましょう」

エドワーズ副支部長が懐《ふところ》から取り出して見せたのは、ユウゴの召喚士《しょうかんし》資格申請《しんせい》のための書類である。

しかもそこには既《すで》にユウゴの名前のみならず、副支部長他、数名の組合員の名前も書き込まれ──呆《あき》れた事に、日付けは十日前になっている。

「勿論《もちろん》、実際に正規の試験を受けてはもらいますが、既《すで》に召喚獣《しょうかんじゅう》とは契約《けいやく》済み、師であるエミリア・アルマスからも聞く限り、君の技量ならば、万が一にも試験に落ちる事は無いでしょうし」

つまりこの書類が発効すれば、ユウゴは先日の事件の際には一人前の召喚士《しょうかんし》資格を持っていたという事になり、彼の違法《いほう》な召喚獣《しょうかんじゅう》行使という罪状そのものが『無かった』事になる。

有《あ》り難《がた》い話ではあるが、端的《たんてき》に言えば、これは物事の辻褄《つじつま》を合わせるための欺瞞《ぎまん》であり書類の偽造《ぎぞう》だ。

事務仕事に長《た》けたエドワーズ副支部長からすればちょっとした『裏技《うらわざ》』程度の事なのかもしれないが……ユウゴは大人の、そして組織というものの汚《きたな》さについて、改めて思い知らされた気分だった。

ただ――

（取引――か）

そもそもあと半年も経《た》たずに成年たる十六歳を迎《むか》えるとはいえ、大人から見ればユウゴはまだ子供扱《こどもあつか》いだ。

そんな彼に大人が何かを一方的に『命じる』のではなく『取引』を持ちかけてくるのは、つまり彼等がユウゴを大人に準じた存在であるとみなしているという事になる。

逆に言えば、それは『取引』における判断の責任をユウゴに押し付けて、自分達はそれを負わない、という宣言でもあるわけだが。

「具体的には、何をすればいいんです？」

「魔術師《まじゅつし》組合の零番《ゼロ》倉庫は知っているわね？」

と副支部長は探《さぐ》るような眼《め》でユウゴを見つめてくる。

勿論《もちろん》、魔術師《まじゅつし》として組合に登録されている以上、ユウゴもその存在は知っていて当然だ。

というか――実を言えば、未《ま》だ幼かった頃《ころ》、ユウゴは面白《おもしろ》がって魔術師《まじゅつし》組合の建物を『探検』した事がある。

その際、用事があって零番《ゼロ》倉庫に出入りしたエミリアの陰《かげ》に隠《かく》れて、倉庫の中にまで入った事すらあったのだ。勿論《もちろん》、それがばれた後で、エミリアにはこっぴどく叱《しか》られたが。

ともあれ——

「オウマ・ヴァーンズが零番《ゼロ》倉庫から盗《ぬす》み出《だ》したと思《おぼ》しき品が在ります。これを奪還《だつかん》なさい」

エドワーズ副支部長は一枚の紙を取り出してユウゴに示した。

それは零番《ゼロ》倉庫の収蔵品を描き写《スケッチ》したものだった。一枚の勲章《メダル》。絵の下にはそれが収蔵された経緯《けいい》と、魔術師《まじゅつし》達が調査した際の所見が書《か》き添《そ》えられるのが常なのだが——どちらも空欄《くうらん》になっていた。

「細かい手段は問いません。勿論《もちろん》、召喚獣《しょうかんじゅう》も使って構いません。そのための資格申請《しんせい》です」

「分かりました、やります」

「君としては、突然《とつぜん》の話な上に、実の父と敵対する事になるので、躊躇《ちゅうちょ》を覚えるのは当然——……………え？」

とエドワーズ副支部長は驚《おどろ》いたように目を瞬《まばた》かせた。

「今、やると？」

「はい。やります」

とユウゴは大きく頷《うなず》いてみせる。

「…………決断が早すぎない？」

とエドワーズ副支部長は呆《あき》れた様子だったが——

「だから、先にも言いましたけどね。俺、一歳の頃《ころ》にあの野郎《やろう》と別れてから、十四年会ってなかったんですよ？　顔だって覚えてなかったし、親子らしい会話なんてした事も無い。おまけにエミ姉《ねえ》——じゃなかった、師匠《ししょう》や、俺の知り合い何人もに、あんな真似《まね》をしてるんです。今更《いまさら》、あんな奴《やつ》に親子の情とか感じる方がおかしいでしょ」

とユウゴは堂々とそう言い放った。

「そ……そう」

と若干《じゃっかん》、気圧《けお》されたように表情を強張《こわば》らせて頷《うなず》くエドワーズ副支部長。

彼女の隣《となり》のカティは、やはり話を理解しているのかいないのか、ぼんやりとしたまま何の表情も示していない。

傭兵《ようへい》は不寝番《ふしんばん》のせいか、あくびをかみ殺しているばかりで、こちらもユウゴらの会話に、あまり興味を抱《いだ》いているようにも見えない。

ただ——

「あ、あの！」

そこで口を挟《はさ》んできたのは——驚《おどろ》いた事にリゼルだった。

「——リゼル？」

「わ、私も連れて行って！」

しかもそんな事を彼女は言い出したのである。

「何を言っているのか、この娘《むすめ》は？　——モーガン・アクセルソン？」

「……いや、俺に聞かれてもですね」

と肩《かた》を竦《すく》めるのは傭兵《ようへい》である。

どうもこの傭兵《ようへい》、ユウゴ達の監視《かんし》と同時に、情報を引き出す役目も負っていたらしい。

だからこそエドワーズ副支部長は彼に尋《たず》ねているのだろう。

一体どういう風の吹《ふ》き回しで、この娘《むすめ》はこんな突拍子《とっぴょうし》も無《な》い事を言い出したのか、貴方《あなた》に何か心当たりはないのか？　――と。

「まあ強《し》いて言えば」

無精髭《ぶしょうひげ》の生えた顎《あご》を指でさすりながら傭兵《ようへい》は言った。

「このお嬢《じょう》ちゃん、オウマ・ヴァーンズの養女らしく。要はユウゴ・ヴァーンズとは義理の兄妹《きょうだい》らしいんですがね、二人共に『父親に棄《す》てられた』って事で意気投合したっていうか」

「それは意気投合とは言わないのでは？」

と眉《まゆ》を顰《ひそ》めるエドワーズ副支部長。

「同病相憐《あいあわ》れむでも何でもいいですが――とにかく、ユウゴ・ヴァーンズと口喧嘩《くちげんか》の末に和解したみたいなんで、その辺に関係してるんじゃないですかね」

「だから俺は最初からあんな奴《やつ》、親だと思ってない」

とユウゴは口を挟《はさ》むも、副支部長もモーガンと呼ばれた傭兵《ようへい》も聞いてはいないようだった。

代わりに――

「私なら父様《とうさま》——じゃなかった、オウマ・ヴァーンズの拠点《きよてん》を幾《いく》つか知ってるし、私以外の手勢の顔も知ってるわよ⁉　情報源として便利だと思わない？」

リゼルが『鳥籠《とりかご》』の鉄格子《てつごうし》越《ご》しにそう訴《うった》えてくる。

何故《なぜ》かその表情は必死というか、何やら差《さ》し迫《せま》ったものがあるかのように余裕《よゆう》が無い。

「とにかく！　この忌々《いまいま》しい『鳥籠《とりかご》』から今すぐ出たいのよ、私は！　これ以上、こんなところにいるのは耐《た》えられないの！　ここから出られるなら何だってするわよ！」

「——ああ」

そこでモーガンが納得《なっとく》した様子で頷《うなず》く。

「そりゃそうだよな、昨晩も——」

「うるさい、黙《だま》れ！」

とリゼルが顔を真っ赤にして喚《わめ》く。

「それ以上言ったら殺してやる！　ユウゴ・ヴァーンズ、あんたもよ‼」

「………………」

ユウゴとしては——リゼルの剣幕《けんまく》に肩《かた》を竦《すく》めるしかない。

まあ、うら若き乙女《おとめ》が、便壺《べんつぼ》すら無い、鉄格子《てつごうし》の『鳥籠《とりかご》』に丸一昼夜閉じ込められ、しかもその間、いかなる動作も見逃《みのが》さないようにと厳命されている監視《かんし》者が張り付いていたわけで
——

「…………」

副支部長はモーガンと顔を見合わせて——それから、改めてリゼルの方へと目を向けた。

「オウマ・ヴァーンズを裏切ると？　ですが、貴女《あなた》が今度は、ユウゴ・ヴァーンズを裏切らないという保証は——」

「裏切ったら殺しなさいよ」

副支部長の言葉に被《かぶ》せるようにしてリゼルは言った。

「そういう魔法具《アーテイファクト》、あるでしょ？」

「…………」

「魔術師《まじゅつし》組合の零番《ゼロ》倉庫には、『大災厄《だいさいやく》』以前の魔法《まほう》技術の品が多種多様に、大量に保管してあるって聞いたけど？」

危険が無いものだと判断されれば、市場に出回る。

逆に言えば素性《すじょう》や機能が判明した後も『危険である』と判断されて零番《ゼロ》倉庫に保管されたままの品もまた在る筈《はず》なのだ。

「それに、ユウゴ・ヴァーンズにもどうせ、監視《かんし》を付けるんでしょ？　最初からそいつを信用してるなら、そもそもこんな場所に押し込んだりしないんでしょうし」

「……それは道理だよなあ」

と面白《おもしろ》そうに笑うのはモーガンである。

エドワーズ副支部長はしばらく、何事か考えていたようではあったが。

「――わかりました」

溜息《ためいき》交じりにそう言って頷《うなず》いた。

†

がしゃん――と音を立てて『鳥籠《とりかご》』が床《ゆか》に降ろされる。

モーガンが歩み寄って解錠《かいじょう》すると、リゼルは鉄格子《てつごうし》の扉《とびら》を蹴飛《けと》ばして開くような勢いで中から飛び出してきた。

「本っ当――……に最悪っ！」

と溜《た》まっていた鬱憤《うっぷん》を吐《は》き出《だ》すかのように言うリゼル。

そんな彼女に――モーガンは足下《あしもと》に置いてあった木箱から、一本の金属環《きんぞくかん》を取り出して手渡《てわた》した。

「――これは？」

「お嬢《じょう》ちゃんが自分で言い出した事だろ？」

と肩《かた》を竦《すく》めながら言うモーガン。

「『犬の首輪』さ」

「……随分《ずいぶん》と用意がいいわね？」

リゼルが『自分もユウゴに同行したい』と言い出した後、副支部長が去っただけで、改めてこの牢屋《ろうや》を訪《おとず》れた者は居ない。つまり金属環《きんぞくかん》は最初からこの牢屋《ろうや》に、恐《おそ》らくは『備品』の一つとして置かれていたという事だ。

「元々、ここは魔術師《まじゅつし》や召喚士《しょうかんし》用の牢屋《ろうや》だからな。最初からこういう小道具も備え付けられてんのさ。お嬢《じょう》ちゃんが言うように旧時代の魔法具《アーティファクト》らしいな」

「…………」

しげしげとその輪を見つめるリゼル。

それは――モーガンの言葉通り『首輪』だった。

大人の親指くらいの太さ、いや幅《はば》がある、金属製の首輪。

特に装飾《そうしょく》性があるわけでもなく、むしろ素っ気ない造りの代物《しろもの》である。

「これを着けろっていうのね？」

「そうだ。ユウゴ・ヴァーンズにも着けてもらう予定だが」

といって握《にぎ》り拳《こぶし》から立てた親指でモーガンは、壁際《かべぎわ》にたたずんでいるユウゴの方を指す。

「ある音波に反応するようになっててな。対《つい》になってる音叉《おんさ》を短い間に三度続けて鳴らすと、ぎゅっ――」

そう言ってモーガンは自分の首を左手で掴《つか》んで見せる。

「呪文詠唱《じゆもんえいしよう》も出来ないまま、瞬《また》く間《ま》に窒息死《ちつそくし》ってわけだ」

「悪趣味《あくしゆみ》ね」

「まあそいつには同意だ。実際に使う事が無いように祈《いの》ってるぜ。首絞《し》められて死んだ死体ってのは、それはそれは悲惨《ひさん》だからな。上から下から垂《た》れ流《なが》――」

「それ以上、下ネタしゃべると殴《なぐ》るわよ」

とモーガンを睨《にら》みながらリゼルは言った。

「つければいいんでしょ、つければ。だからその腰《こし》の後ろで握《にぎ》ってる、短剣《たんけん》だか拳銃《けんじゆう》だか知らないけど、武器から、手を放しなさい」

「………」

曖昧《あいまい》に笑って両手を『降参』といった風に掲《かか》げるモーガン。

リゼルは短く溜息《ためいき》をつくと、その首輪に触《ふ》れる。

途端《とたん》、首輪は倍近い直径に広がり――リゼルがそれに頭部を通して首筋にまで持ってくると、次の瞬間《しゆんかん》、元の大きさに戻《もど》っていた。

恐《おそ》らく『締《し》まる』時も一瞬《いつしゆん》なのだろう。

「そんじゃまあ、『お兄ちゃん』にも『お揃《そろ》い』になってもらおうか」

とモーガンは言って笑う。

一方――

「──ユウゴ・ヴァーンズ」

ユウゴはといえば、壁際《かべぎわ》でカティに──詰《つ》め寄《よ》られていた。

「…………いや、あの」

「…………」

互《たが》いの息がかかるほどの至近距離《きょり》。

カティが遠慮《えんりょ》無くすたすたと近づいてきたために、何となくユウゴは後ずさったわけだが、既《すで》に背後は壁《かべ》、それ以上は退けない。

そんな状態から更《さら》にカティは、接吻《せっぷん》でもねだるかのように、わずかに背伸《せの》びしてユウゴに顔を近づけている。ただしその表情は変わらず曖昧《あいまい》に緩《ゆる》んだままで、恥《は》ずかしがるでも微笑《ほほえ》むでもなく、彼女が何を思ってそんな体勢になっているのかは傍目《はため》には全く分からない。

「カティ──だっけ。近い──じゃなくて、えっと、何、かな？」

「あなたに渡《わた》すものがある。です」

とカティはその円《つぶ》らな蒼《あお》の瞳《ひとみ》でユウゴを見つめながら言った。

「ずっとずっとその機会を待っていた。です」

「え？　ずっと？」

それはどれくらいの期日の事なのか。

ユウゴがカティと出会ってから、まだ二日程度しか経過していない筈《はず》なのだが……まるで何年も前から知り合いであったかのような物言いにも聞こえる。

「そもそも君は――」

記憶喪失《きおくそうしつ》なのではなかったのか。

だがユウゴがそれを問《と》い質《ただ》す間も許さず――

「これは私。です」

一方的に言いながらカティはユウゴに何かを手渡《てわた》してきた。

「へ？　……ええと？」

「常に携帯《けいたい》する事を推奨《すいしょう》。です」

ユウゴが受け取るのに躊躇《ちゅうちょ》していると、カティは彼の手を取って握《にぎ》りながら少し強引《ごういん》にそれを押しつける。

「お……お守りみたいなもの……？」

つまり『これを私だと思って肌身《はだみ》離《はな》さず持ち歩いて欲しい』という意味だろうか。戦場に行く恋人《こいびと》や伴侶《はんりょ》に自分の髪《かみ》を一房《ひとふさ》切って、お守りに渡《わた》す、という風習は広く知られているが――

「あ……ありが、とう？」

若干《じゃっかん》、頬《ほお》を赤らめながらそう答えるユウゴ。

とても美しい少女に、抱《だ》き合《あ》えるほどの至近距離《きょり》で話しかけられ、あまつさえ手まで握《にぎ》られれば、思春期の少年なら赤面の一つもして当然――なのだが。

「これは――」

改めて手の中の『お守り』を見てユウゴは目を丸くする。

勲章《メダル》だ。丸くて掌《てのひら》の上に乗る程度の金属円盤《えんばん》。

そしてそれは……先に副支部長から見せられた資料の中の『オウマから奪還《だっかん》すべき品』にそっくりだった。

大きさも、表面に彫《ほ》られている紋様《もんよう》も同じ。

（そういえば、昔、どこかでこれを見た――ような？）

その図形に何となく見覚えがある。

『開いた本』に『星』の形を組み合わせたような。

その図形が何を意味するのかは全く分からないが――

「おい、カティ、これは――」

と改めて色々尋《たず》ねようとしたユウゴだったが、その時、既《すで》にカティは彼の前に居なかった。

「カティ？　おい、カティ？」

慌《あわ》てて周りを見回しても彼女の姿は影《かげ》も形も無い。

目を離《はな》したわずかな間に、どこへ行ったのか。

「……変な子だな」

呟《つぶや》きながらも改めてその勲章《メダル》を指先でいじる。

彼女の、ひどく愛らしい顔を思い出して、ユウゴが若干《じゃっかん》、顔を赤らめていると——

「…………」

「うわっ⁉」

いつの間にそこに現れたのか。

カミラが何やら半眼でユウゴの顔を覗《のぞ》き込んでいた。

「お、お前、よ、喚《よ》んでないのに——」

「我が君。お顔が赤いようですが」

と無表情に言うカミラ。

いやこの〈ヴァルキリー〉はカティとは別の意味でいつも表情に乏《とぼ》しいのだが。今のカミラは何か……殊更《ことさら》に強く、表情が顔に出るのを抑《おさ》え込んでいる印象があった。

特に口の両端《りょうたん》が若干《じゃっかん》、下がっているのが——何かに拗《す》ねて唇《くちびる》を尖《とが》らせているかのようにも見える。

「動悸《どうき》も若干《じゃっかん》、上がっているようです。もしかして、何か問題でも？　召喚主《しょうかんぬし》の危急の際にははせ参じるのが召喚獣《しょうかんじゅう》の勤め故《ゆえ》」

「も、問題？　いや、別にそんな事は——」

「ふうん？」

と更《さら》に、何やら揶揄《やゆ》するような、含《ふく》みのある声を横から挟《はさ》んでくるのは——リゼルだった。

「『兄様《にいさま》』ってああいう子が好みなんだ？」

と何故《なぜ》かカミラ同様の半眼でユウゴを見つめるリゼル。

こちらははっきりと冷ややかというか……ユウゴをあからさまに呆《あき》れの表情で眺《なが》めているのが分かったが。

「いや、好みとかそういう――というかなんだ⁉『兄様《にいさま》』⁉」

いきなりの『兄』呼びに何故《なぜ》かユウゴは焦《あせ》った。

ずっとエミリアの下で『弟』として育ってきたため、誰《だれ》かから『兄』と呼ばれると落ち着かないというか、何か特別な呼ばれ方をしているようで――

「父様《とうさま》の――オウマ・ヴァーンズの子なんでしょ？」

とユウゴの鼻先に指を突《つ》きつけながらリゼルは言った。

「私は一応、あの人の養女扱《あつか》いだったからね。だったら『兄様《にいさま》』と呼んでもおかしくないし」

「……いやでもほぼ同じ歳《とし》……」

「それともあんたが私を『姉様《ねえさま》』と呼んでくれる？」

「まっぴらごめんだ！」

と即答《そくとう》するユウゴ。

そもそも彼にしてみれば『姉』とはエミリアを示す言葉なので、他の誰《だれ》かを『姉』と呼ぶことには、激しく抵抗《ていこう》感を覚える。

複雑というか、特殊《とくしゅ》な生《お》い立《た》ち故《ゆえ》の事とはいえ、他人から見れば、少々難儀《なんぎ》な兄弟姉妹《きょうだいしまい》観がユウゴの中には出来上がっているのだった。

そんな彼を傍《かたわ》らで眺《なが》めていたカミラは――

「我が君は……いつか『そちら関係』で、何か大きなしくじりをするのではないかと、心配でなりません」

首を振《ふ》ってそう言った。

†

「――クレイ？」

牢屋《ろうや》から出た――直後。

ユウゴは外で待ち構えていたらしいクレイ・ホールデンと顔を合わせる事になった。

相変わらず恰好《かっこう》は魔術師《まじゅつし》組合の制服と言える紋章《もんしょう》付きの外套《がいとう》姿で、神経質そうな細面《ほそおもて》を、眼鏡の下で忌々《いまいま》しげにしかめている。

その頭部に包帯が巻かれている事を思うと、やはり先の襲撃《しゅうげき》の際に頭を打っていたらしい。意識が朦朧《もうろう》としていた筈《はず》だが、それでも彼はユウゴと会った事を覚えていて、証言してくれたのだ。

「エドワーズ副支部長の取引を受けたそうだな」

とクレイはユウゴを、そしてその後ろに続いているリゼル、モーガンの姿を見て言った。

「お前、知って――」

「オヤジの名代《みょうだい》で支部長代理をしてるからな」

とクレイは言った。

「オヤジの代わりに報告を受けた。あの『人殺し』を追いかけて、奪《うば》われた『遺物』を取《と》り戻《もど》すと？　お前が？」

「……そうだ」

とユウゴは頷《うなず》いてから。

「お前、俺があいつらの仲間じゃないんだって証言してくれたらしいな。お陰《かげ》で俺は牢屋《ろうや》から出られた――というか出るのが早まったみたいだし」

そしてユウゴは真《ま》っ直《す》ぐクレイのしかめ面《つら》を見ながら言った。

「お前の事は大嫌《だいきら》いだけど、その事については、礼を言うよ。ありがとう」

「僕は衛士に事実を報告しただけだ。お前を庇《かば》ったわけでもない」

とクレイは言った。

「ただ――」

「ただ？」

「……お前と、アルマス師が居なければ、オヤジは死んでいただろうと聞いた」

ホールデン支部長は、最初の攻撃《こうげき》で大怪我《おおけが》を負った。

その直後にエミリアがエルーシャと共に応急手当をした事、そしてユウゴがオウマの手勢の大半を倒《たお》して事態の収束を早めた事から、ホールデン支部長はその後に駆《か》けつけた医者らに追加の治療《ちりょう》を受け、一命を取り留めた、との事だった。

「僕はひっくり返っていただけだ。何も出来なかった」

と言ってクレイは唇《くちびる》を噛《か》んだ。

「自分が、召喚士《しょうかんし》であったなら、と思ったよ」

「…………」

ユウゴとしては言葉が出ない。

単に魔術師《まじゅつし》としてなら、ユウゴとクレイ、両者の優劣《ゆうれつ》は比べるべくもない。ユウゴが二種類の魔術《まじゅつ》しか使えないのに比べ、クレイは十種類を超《こ》える魔術《まじゅつ》を使いこなし、その応用範囲《はんい》も広い。

だがそれでもクレイには召喚士《しょうかんし》としての才が無い。

だからクレイは努力しても召喚士《しょうかんし》にはなれなかった。

一方で自分でもよく覚えていないが、ユウゴは努力する以前から召喚士《しょうかんし》としての才能の片鱗《へんりん》を見せていたらしい——そうエミリアから聞いた事がある。

天与《てんよ》の才。

自分ではどうにもならない生まれついての差。

それがクレイには我慢《がまん》ならなかったのだろう。

「僕は、姉貴や母の仇《かたき》を自分の手で討《う》ちたかったよ」

とクレイは呟《つぶや》くように言った。

「まさか——」

「五つ上の姉貴と、母親は、十四年前のあの日に殺された」

「…………」

これも初耳だった。

ホールデン支部長は、顔の傷だけでなく、家族をもオウマに奪《うば》われていたという事らしい。

だが考えてみれば妙《みょう》にホールデン支部長がクレイに甘かったというか、眼《め》を掛《か》けていたのも、妻の忘れ形見たる彼を、男手一つで育てたが故《ゆえ》の事だったのかもしれない。

クレイがユウゴに辛《つら》く当たったのも、ある意味で当然だ。

（本当にあの野郎《やろう》は——いや、それよりも）

そこでユウゴはふと気がついた。

（クレイは——）

オウマを『人殺し』とは呼んでもユウゴを『人殺しの息子《むすこ》』とはもう呼んでいない。

彼はようやく、自分の母親や姉の仇《かたき》を——オウマ・ヴァーンズとユウゴを分けて認識《にんしき》出来たのかもしれない。

それまで仇《かたき》であるオウマ・ヴァーンズと直《じか》に相対する事すら無かったが故《ゆえ》に、クレイは怒《いか》りや恨《うら》みのぶつけどころを眼《め》の前《まえ》のユウゴに見出《みいだ》すしかなかったのではないだろうか。

「……其《そ》は赦《ゆる》し・其《そ》は癒《い》やし・大いなる慈悲《じひ》の息吹《いぶき》は……」

ふと気がつくとクレイが呪文《じゅもん》を唱えている。

魔術師《まじゅつし》のそれは、大抵《たいてい》、長々とした呪文詠唱《じゅもんえいしょう》を伴《ともな》うが故《ゆえ》に、召喚獣《しょうかんじゅう》のような即応《そくおう》性は無い。

ただ——

「賜《たまわ》りし長寿《ちょうじゅ》を・全《まっと》うせんことを——」

最後にクレイが右手で印《いん》を切ると、ユウゴの頭上から淡《あわ》く白い光が降り注ぐ。勿論《もちろん》、攻撃《こうげき》的な魔《ま》術《じゅつ》でない事は呪文詠唱《じゅもんえいしょう》の段階で分かってはいたのだが——

「——クレイ?」

「召喚獣《しょうかんじゅう》の癒《い》やしは基本的に戦闘時《せんとうじ》用の応急処置だろう」

とクレイは言った。

「その後の医療《いりょう》用魔術《まじゅつ》の処置で滋養強壮《じようきょうそう》を含《ふく》めて処置しておかないと、疲労《ひろう》が蓄積《ちくせき》していきなり倒《たお》れるぞ」

「……あ」

と声を漏《も》らすユウゴ。

実際、ホールデン支部長やエミリアは、そのために自宅療養《りようよう》しているのだ。流血を止めたからといって傷そのものが瞬間《しゆんかん》的に無くなるわけでもないし、傷ついた部分を修復出来たとしても、そのために費《つい》やされる栄養や体力まで無から生み出されるわけでもない。

だから召喚獣《しようかんじゆう》の癒《い》やしの魔術《まじゆつ》の後、改めて何らかの医療《いりよう》用魔術《まじゆつ》での補足的な治療《ちりよう》が必要になるのだが——すぐに拘束《こうそく》されて牢屋《ろうや》に押し込められていたユウゴは、その補足治療《ちりよう》を受けていない。

クレイが今施《ほどこ》してきたのはその一種のようだった。

勿論《もちろん》、ユウゴには使えない魔術《まじゆつ》なので、すっかりそれが必要だという事を失念していたわけだが——

「……ありがとう」

「勘違《かんちが》いするな。お前が取引を全《まつと》うできるようにするためだ」

礼を言うユウゴから眼《め》を逸《そ》らしてクレイはそう返してきた。

「……まあ、そうなんだろうけどな」

とユウゴは溜息《ためいき》をつくと、クレイの脇《わき》を通り過ぎながら、彼の頭の包帯を指さす。

「お前も養生《ようじよう》しろよ」

「……礼を言えるくらいなら歳上《としうえ》に対する言葉遣《ことばづか》いを覚えておけ」

「……うるせぇですよ、ホールデン支部長代理」

二人は、そんな言葉を投げ合うと——互《たが》いに背中を向けて歩き出す。

「……何なの、あれ？」

「女の子には分かりづらいかもなあ？」

ユウゴの後に続きながらリゼルとモーガンがそんな言葉を交《か》わしているのが聞こえた。

†

ユウゴは幼少期からアルマス家で育てられた。

母親が彼を産んで、程《ほど》なくして亡《な》くなってしまったため、彼はほぼその記《き》憶《おく》を持ち合わせておらず……物心ついた頃《ころ》にはエミリアを実の姉と、彼女の両親を実の親だと思っていた。

自分がアルマス家の子供でないと知ったのは六歳の頃《ころ》だ。

何故《なぜ》、自分がヴァーンズ姓《せい》なのか、そして何故《なぜ》、時折だが町の住人から『人殺しの息子《むすこ》』と罵《ば》倒《とう》されるのかを不思議に思った彼が、エミリアやその両親に尋《たず》ねたのである。

「確かにお前は私達の間に生まれた実の子ではないけれど。血の繋《つな》がりだけが『家族』を作るものではないと思っているよ」

「実の親子の関係が、義理の親子の関係よりも『尊い』だとか『大事』だとか『絶対』だとか言う人もいるけれどね。そういう人は意外と多いけれどね。別に誰《だれ》もがそう思わないといけないわけじゃないんだ」


エミリアの両親は幼いユウゴにそう諭《さと》した。

当時のユウゴは勿論《もちろん》、その話の全てを理解したわけではないが、子供だからと適当に誤魔化《ごまか》さずに真摯《しんし》に本当の事を教えてくれたアルマス家の人々を、彼は誇《ほこ》りに思ったし、だからこそ彼はオウマ・ヴァーンズの実子であるという事実に、圧《お》し潰《つぶ》され、捻《ね》じ曲がる事も無く育った。

とはいえ――


「ああもう本当にあんたって子は⁉」

エミリアの母は、牢屋《ろうや》から戻《もど》ってきたユウゴと……そしてモーガン、およびリゼルを迎《むか》えるなり、腰《こし》に手を当ててそう言った。

ちなみにリゼルが一緒《いっしょ》なのは、ユウゴ達の『監督役《かんとくやく》』を魔術師《まじゅつし》組合から命じられたのがモーガンで――彼がまとめて二人を見張るには、あまり離《はな》れられるとまずいから、という理由である。

「お咎《とが》めを受けて牢《ろう》に叩《たた》き込まれたって聞いてお父さんと一緒《いっしょ》に心配したわよ⁉　本当にあんたは昔っから勢いで突《つ》っ走《ぱし》るところが――」

モーガン、リゼルに軽く会釈《えしゃく》しつつも、エミリアの母はユウゴに対して延々とまくし立てている。ただし、その表情にも口調にも彼に対する怒り《いか》は無く、むしろ『我が子』が戻《もど》ってきた事への安堵《あんど》が滲《にじ》んでいた。

「お父さん、エミリア、ユウゴがお勤めを終えて帰ってきましたよ！」

玄関口《げんかんぐち》から、家の奥に向かって母親がそう叫《さけ》ぶと――ドタバタと慌《あわ》てたような足音がして、父親とエミリアが姿を現した。エミリアは臥《ふ》せっていたのか、寝間着姿《ねまきすがた》である。

「いや。お勤めって……」

若干《じゃっかん》ユウゴは辟易《へきえき》した様子で言うが、駆《か》け寄《よ》ってきた父親とエミリアの『怪我《けが》はしてないか？』『食事はできたのか？』『そこの女の子はひょっとして彼女か？』という問《と》い詰《つ》めに、彼の言葉は押し潰されていた。

「とにかく！」

ユウゴは大声でアルマス家の三人に告げる。

「帰ってきて早々悪いけど！　俺、ちょっと旅に出る事になったから！」

「…………」

眼《め》を丸くして固まるアルマス家の三人。

次の瞬間《しゅんかん》――

「そうか……もうユウゴもそんな年頃《としごろ》か……」

父親は感慨深《かんがいぶか》げにそう言った。

「え？　年頃《としごろ》？」

と訳が分からず眼《め》を瞬《まばた》かせるユウゴ。

だが――

「……恥《は》ずかしくないからね、誰《だれ》だって一度は――」

「そうそう。エミリアが召喚士《しょうかんし》になるって言い出した時も――」

「ちょっ――なんで今その話⁉」

……などと両親とエミリアは、ユウゴそっちのけで盛《も》り上がていた。

どうやら彼等はユウゴが思春期特有の、やるせない思いや、形の無い苛立《いらだ》ちを抱《かか》えるが故《ゆえ》に、己《おのれ》を見つめるため、親元を離《はな》れる――とか何とか言い出したと思っているようなのだが。

「違《ちが》うし！　魔術師《まじゅつし》組合が取《と》――じゃなくて、魔術師《まじゅつし》組合から仕事もらったんだよ！　召《しょう》喚士《かんし》の資格と引《ひ》き換《か》えみたいな感じで！」

「召喚士《しょうかんし》の資格と？」

とさすがにエミリアが眉《まゆ》をひそめて呟《つぶや》く。

「それってまさか――」

「大丈夫《だいじょうぶ》、その……『お使い』みたいなもんだから！」

とユウゴはエミリアが何か言う前にそう告げる。

「でも結構急ぎらしいから、今日、もう出かける。だから、その、挨拶《あいさつ》に寄ったっていうか」

「今日って今日のいつ頃《ごろ》？」

と間髪《かんはつ》容れずに聞いてくるのは母親である。

「え？　あ——いや、どうだろ」

とユウゴは背後のモーガンの方を振《ふ》り返《かえ》る。

「いや、いつ旅立てって言われてるわけでもねえが」

「だったら晩御飯《ばんごはん》食べていく位は出来るわよね？」

と母親は言って——ユウゴらの返事も聞かずに、ぱたぱたと足音を立てながら奥へと引っ込んでいった。

代わりに——

「ああ。旅ってのは——そちらのお二人も一緒《いっしょ》に？」

と父親が尋《たず》ねてくる。

「い——一応」

と何処《どこ》か気圧《けお》されたかのように答えるリゼル。

「だったら晩飯、一緒《いっしょ》に食べて行ってください。エミリア、俺は母さんを手伝ってくるから」

「え、あ、はい」

と頷《うなず》くエミリアを残し、父親も奥に引っ込んで。

「…………」

無言で顔を見合わせる、ユウゴ、エミリア、モーガン、そしてリゼル。

誰《だれ》の顔にも困惑《こんわく》の色が強いが――

「と、とりあえず、散らかってますけど――どうぞ」

エミリアが玄関《げんかん》先に突《つ》っ立《た》ったままの三人を家に招き入れる。

ユウゴとモーガンが家に入るのをぼんやりとリゼルは眺《なが》めていたが――

「…………『家族』ね」

リゼルはふとそんな呟《つぶや》きをこぼす。

その背後に喚《よ》ばれてもいないのに〈雷帝《らいてい》〉バーレイグが姿を現したのは次の瞬間《しゅんかん》だった。

「うらやましい、のか？」

「別に？」

とリゼルは言って苦笑《くしょう》すると、ユウゴ達の後を追ってアルマス家に足を踏《ふ》み入《い》れた。

第四章

最強の功罪

イラスト：haru

がたごとと音を立てながら、四頭立ての馬車が道を行く。

田舎《いなか》の街道《かいどう》は太さも整備具合も場所によって様々だが……主要街道《かいどう》ともなると、舗装《ほそう》はされていなくとも、それなりに通行はし易《やす》い。

頻繁《ひんぱん》に行き来する馬車や、牛車、あるいは魔導《まどう》機関仕掛《じか》けの機車が踏《ふ》み固《かた》めているためだ。

砂利《じやり》程度の小石は珍《めずら》しくないが、踏《ふ》んづけて車が跳《は》ねる様な大きさの石や倒木《とうぼく》の類《たぐい》は、さすがに取り除かれている。

「……あれ」

ふとユウゴが馬車の荷台から地面に眼《め》を向けると、いつからか、轍《わだち》の跡《あと》がついた土や砂の路面から、青黒く塗《ぬ》り固められた路面へと変わっているのが分かった。

土瀝青《アスファルト》である。

「ちゃんと王都に向かってんだな」

と呟《つぶや》くユウゴ。

今現在、ユウゴ達が向かっているのはバラクロフ王国の王都バラポリアスだが……彼《か》の地《ち》に近づけば近づくほどに、それは風景が都会化していくという事である。

今《ま》は未だ地面が土瀝青《アスファルト》で舗装《ほそう》されているが、ユウゴが聞いた話だと王都の地面は大半が、石《いし》畳《だたみ》になっているそうだ。

「………」

ユウゴは懐《ふところ》から金属円盤《えんばん》を取り出して指先に挟《はさ》んでみる。

カティから貰《もら》った『お守り』……いやそれが本当にお守りかどうかも確証は無いのだが。美しいが、何を考えているのかよく分からない少女なのである。

陽《ひ》の光に翳《かざ》して見ると実に精緻《せいち》な作りであるのが分かる。

それこそ名匠《めいしょう》が精魂《せいこん》込めて造り上げた工芸品のような。

「──よう」

不意に御者台《ぎょしゃだい》で手綱《たづな》を握《にぎ》っていたモーガンから声が掛《か》かる。

「随分《ずいぶん》とお気に入りだな、それ？」

「いや。そういうわけじゃ──」

「それくれたあの銀髪《ぎんぱつ》の子──お前の女か何かか？」

「──女？」

「恋人《こいびと》かって事さ」

と言ってモーガンは肩越《かたご》しに握《にぎ》り拳《こぶし》から一本立てた小指を示してくる。

「違《ちが》うよ。何言ってんだこのおっさんは」

そもそもカティから金属円盤《えんばん》を貰《もら》った際に、ユウゴがどんな反応を示していたか、モーガンもその場に居て見ていた筈《はず》である。

それでどうしてそんな勘違《かんちが》いが出来るのか。

しかも――

「じゃあそっちの召喚士《しょうかんし》のお嬢《じょう》ちゃんの方か」

とこれまた握《にぎ》り拳《こぶし》から立てた親指で示すのは、ユウゴと向かい合って反対側に座っている少女召喚士《しょうかんし》――リゼル・ヴァーンズである。

「……なにが」

「だからお前の女」

「……本当に何言ってんだあんたは⁉ っていうか、あんた、牢《ろう》で俺達を見てただろ⁉」

そもそもリゼルとは敵として知り合ったのだという事を、モーガンが知らない筈《はず》が無いわけで……

（このおっさんは……）

どうやらこの傭兵《ようへい》は、下らない話で親睦《しんぼく》を深めるなり、退屈《たいくつ》を紛《まぎ》らわす事が出来ると考えているらしい。王都に着くまでは特にやることが無いからか、モーガンはこの何日か、益体《やくたい》も無い話題を振《ふ》ってくるのだ。

昨日などはユウゴの義姉《ぎし》であるエミリアの異性関係について色々と聞いてきていた。

一応、魔術師《まじゅつし》組合支部の関係者という事で、エミリアとモーガンは面識があるだろうから――最初はエミリアに気が在るのかと思ったのだが、どうも暇潰《ひまつぶ》しの無駄話《むだばなし》でしかなかったらしい。

今日はとりあえずユウゴを女性関係で弄《いじ》る事に決めたようだ。

ともあれ――

「そうよ。何言ってるのよ」

とリゼルが身を起こして御者台《ぎょしゃだい》のモーガンに言った。

「私は妹なんだからね。ね――兄様《にいさま》？」

言って猫《ねこ》のようににんまりと笑うリゼル。

「……やめてくれ……」

呻《うめ》くようにそう訴《うった》えるユウゴだが、リゼルはリゼルでどうも『兄様《にいさま》』呼ばわりするとユウゴが嫌《いや》がるのに味を占《し》めたらしく……何かの折につけ、面白《おもしろ》そうにそう呼んでくる。

「そうだっけか？」

「そうよ。ほら。お揃《そろ》いだしね」

とリゼルが言って示すのは、彼女とユウゴの首に塡《は》まっている、首飾《くびかざ》り――ではなく裏切り防止の『犬の首輪』だ。

旧時代の遺物で魔術仕掛《まじゅつじか》けのこれは、二人の監督《かんとく》役であるモーガンが専用の音叉《おんさ》を三度続けて打ち鳴らせば、瞬間《しゅんかん》的にユウゴやリゼルの首を絞《し》める。

ちなみに今のリゼルはユウゴと同じく魔術師《まじゅつし》組合から支給された旅装――防水布で仕立てられた外套《がいとう》を元の衣装《いしょう》の上から羽織っている。

そういう意味でも二人は『お揃《そろ》い』ではあるのだが——

「というか今更《いまさら》だけど、本当に大丈夫《だいじょうぶ》なんだろうな、これ？」

とユウゴは自分の首輪に触《ふ》れて問う。

何かの間違《まちが》いで——誤作動で絞殺《こうさつ》されたらたまったものではない。

普段《ふだん》は、内側に指が一本か二本、入れられる程度の余裕《よゆう》があるせいか、これが瞬間《しゅんかん》的に自分達を制圧出来る凶器《きょうき》なのだという事を、あまり意識しないのだが——

「お前さんの懸念《けねん》ももっともだ」

とモーガンは懐《ふところ》から首輪を作動させるための音叉《おんさ》を取り出した。

「ここはひとつ、動作試験をしておくか？」

「本当にあんたは何考えてるんだよ⁉」

「いや、俺としては召喚士《しょうかんし》様と、それも二人と正面から戦って勝てる筈《はず》もないからな」

言いながら音叉《おんさ》を気楽に指先で振《ふ》って見せるモーガン。

「こいつは命綱《いのちづな》みたいなもんだし——それがちゃんと使えるかどうかってのは俺の側からも確かめておきたいってのが人情だろ」

「だからってそう気楽に使われてたまるか！」

それこそうっかり地面に音叉《おんさ》を落として、それが転がるか何かで三回鳴ってしまえば……ユウゴとリゼルは窒息死《ちっそくし》しかねない。

「大体、あんた銃《じゅう》を持ってるだろ？」

とユウゴは御者台《ぎょしゃだい》に座るモーガンの背中を指さす。

彼は腰《こし》に回転弾倉式拳銃《リボルバー》を提《さ》げていて、その銃把《グリップ》がユウゴの位置からも見える。他にも彼は上下二連銃身《じゅうしん》の小銃《ライフル》を足下《あしもと》に置いているので、その気になればいつでもユウゴ達を射殺できてしまうのである。

他にも彼は武器として銃剣《じゅうけん》だの手斧《ておの》だのを持参しており、銃《じゅう》にこだわる必要すら無いわけだが――

「そうは言ってもな。召喚獣《しょうかんじゅう》は剣《けん》や杖《つえ》で弾《たま》を叩《たた》き墜《お》としたりもするし……油断してるところを狙撃《そげき》とかならともかく」

とモーガンは肩《かた》を竦《すく》める。

「……出来るのか？」

とユウゴが問うのは、傍《かたわ》らに居るカミラである。

馬車の中に居る限りは召喚獣《しょうかんじゅう》たる彼女がいても、周囲の人々が騒《さわ》いだりはしないし、そもそも、今のユウゴは仮とはいえ資格を持った召喚士《しょうかんし》なので、姿を隠《かく》す必要も無い。

「来ると分かっていれば恐《おそ》らく」

〈ヴァルキリー〉の少女は殊更《ことさら》に得意がる様子も無く頷《うなず》いた。

「銃弾《じゅうだん》は真《ま》っ直《す》ぐにしか飛びませんし、途中《とちゅう》で軌道《きどう》が変化する事もありませんから銃口《じゅうこう》の正面で剣《けん》を振《ふ》り降ろせば」

「………」

ごく簡単な事のようにカミラは言っているが、人間にはおよそ不可能な行為《こうい》だろう。

「……というか、何を今更《いまさら》、聞いてるの」

とリゼルが呆《あき》れたように問う。

「その召喚獣《しょうかんじゅう》と契約《けいやく》してもう随分《ずいぶん》になるんでしょ？　普通《ふつう》は何が出来るか確かめるために最初から色々試《ため》さない？」

「いや、でもな――」

とユウゴは困惑《こんわく》の表情を浮《う》かべて頬《ほお》を掻《か》く。

「そもそも狙撃《そげき》とかされる事なんて想定した事無いしな」

師匠《ししょう》たるエミリア共々、何年も『人畜無害《じんちくむがい》』な召喚士《しょうかんし》、召喚獣《しょうかんじゅう》たる事を心掛《こころが》けてきたのである。ユウゴはクレイらや町の人間と喧嘩《けんか》をした事は何度も在るが、その際にカミラに助勢させた事は一度も無い――というかカミラが介入《かいにゅう》しようとするとユウゴは徹底《てってい》して止めてきた。ましてや喧嘩《けんか》だの小競《こぜ》り合《あ》いだので銃《じゅう》を持ち出すような無茶な相手は、ブロドリックの町にはさすがに居なかったので、そもそもユウゴは『銃《じゅう》で撃《う》たれる』という場面を想定した事が無かったのである。

「それにまあ、カミラに銃《じゅう》を撃《う》つとかなぁ」

カミラが銃弾《じゅうだん》をかわせるか、あるいはたたき落とせるかを試《ため》すためには、誰《だれ》かが銃《じゅう》を彼女に向けて撃《う》たねばならないわけで。

「女の子にそういうのはちょっと」

「女の子？」

と眉《まゆ》を顰《ひそ》めるのはリゼルである。

「――男とか女とか以前に、召喚獣《しょうかんじゅう》よ？」

「人間か召喚獣《しょうかんじゅう》か以前に、女の子だろ？」

何を言ってるんだお前は――と言わんばかりに同じく眉《まゆ》を顰《ひそ》めてリゼルを見るユウゴ。

「我が主はそういう方なのです」

「……なんであんたがそこで得意顔《ドヤがお》なの」

とリゼルはカミラに言う。

傍目《はため》にはカミラは相変わらず無表情に見えるが、あるいはそんな彼女の些細《ささい》な表情の変化を、リゼルは――それこそ『女の子同士だから分かる機微《きび》』として読み取れているのかもしれない。

「我は大事にされているのです」

「ひょっとして私、召喚獣《しょうかんじゅう》に惚気《のろけ》られてる⁉」

などとリゼルは驚《おどろ》いていたようだが。

「バーレイグは？　やっぱり銃弾《じゅうだん》とか叩《たた》き墜《お》とせるのか？」

それはさておき——ユウゴは彼女の隣《となり》に浮《う》かんでいる〈雷帝《らいてい》〉に尋《たず》ねてみた。実はユウゴがバーレイグに直接話しかけるのはこれが初めてで、一瞬《いっしゅん》、無視されるかとも思ったのだが——

「その〈ヴァルキリー〉が言うように、攻撃《こうげき》される瞬間《しゅんかん》と方向が分かっていれば、杖《つえ》で叩《たた》き墜《お》とす事は出来るだろう」

と〈雷帝《らいてい》〉の青年は答えた。

「更《さら》に言えば銃弾《じゅうだん》よりも稲妻《いなずま》の方が速い。空中で稲妻《いなずま》に絡《から》め取らせれば叩《たた》き墜《お》とすまでもなく蒸発させる事も出来る」

とこちらの口調も平然としたもので——ちょっとした手料理のコツを語るかのようなのだが。

よくよく考えると、とんでもない話である。

そもそも叩《たた》き墜《お》とせる墜《お》とせない以前に、人間の眼《め》では銃弾《じゅうだん》を視認《しにん》する事が出来ない。

「——な？」

とむしろ自分の無力を晒《さら》しながらもモーガンは何故《なぜ》か愉《たの》しげである。

「撃《う》ちまくればいいんじゃ無いのか？　連発式なんだろ？」

そういえばオウマ・ヴァーンズが連れていた召喚士《しょうかんし》を二人、モーガンは射殺してのけたと聞いているが——

「元々この銃《じゅう》は——」

と言ってモーガンはひょいと腰《こし》の拳銃《けんじゅう》を抜《ぬ》いてみせる。

黒い本体《フレーム》の中央に円筒《えんとう》状の弾倉《だんそう》が塡《は》まっており、その前後に銃身《じゅうしん》や銃把《グリップ》がついているわけだが——

「召喚獣《しょうかんじゅう》〈カウガール〉が持ってた武器を参考に、職人が作ったもんだそうだがね」

くるりとモーガンは拳銃《けんじゅう》を半回転させた。

「記録によれば〈カウガール〉は弾込《たまご》めする様子も見せずに何十発と連射してたそうだが……生憎《あいにく》と『まがい物』のコレは六発が限界だ」

確かめてみろ、とでも言わんばかりに、ユウゴに向けて差し出される拳銃《けんじゅう》の銃把《グリップ》。

反射的に受け取ってみると、見た目以上にずっしりと重い。

「弾《たま》や火薬、雷管《らいかん》は込《こ》め直しが出来るが、戦ってる現場でやるのは無理だな。面倒臭《めんどうくさ》過ぎる」

「六発も撃《う》てれば充分《じゅうぶん》だろ」

「小銃《ライフル》はともかく、拳銃《けんじゅう》は精度がなあ」

とモーガンは苦笑《くしょう》する。

「素人《しろうと》が思う以上に当たらないんだ、これが。まあそれに剣《けん》と違《ちが》って『寸止め』ってわけにもいかん」

「それは——」

「その点、首輪の方は使っても即死《そくし》するってわけでもないだろ。お試《ため》ししてみて、使えるって分かれば、お前等も、素直《すなお》に俺の言う事に従ってくれるだろうしな」

「兄様《にいさま》、このおっさん怖《こわ》い！」

と言ってリゼルがユウゴの方に寄ってくる。

「きっと私に『俺の言う事を聞け』とか言って、鼻息荒《あら》くして、いやらしい事してくるつもりなのよ！」

「……いやだから俺を兄様《にいさま》とか呼ぶな……」

と辟易《へきえき》した口調でユウゴは言うが、リゼルはといえば面白《おもしろ》そうに笑うばかりだ。どうやらリゼルにとってはこの退屈《たいくつ》な道行きにおいて、ユウゴをからかうのか——いかに彼の嫌《いや》がる事をするのかが、丁度良い暇潰《ひまつぶ》しになっているようだった。

しかも——

「へっへっへ……お嬢《じょう》ちゃん。首絞《し》められたくなかったら、俺様の言う事を聞きな」

とモーガンは下卑《げび》た笑い声を上げる。

「そうだな。三回回って『わん』って言ってもらおうか」

「ほら！　なんて助平《スケベ》なの！」

とユウゴの襟首《えりくび》を掴《つか》んで揺《ゆ》さぶりながら、リゼルは言った。

「……今の助平《スケベ》な要求なのか⁉」

およそユウゴの倫理《りんり》観というか常識と相容《あいい》れないのだが。

「三回ってところが味噌《ポイント》だな」

「そうね。四回だとぜんぜんいやらしくないし」

というモーガンとリゼル。

二人を半眼で眺《なが》めてから――

「実はお前等、仲良いだろ」

いつの間に？　とも思うが、十日以上も旅をして寝食《しんしょく》を共にしていれば、情に絆《ほだ》されるという事も在るだろう。前述の様に、モーガンが頻繁《ひんぱん》に話しかけてくるのも理由の一つか。

ともあれ――

ブロドリックの町を出て十と四日。

明日の午後にはバラクロフ王国の王都バラポリアスに着く予定だった。

†

ユウゴ達が王都に向かったのは、オウマとその配下の使っていた拠点《きょてん》の一つがそこに在るからだ。

これはリゼルが提供してきた情報による。

「でも父様《とうさま》――じゃなかった、オウマ・ヴァーンズは複数の拠点《きょてん》を使ってたみたいだし、全員が全員、一緒《いっしょ》に動いていた訳でもないよ」

——との事である。

要するにオウマは自分に従う者達をいくつかの班に分散させ、その都度、彼等を使い分けていたらしい。

この結果、オウマの配下の者で、オウマが何を目的としてどういう計画の下に動いているのか——もっと端的《たんてき》に言えば、彼が何を考えているのかを正確に把握《はあく》している者は、一人として居ないという事である。

普通《ふつう》なら集団の長は自分を補佐する者を傍《そば》に置いたりするが、そういう者は誰《だれ》も居なかったそうだ。リゼル以外にも数名の召喚士《しょうかんし》が彼の下には居たらしいが、彼等も手駒《てごま》以上の存在にはなっていなかった。

オウマの独裁体制——というより、単に彼は自分以外を誰《だれ》も信用していないのかもしれない。

「父《とう》さ——もとい、オウマ・ヴァーンズが根城《ねじろ》にしていたのは、ある貴族の別邸《べってい》よ。その貴族とは何かの取引をして使っていたみたいだけど、細かい事は私も知らない。知る必要も無かったし」

王都の北部郊外《こうがい》にその貴族――ゲッテンズ伯爵《はくしゃく》の別邸《べってい》はあるという。

勿論《もちろん》、今現在そこにオウマが居るという確証は無い。

だが拠点《きょてん》の一つである以上、何かオウマの手掛《てが》かりが残されている可能性は在るし、配下の誰《だれ》かが居る可能性もある。

とりあえず北区域にある宿屋に部屋を取り、馬車と荷物を置いて、徒歩でゲッテンズ伯爵《はくしゃく》の別邸《べってい》を目指そうという事になった。

そこまでは、特に何の問題も無かったのだが――


「………………」


宿屋の前ユウゴは通りを行《い》き交《か》う人々を眺《なが》めていた。

中ではモーガンが宿の部屋を借りる手続きをしている。

幌《ほろ》付きの馬車が在ったとはいえ、十五日間も野宿同然の暮らしをしてきたためか、リゼルが借りる部屋にはこだわったため……モーガンは宿屋の主人と料金の交渉《こうしょう》をしている最中だ。

（本当――すごいな）

ブロドリックの町から出た事の無かったユウゴは、この十五日間の旅の途上《とじょう》でも、王都バラポリアスでも、見聞きするものが全て目新しく興味深かった。

通りの風景一つとってみてもそうだ。

ブロドリックでは殆《ほとん》どが平屋、魔術《まじゅつ》師《し》組合支部や、いくつかの公的施設《しせつ》のみが二階や三階建てになっていたが——この王都では四階、五階といった高層建築がむしろ主流だ。

このため、通りの真ん中に立っていると、まるで谷底に居るかのようにも錯覚《さっかく》してしまう。

「崩《くず》れてきたりしないのかな、カ……」

とカミラに話しかけようとして、しかしユウゴは思い出した。

モーガンが、ユウゴにもリゼルにも、一旦《いったん》は召喚獣《しょうかんじゅう》の姿を消しておけと命じたからだ。

リゼルはともかく、一応、自分は召喚士《しょうかんし》としての資格を持っている事になっているので、カミラを連れていても問題は無い筈《はず》——とユウゴは思っていたのだが。

モーガンはとにかく召喚獣《しょうかんじゅう》連れで王都に入るのはまずい、と主張したのである。どうしてもというのなら鎧《よろい》だの翼《つばさ》だのを誤魔化《ごまか》して普通《ふつう》の人間の少女のように振《ふ》る舞《ま》わせろとも。

（ブロドリックの町ならともかく……）

オウマ・ヴァーンズの事件を覚えている人間が居る町では、召喚獣《しょうかんじゅう》が恐怖《きょうふ》の対象になるという理屈《りくつ》は分かるのだが……王都で召喚獣《しょうかんじゅう》を目に見える形で連れ歩く事の何が問題なのか分からない。

自分の知らない理由が在るのか。

そんな事をユウゴが考えていると——

「おい、そこの坊主《ぼうず》」

いきなり声を掛《か》けられた。

眼《め》を向けると……三人組の男達が近づいてくる処《ところ》だった。

いずれも大柄《おおがら》で、ぞろりとした大きめの外套《がいとう》を身に着けている。

「見ねぇ顔だな。どっから来た？」

と先頭の一人が問うてくる。

「ブロドリックの町」

とユウゴは答えるが、この時点で既《すで》に彼は身構えていた。

前述の通り、オウマ・ヴァーンズの子である事を理由に、ユウゴは何度となく虐《いじ》められてきた。五人以上に囲まれて殴《なぐ》る蹴《け》るの暴行を受けた事も何度かある。

だからこそユウゴは喧嘩《けんか》慣れしてしまったわけだが。

今や彼はそういう『空気』を感じ取る能力のようなものを身につけている。殺気というほどに剣呑《けんのん》ではないが、相手が自分に対して敵意や嫌悪《けんお》感、あるいは嘲《あざけ》りや妬《ねた》み嫉《ねた》みといった暗めの感情を持っていれば、それと察する事が出来るのだ。

「王都は初めてか」

「――そうだ」

と素っ気なく答えるユウゴ。

それをどう見たか――男達は顔を見合わせる。

それから先頭の男が外套《がいとう》の前をわずかに開いて見せながら、歯を剝《む》いて笑った。

「田舎者《いなかもの》に教えといてやろう。肥やし臭《くさ》いお前等は、王都の地面を踏《ふ》む権利が無《ね》ぇんだよ。それでもここに居たけりゃ『税金』を払《はら》いな」

「…………」

「ほれ、無一文ってわけでもねぇんだろ？」

そう言う先頭の男の腰《こし》には――拳銃《けんじゅう》が提《さ》げられているのが見えた。

モーガンの持っているような回転弾倉《だんそう》式ではない。単発式だ。

(なかなか当たらないって言ってたっけ)

だとしても充分《じゅうぶん》に距離《きょり》が近ければ、さすがに外しようが無い。

そして先頭の男は銃《じゅう》に手を掛《か》けながら、一歩、二歩、とユウゴに近づいてくる。駆《か》け寄《よ》って来ないのは、単にユウゴの側でも武器を持っているのではないかという警戒《けいかい》からか。

野の獣《けもの》や夜盗《やとう》・山賊《さんぞく》の類《たぐい》から身を守るために、旅人は武装している場合も珍《めずら》しくない。

だが――

「俺、財布《さいふ》持って無いんだよ」

とりあえずユウゴはそう言ってみた。

「金は今、宿屋で手続きしてるモー……いや、『兄貴』が持ってる」

「おいおい。おいおいおいおい？」

むしろ先頭の男は嬉《うれ》しそうに笑いながら踏《ふ》み込んできた。

「ふざけんなよ、坊主《ぼうず》。ふざけちゃいけねえんだよ」

どうやら金儲《かねもう》けと同時に自分の趣味《しゅみ》を満喫《まんきつ》したがる手合いらしい。『獲物《えもの》』が抵抗《ていこう》すればするほどに、これをいたぶる喜びが得られるという寸法なのだろう。

ブロドリックの町にも、程度の差こそあれ、こういう奴《やつ》は居たが――

「――カミラ」

とユウゴが己《おのれ》の相棒たる戦乙女《いくさおとめ》の名を呼ぶ。

次の瞬間《しゅんかん》、彼の傍《かたわ》らの虚空《こくう》が歪《ゆが》み、色を帯び、形を成して――水属性〈ヴァルキリー〉カミラの姿が出現していた。

白い翼《つばさ》を広げ空中に留《とど》まるその姿は、実に凛々《りり》しく、美しい。

召喚契約時《しょうかんけいやく》――最初に彼女と出会った時、ユウゴなどは束《つか》の間《ま》ながら見とれて声も出なかったほどである。

だが――

「召喚獣《しょうかんじゅう》⁉」

男達の表情が引《ひ》き攣《つ》った。

明らかにカミラの美しさに感動しての事ではない。

むしろ――

「こいつ召喚士《しょうかんし》……⁉」

彼等は慌《あわ》てた様子で外套《がいとう》の懐《ふところ》に手を入れる。先頭の男と同様、そこにそれぞれ武器を携《たずさ》えているのだろう。

先頭の男は単発銃《じゅうひ》を引き抜《ぬ》くと、震《ふる》える手で銃口《じゅうこう》をカミラに——そしてユウゴに向ける。

どちらを撃《う》つべきか、迷っているのだろう。

この連中はつまり、召喚士《しょうかんし》や召喚獣《しょうかんじゅう》と戦った事が無いのだ。

モーガンのような『経験者』なら、迷わずユウゴを撃《う》つだろう。

「兄貴、撃《う》ってくれ、撃《う》ってくれ早く！」

「そ、そうだ、召喚士《しょうかんし》の方が、早く殺《や》——」

後ろの二人がそう叫《さけ》ぶ。

だが——

「いやいや。いやいやいやいやいや」

先程《さきほど》の、男の口調を真似《まね》るかのような声と共に、ひょいと横手から短剣《たんけん》が——いや銃剣《じゅうけん》が、後ろに居る男達二人の喉《のど》にそれぞれ一本ずつ突《つ》きつけられていた。

いつの間に宿屋から出てきたのか。

モーガンである。

彼は親しい友人達にするかのように、男達の肩《かた》を左右から抱《だ》いているが——その手の銃剣《じゅうけん》は切っ先が彼等の顎《あご》の下に食い込んでいた。

「…………！」

「その腰《こし》の得物《えもの》から手を離《はな》そう。な？」

とモーガンが言う。

「…………てめえは」

ここでようやく先頭の男が背後を振《ふ》り返《かえ》った。

「その坊主《ぼうず》はふざけてないよ。まったくふざけてない」

とモーガンはにやにや笑いながら言った。

「財布《さいふ》を握《にぎ》ってるのは俺さ。その坊主《ぼうず》には金勘定《かんじょう》は任せておけないんでね。田舎者《いなかもの》なもんで、すぐ悪徳な商売人にカモられちまう。おまけに考え無しで気が短いから、お守《も》り役《やく》は苦労するんだ、これが。で――税金がなんだって？」

「モーガン――こいつ銃《じゅう》を」

「こいつらは撃《う》てねえよ」

とモーガンはあっさり言った。

「銃《じゅう》ってのは音がでかいんでな。こんな街中で撃《う》てば衛士だの何だのがあちこちから瞬《また》く間《ま》に集まってきて、捕《つか》まっちまう」

「…………」

「悪いなあ、兄さん達。俺達は田舎者《いなかもの》だもんでね、都会の作法ってのには詳《くわ》しくねえのさ。悪気はないんだ。だから見逃《みのが》してくんねえか？」

「………」

先頭の男は、しばらくモーガンとそしてユウゴ、カミラの間で視線を行き来させていたが。

「……いいだろう」

顔をしかめながら頷《うなず》いた。

「そいつら、離《はな》してやってくれや」

「すまんね」

言ってモーガンは二人から手を離《はな》す。

次の瞬間《しゅんかん》——

「馬鹿が！」

その二人は外套《がいとう》の下から揃《そろ》って手斧《ておの》を抜《ぬ》いていた。

「………」

くるりとモーガンの手の中で回転する銃剣《じゅうけん》。

銃剣《じゅうけん》を逆さに握《にぎ》った両腕《りょううで》を、モーガンが交差させるようにして振《ふ》ると——男達の手から揃《そろ》って手斧《ておの》が落ちていた。

「うおっ——」

男達が手首を押さえてうずくまる。

石畳《いしだたみ》に一滴《てき》、二滴《てき》と、赤い雫《しずく》が落ちて弾《はじ》けるのが見えた。

「医者に行って縫《ぬ》ってもらうといい。金と時間が無いなら、少し辛《つら》いが焼いて血止めかね。何にしても急がないと危ないぞ」

「…………」

先頭の男が、後ずさってうずくまった男達の所まで離《はな》れると——丸められた背中を交互《こうご》に蹴《け》って喚《わめ》いた。

「馬鹿はお前らだ！ いくぞ！」

「…………」

先頭の男が二本の手斧《ておの》を拾う。

斬《き》られた男達は傷を押さえながらふらふらと立ち上がると、そのまま去って行った。彼等の歩いて行った後に、点々と血の跡《あと》が続いている。

そして——

「——はぁ」

モーガンが長い溜息《ためいき》をついた。

「これだから田舎者《いなかもの》は——」

「なんだって？」

とユウゴが顔をしかめる。

「それって俺の事か？　あんただって田舎者《いなかもの》――」

「俺の場合は、たまたま期間契約《けいやく》であの町にいただけだっての。契約主《けいやくぬし》は魔術師《まじゅつし》組合の本部だしな。ともかく」

モーガンはユウゴの鼻先に指を突《つ》きつけながら言った。

「王都で召喚獣《しょうかんじゅう》なんざいきなり使うとか、正気の沙汰《さた》じゃねえぞ。下手すりゃ暴動が起きるってのに」

「なんだって？」

「詳《くわ》しく説明しなかった俺も悪いが――」

と言ってモーガンは銃剣《じゅうけん》を腰《こし》の鞘《さや》に戻《もど》す。

「あいつらな。召喚獣《しょうかんじゅう》さえ出てこなければ銃《じゅう》を抜《ぬ》くような事は無かったんだよ。先にも言った通り、迂闊《うかつ》に銃《じゅう》なんか街中で撃《う》てば、捕《つか》まるからな。ああいうのは脅《おど》しの道具なんだよ、本来は」

「…………」

「お前さんは自分が召喚士《しょうかんし》だし、召喚士《しょうかんし》の姉の下で育ったから、その辺の事には鈍《にぶ》いんだろうけどな……召喚士《しょうかんし》や召喚獣《しょうかんじゅう》に対する恐怖《きょうふ》とか拒否《きょひ》感ってのは、都会に行けば行くほどにでかくなる。覚えておけ」

「どういう意味だよ？」

「言葉通りの意味だよ。あいつらにとっちゃ、街中歩いていたら、いきなり人食い熊にでも出《で》会《くわ》した気持ちだっただろうぜ。殺《や》られる前に殺《や》らなきゃ、とか思《おも》い詰《つ》めても不思議じゃない」

「…………」

顔を見合わせるユウゴとカミラ。

「人食い熊？　カミラが？」

「……がおー？」

とカミラが首を傾《かし》げて言う。

「熊の鳴き声はもうちょっと低いかな」

「鎧《よろい》も毛皮の色に塗《ぬ》るべきでしょうか」

「――いや、そういう話ではなくてな。お前等、比喩《ひゆ》って分かるか？」

とモーガンは溜息《ためいき》をつく。

「――どうしたの？」

そこに――一連の出来事に気づいていないらしいリゼルが、怪訝《けげん》の表情を浮《う》かべて宿屋から顔を覗《のぞ》かせた。

†

「お帰りください!!」

悲鳴じみた声で娘《むすめ》はそう言った。

表情は恐怖《きようふ》に歪《ゆが》み、鳶色《とびいろ》の瞳《ひとみ》は潤《うる》んでさえいた。

「私は何も知りません！　そんな人知りません！　私は何も関係ありません！」

そう言って勢いよく扉《とびら》が閉じられる。

後には——唖然《あぜん》とした様子で取り残されるユウゴ達。

彼の右手には魔術師《まじゆつし》組合の発行した身分証——というか紹介状《しようかいじよう》が、ひらひらと虚《むな》しく風に揺《ゆ》れている。娘《むすめ》は、その中身をろくに見ようともしなかった。

「……ええと」

ユウゴは傍《かたわ》らに視線を向ける。

モーガンとリゼルがユウゴより一歩後ろに立っている。二人も、しかし娘《むすめ》の反応には若干《じやっかん》、戸惑《とまど》っているようだった。

「リゼル」

「なによ」

「本当にここが――そうなのか？」

オウマ・ヴァーンズが使っていたという拠点《きよてん》。

ゲッテンズ伯爵家別邸《はくしやくけべってい》。

「私も非常時の避難先《ひなん》というか……逃《に》げ込む先として聞いていただけだから。言ったでしょ、オウマ・ヴァーンズの下で、いくつかの集団がそれぞれ独自に動いてたって」

と言ってリゼルは肩《かた》を竦《すく》める。

「来るのは初めてよ」

「それを先に言ってくれ」

と唸《うな》るように言ってから、ユウゴは改めて辺りを見回した。

ゲッテンズ伯爵家別邸《はくしやくけべってい》は、広い敷地《しきち》の奥に建っている。

周囲は庭園が囲み、更《さら》にその外側には防風林や厩舎《きゆうしや》、そして菜園や放牧場、池まで在る。

小さな町や村に近い機能が此処《ここ》には備わっているようだった。

だが何処《どこ》か全体的に寂《さび》れているというか――庭園には雑草が目立ち、放牧場に牛や馬の姿は無い。菜園も荒《あ》れており、池の水は濁《にご》ったままだ。

明らかに手入れが行き届いていない。

「……何だかこう……」

「没落《ぼつらく》貴族っぽいってか」

とモーガンが呟《つぶや》くように言う。

「いや、そこまでは――」

「宿屋で部屋とる時に噂話《うわさばなし》で聞いてきた限りだが」

とモーガンも周囲を見回しながら続けた。

「ここの家長――当代のゲッテンズ伯爵《はくしやく》は、半年ばかり前に急な病で亡《な》くなったらしいな。元々権力争いやら何やらで色々やってた人物らしいから、毒殺されたんじゃないかとも言われてるが」

「…………」

「まあ真偽《しんぎ》はさておき、残ったのが未婚《みこん》の若い娘《むすめ》が一人。ゲッテンズ伯爵家《はくしやくけ》当主の引《ひ》き継《つ》ぎもままならず、ややこしい親父《おやじ》が死んだのをこれ幸いと『実は』とばかりに、借用書を持った親戚《しんせき》が押し掛けたとかなんとか……まあ多分、死人に口なしって事で、でっちあげた借金も少なからずあったんじゃねえか？」

「生臭《なまぐさ》い話だな……」

と辟易《へきえき》した口調でユウゴは言った。

「その娘《むすめ》ってのがさっきの人か」

「多分な。使用人も大半が暇《ひま》を出されたって話だしな」

とモーガン。

「……あの反応だと、オウマ・ヴァーンズの事は知っていて、でももうこれ以上関わり合いになりたくないって感じか」

「まあそうでしょうね」

と頷《うなず》くのはリゼルである。

「父様《とうさま》──じゃなくて、オウマ・ヴァーンズの力を当《あ》て込んで拠点《きょてん》を提供していた貴族は各地に何人か居たみたいだし、その権力争いってのにも力を借りてたんだと思う」

リゼルの眼《め》が細められる。

「──暗殺とか」

「…………」

「で、今更《いまさら》、官憲に調査に入られても色々まずいし、かといってこれ以上オウマ・ヴァーンズの手勢と関わるのも自分の手に余る。だから無関係を主張して引きこもる──って感じ？」

「多分な」

「…………」

頷《うなず》き合うリゼルとモーガンをしばらくユウゴは無言で見ていたが。

「どうしたよ？」

「あ……いや、なんだ、その」

と頬《ほお》を指先で掻《か》きながらユウゴは溜息《ためいき》をついた。

「俺──そういう話、苦手っていうか、ぶっちゃけ、よく分からないんだよ。凄《すご》いな二人共。さっきの三人組の時もそうだけど、結局、俺は田舎《いなか》の世間知らずだから、一人じゃ早々に詰《つ》んでた気がする。本当、一緒《いっしょ》に来てくれて有《あ》り難《がた》いっていうか」

「あー……」

「そ、そうかな」

苦笑《くしょう》するモーガンと何故《なぜ》か照れるリゼル。

それから束《つか》の間《ま》、モーガンは腕《うで》を組んで首を傾《かし》げていたが。

「思ったんだがな、兄様《にいさま》よ」

「あんたにまで兄様《にいさま》とか呼ばれる筋合いねーよ」

「そうよ。呼んでいいのは私だけよね。兄様《にいさま》」

「お前も呼ぶな、で、なんだって、モーガン？」

「魔術師《まじゅつし》組合の紹介状《しょうかいじょう》出すんじゃなくて……むしろそこの嬢《じょう》ちゃんが未《ま》だオウマの配下って事にして……押し掛けてきました、で押し切った方が、まだ話が早かったんじゃないか？　官憲とは別に、オウマの事を恐《おそ》れてるみたいだから、むしろ素直《すなお》に家に入れてくれるとか、話が聞けたんではないかってな？」

「………あ」

と眼《め》を丸くするリゼル。

それを見てユウゴは溜息《ためいき》をついた。

「そういう事はもっと早く言っ——ああ、いや、今思いついたのか。早く思いついて欲しかったよ」

いずれにせよあのゲッテンズ伯爵令嬢《はくしゃくれいじょう》は取りつく島も無かった。

ここは日を改めて出直すか、あるいは——

（オウマ・ヴァーンズが別邸《べってい》を訪《おとず》れる可能性に賭《か》けて待つか？）

だがオウマ本人が訪《おとず》れるという保証は無く、訪《おとず》れるとしてもそれがいつになるのかが分からない。

何にしてもこのままゲッテンズ伯爵家《はくしゃくけ》別邸《べってい》の前に立っていても何の益も無いだろう。

「——出直そうか」

というユウゴの提案に二人も頷《うなず》いてくれた。

†

——ゲッテンズ伯爵家《はくしゃくけ》別邸《べってい》から宿屋に戻《もど》ってきた際。

「——ん？」

ユウゴは入り口近くに貼《は》られた紙に気がついた。

読み書きはエミリアに習っていたため、難なく読めたが——

『召喚士《しょうかんし》の宿泊《しゅくはく》来店お断り』

紙にはそう書かれていた。

既《すで》に紙は変色していて文字も薄《うす》れかけている部分がある事を思えば、これはもう随分《ずいぶん》と長くここに貼《は》られているのだろう。

あるいはこの宿が出来たその時から。

（……要するに俺達が召喚士《しょうかんし》だってのは隠《かく》して宿とったわけか）

苦笑《くしょう》するユウゴ。

昼間の三人組といい、ゲッテンズ伯爵家《はくしゃくけ》令嬢《じょう》といい、この王都では、そこまで召喚士《しょうかんし》は恐《おそ》れられる存在なのか。

「お前さんは自分が召喚士《しょうかんし》だし、召喚士《しょうかんし》の姉の下で育ったから、その辺の事には鈍《にぶ》いんだろうけどな……召喚士《しょうかんし》や召喚獣《しょうかんじゅう》に対する恐怖《きょうふ》とか拒否《きょひ》感《かん》ってのは、都会に行けば行くほどにでかくなる。覚えておけ」

確かにユウゴは今までブロドリックの町から出た事が無く、郷里ではずっとエミリアの庇護《ひご》下に在った。

エミリアは町のあれやこれやに尽力《じんりよく》し、人々に好かれていたし、ブロドリックの町で召喚《しようかん》士《し》と言えば彼女の事だったため、町の人々がその言葉を口にする時も、殊更《ことさら》に恐怖《きようふ》や嫌悪《けんお》を感じている様子は無かった。

ユウゴは虐《いじ》められもしたが、それはあくまで自分が『オウマ・ヴァーンズの息子《むすこ》』だからなのだと考えていた。

だが――

（考えてみれば、身体《からだ》の弱いエミ姉《ねえ》が、無理してでも町のためにって働いてたのは……オウマ・ヴァーンズの事件で生じた『やっぱり召喚士《しようかんし》って怖《こわ》い』という皆《みな》の思い込みを何とかして取り除くためで……）

個人に対する人々の認識《にんしき》とは別に――元々召喚士《しようかんし》という職業は人々から恐《おそ》れられる傾向《けいこう》があったという事だろう。

「――さて」

モーガンが確保した部屋は『家族用』だった。

寝台《ベッド》は四つ置かれており、部屋の真ん中には大きめの卓《たく》が在る。

勿論《もちろん》、部屋の中は特に仕切られておらず、未婚《みこん》の男女が一緒《いつしよ》に泊《と》まるには少々問題があるが

──既《すで》に何日も共に野宿をしてきたユウゴ達には今更《いまさら》の話だし、モーガンも召喚士《しょうかんし》二人を監《かん》視《し》しやすいという意味ではむしろ無難な選択《せんたく》だろう。

「カミラ」

「はい──我が君」

「バーレイグ」

「………………」

ユウゴとリゼルがそれぞれの召喚獣《しょうかんじゅう》を呼ぶと、カミラとバーレイグが音も無くその姿を現した。

『召喚士《しょうかんし》お断り』と張り紙がされているとはいえ、さすがに部屋の中まで宿屋の人間も改めには来ないだろう。

その様子を眺《なが》めながら──

「共同浴場は離《はな》れだっけか」

と呟《つぶや》くように言ってモーガンは荷物から着替《きが》えを引っ張り出した。

「入ってくるから、お前等は大人しくしててくれ」

「……いいのか？」

監視《かんし》役のモーガンがこの場を離《はな》れれば、召喚士《しょうかんし》二人だけになってしまうわけだが。いや。

召喚獣《しょうかんじゅう》も入れれば四人だが。

ともあれ――

「割と遠くまでコレは届くらしいぞ。余計な事はすんな。頼《たの》むから大人しくしててくれ」

と言ってモーガンは音叉《おんさ》を取り出して見せる。

「分かってるよ」

「そんじゃよろしく」

とモーガンは片手をひらひらと振《ふ》って部屋を出て行った。

この傭兵《ようへい》は……戦いとなればそれなりに凄腕《すごうで》の様だが、普段《ふだん》は、どうにもやる事が雑な印象が在る。

風呂場《ふろば》では火薬が湿気《しけ》ると考えたのか、銃《じゅう》は置いていった様だが、代わりに銃剣《じゅうけん》は持ち歩くあたり、抜《ぬ》け目《め》の無いとも言えるのだが。

そして――

「…………」

微妙《びみょう》な空気が部屋にわだかまる。

普段《ふだん》は随分馴染《ずいぶんなじ》んだ風というか、モーガンが居る場では、リゼルはひたすらユウゴをからかったり弄《いじ》ったりして遊んでいるが――勿論《もちろん》、自分がユウゴやモーガンにとって『捕虜《ほりょ》』なのだという事は忘れてはいないだろう。

だからモーガンが居なくなると、途端《とたん》に気まずさが湧《わ》いて出る。

考えてみれば牢屋《ろうや》に入れられた以後、モーガン抜《ぬ》きでユウゴとリゼルが同じ部屋に居るというのは初めての事態だ。

なので――

「あー……」

ユウゴは言うべき事を捜《さが》して声を上げる。

オウマ・ヴァーンズ個人の話題は正直したくない。となるとリゼルと共通する話題は同じ召《しょう》喚士《かんし》という事になるだろう。

「ええと。あの入り口の張り紙みたか？」

「張り紙？」

案外、リゼルも話題を捜《さが》していたのか、特にからかうでも嚙《か》みつくでもなくユウゴの話に乗ってきてくれた。

「『召喚士《しょうかんし》お断り』ってやつ」

「ああ――あったかしらね。珍《めずら》しくないから見ても意識してなかった」

と言ってリゼルは肩《かた》を竦《すく》める。

自分より一つ下である筈《はず》なのだが、そんな彼女の仕草は妙《みょう》に大人びて見える。それが彼女の人生経験から来ているのだとすれば、この少女召喚士《しょうかんし》はどんな生き方をこれまでしてきたのだろうか。

「どうして召喚士《しょうかんし》ってこんなに嫌《きら》われてるんだ？」

「どうしてって——あんたそんな事も知らないの？」

と呆《あき》れた様子で言うリゼル。

「本っ当、あんたものを知らない田舎者《いなかもの》よね？」

「否定できないな……」

今日の出来事を思い返せば、ユウゴとしては馬鹿にされても怒《おこ》る事が出来ない。

「良かったら教えてくれないか」

「…………まあ、いいけど」

とリゼルは何故《なぜ》かそっぽを向いてそう言った。

「召喚士《しょうかんし》が『かつて世界を滅《ほろ》ぼしかけた』って話は？」

「知ってるよ。〈大災厄《だいさいやく》〉ってやつだよな？」

とユウゴは答えた。

†

かつて召喚士《しょうかんし》達は栄耀栄華《えいようえいが》を誇《ほこ》っていた。

『最強の魔術師《まじゅつし》』『戦場の死神』とまで呼ばれた力で、権力や財力をその手に握《にぎ》り、貴族や王族すら彼等の意向を無視出来ない権勢を備えるに至ったのだ。

そして――

「私を誰《だれ》だと思っている。召喚士《しょうかんし》だぞ。貴様のような賎民《せんみん》が我が前に立つ事すらおこがましい。身《み》の程《ほど》を弁《わきま》えよ」

一度、支配の味を覚えた者が清廉潔白《せいれんけっぱく》を貫《つらぬ》くのは難しい。

泥濘《でいねい》にまみれる戦場から成り上がった者なら、尚更《なおさら》に。

当然、召喚士《しょうかんし》達の多くは暴虐《ぼうぎゃく》な統治者となった。

そうでない召喚士《しょうかんし》は、敵対勢力の仕掛《しか》けた謀略《ぼうりゃく》に絡《から》め取られて、早々に表舞台《おもてぶたい》から姿を消した。

「近頃《ちかごろ》の召喚士《しょうかんし》共の横暴は目に余る」

「然様《さよう》。既《すで》に戦場働きで立身出世が叶《かな》う時代でもあるまいに――」

「なんなんだあの召喚士《しょうかんし》ってのは。俺等と同じ人間じゃないのかよ。まるでこっちを虫けらを見るみたいに――」

彼等の存在を本来の統治者たる貴族王族は疎《うと》み、統治される側の庶民《しょみん》は妬《ねた》み嫉《そね》み、そうした人々の感情は、新たな諍《いさか》いの種になる。

召喚士《しょうかんし》達の戦いは激化の一途《いっと》を辿《たど》った。

より強く。より大きく。彼等は力を求めた。


「力在る者が世を統《す》べる。単純にして絶対の理《ことわり》だ」

「力無き者は蹂躙《じゅうりん》されるしかない。力だ。力をもっと」


召喚術《しょうかんじゅつ》そのものを研究し改良し。

その基礎《きそ》技術たる魔術《まじゅつ》についても研究を進め。

時に機関《カラクリ》で賄《まかな》える部分は省力化し。

やがて——彼等は様々な試行錯誤《しこうさくご》の末に『世界そのものを滅《ほろ》ぼす』ほどの力を手に入れたと言われる。

そしてこの『世界そのものを滅《ほろ》ぼす力』を召喚士《しょうかんし》同士が奪《うば》い合《あ》った結果、巻《ま》き添《ぞ》えで幾《いく》つもの国が滅《ほろ》び、街が、村が焼かれ、数え切れないほどの人々が死んだという。

この一件を人々は後に〈大災厄《だいさいやく》〉と呼んだ。

当時の記録は、戦乱に焼かれ、殆《ほとん》ど残っていない。

だから召喚士《しょうかんし》達が手にした『世界そのものを滅《ほろ》ぼす』力の正体については謎《なぞ》のままだ。召《しょう》喚士《かんし》達も己《おのれ》の持つ最強の力を、おいそれと他人に見せびらかしはしなかった。他者に奪《うば》われ、あるいは真似《まね》られれば、自分の権勢は失墜《しっつい》するのだから。

ともあれ——

「ほら。早く寝《ね》な。さもないと召喚士《しょうかんし》が召喚獣《しょうかんじゅう》を連れてやってくるよ」

「召喚士《しょうかんし》ってのはあれだろ。怪物《かいぶつ》と一体化した狂戦士《バーサーカー》。うちの爺様《じいさま》がよく言ってたよ——」

召喚士《しょうかんし》と召喚獣《しょうかんじゅう》は恐怖《きょうふ》の代名詞となった。

そしてそれは暗黒時代から百数十年を経ても尚《なお》、人々の間に語《かた》り継《つ》がれる事となり、ある種の偏見《へんけん》として、時に誇張《こちょう》され、時に脚色《きゃくしょく》され、単なる昔話としては多分に物騒《ぶっそう》な印象を伴《ともな》って人々の間に浸透《しんとう》した。

だが……

召喚士《しょうかんし》と召喚獣《しょうかんじゅう》の持つその力は本質的に変わっていない。

魔術師《まじゅつし》よりも素早《すばや》く状況《じょうきょう》に対応出来る彼等は、戦場以外でも様々な面で人々を助ける事となった。

災害救助。救急医療《いりょう》。害獣駆除《がいじゅうくじょ》。治安維持《いじ》。等々。

特に各国の辺境区においては召喚士《しょうかんし》達の存在は大きい。

「引《ひ》っ越《こ》すならトランタの町がいい。あそこにゃ召喚士《しょうかんし》が居るからな。召喚獣《しょうかんじゅう》を恐《おそ》れて、熊や狼《おおかみ》どころか、夜盗《やとう》や山賊《さんぞく》も近づきゃしねえ」

「うちの親戚《しんせき》一家が助かったのは、召喚士《しょうかんし》のお陰《かげ》だよ。いやあ、凄《すご》いな召喚獣《しょうかんじゅう》ってのは。土《ど》砂崩《しゃくず》れで埋《う》まった建物を、瞬《また》く間《ま》に掘《ほ》り出《だ》しちまってさ——魔術師《まじゅつし》が魔術《まじゅつ》の準備してるのを待ってたら、全員、窒息《ちっそく》して死んでただろうよ」

町や村に召喚士《しょうかんし》が一人いるだけで、暮らしやすさが——特に安全性が格段に上がる。彼等の即応《そくおう》性は非常時の対応に優《すぐ》れていたからだ。

故《ゆえ》に人々は召喚士《しょうかんし》を利用した。

「召喚士《しょうかんし》様とお見受けします。不躾《ぶしつけ》ながら、お願いいたします、末永く我が村に留《とど》まっていただく事は出来ますまいか？」

「勿論《もちろん》、お住まいは——何でしたら下働きの者も用意いたしますので……お望みでしたら、見目の良い若い娘《むすめ》を、一人二人見繕《みつくろ》って、お側《そば》に……ですから、どうかひとつ……」

心の底で恐《おそ》れ、あるいは忌《い》み嫌《きら》い、妬《ねた》み嫉《ねた》みながらも、召喚士《しょうかんし》の存在に頼《たよ》る。召喚士《しょうかんし》達を煽《おだ》て、時に歓待《かんたい》し、彼等の力を利用する。

召喚士《しょうかんし》とそれ以外——その関係は、こうして百年以上もの間、笑顔《えがお》の下に緊張感《きんちょうかん》を隠《かく》したまま続けられてきた。

それは決して健全な関係とは言えないだろう。

だがかつて召喚士《しょうかんし》達が恐怖《きょうふ》と威力《いりょく》を以《もっ》て人々を支配した暗黒時代に比べれば、表向きだけとはいえ、それは蜜月《みつげつ》とも言える日々だった。

召喚士《しょうかんし》達にもそれは分かっていた。

「最早《もはや》……暴力を誇示《こじ》して生きていける時代ではない。力で日々の糧《かて》を奪《うば》い取《と》って暮らしていた野蛮《やばん》な日々は終わって久しい」

「私達は祖先とは違《ちが》うのです。卑《いや》しい欲望に振《ふ》り回《まわ》されていた者達とは違《ちが》う。召喚士《しょうかんし》とは公《おおやけ》の奉仕者《ほうししゃ》、清廉潔白《せいれんけっぱく》な存在であるべきです。召喚士《しょうかんし》はその技術以前に、人格を問われるべきでしょう」

だからこそ自分達が祖先とは違《ちが》うのだという事を示すために、魔術師《まじゅつし》達が主導で『資格制度』が設けられた。

召喚士《しょうかんし》として公《おおやけ》に活動するためには、魔術師《まじゅつし》組合と国家が制定する公的資格を得なければならない。

資格無きまま召喚獣《しょうかんじゅう》を喚《よ》ぶ者は罪人として処罰《しょばつ》の対象になる。

今や——召喚士《しょうかんし》とは騎士《きし》や官吏《かんり》のような、一定の制度下において権利と義務を要する『職業』となった。

そして——

「——そんな事が」

とユウゴは眼《め》を丸くして言った。

ずっとブロドリックの町で育ってきたユウゴの世界は狭《せま》い。

ブロドリックの町の常識がそのまま世界の常識だと勘違《かんちが》いしていた。

「基礎《きそ》の基礎《きそ》でしょ。召喚士《しょうかんし》の歴史なんて。あんたの師匠《ししょう》はその辺教えてくれなかったの？」

「〈大災厄《だいさいやく》〉絡《がら》みの話はあんまりしてくれなかったな」

とエミリアの顔を脳裏《のうり》に思《おも》い浮《う》かべながらユウゴは答える。

その後の召喚士《しょうかんし》に対する世間の見方も、〈大災厄《だいさいやく》〉の話を避《さ》けるとなかなか説明がしづらい。

「当時の人間はもう誰《だれ》も生きてないけど、その人の孫とか曾孫《ひまご》とかはまだ生きてるわけでね。

だから延々と語《かた》り継《つ》がれてるのよ、『召喚士《しょうかんし》怖《こわ》い』って話がね」

「それは──」

「死者の家族、親類縁者《えんじゃ》まで含《ふく》めれば、相当な数の人間が、オウマ・ヴァーンズの『乱心』で消えない傷を負わされたのよ」

「私の夫も──先代の所長もあの時、殺された一人」

ユウゴの脳裏《のうり》にエドワーズ副支部長の言葉が蘇《よみがえ》る。

死者は語らずとも、その親類縁者《えんじゃ》はその恐《おそ》れを、恨《うら》みを、怒《いか》りを、語《かた》り継《つ》いでいく。時と共に薄《うす》れる感情も在るだろうが、逆に時を経てより色濃《いろこ》く残る感情も在るだろう。〈大災厄《だいさいやく》〉で死んだ者達の無念は、人々の召喚士《しょうかんし》への恐怖《きょうふ》と敵意となって消えずに残る。あるいは口から口へと伝えられていくに従い、悲劇はより脚色《きゃくしょく》されて、増量すらされて。

「あのブロドリックの町じゃ本当に──」

召喚士《しょうかんし》は恐《おそ》れも嫌《きら》われもしていなかったと思う。

だがそれは単にエミリア個人がそうだったというだけで……

「さっきも言ったけど、田舎《いなか》じゃ、むしろ表向きは召喚士《しょうかんし》を持《も》て囃《はや》すところも多いわよ」

とリゼルは言った。

「そうなのか？」

「召喚士《しょうかんし》が一人居れば、田舎《いなか》では格段に暮らしやすくなるし、事故や災害にも強くなるでしょ？　山賊《さんぞく》だの夜盗《やとう》だのも襲《おそ》ってこなくなるし」

だから辺境区では特に召喚士《しょうかんし》を歓迎《かんげい》する。

あくまでも『便利屋』として。

彼等を受け入れる事で生じる利便性が、恐怖《きょうふ》や嫌悪《けんお》の感情を抑《おさ》え込む——つまりは損得計算で人々は、不便な生活よりも、恐《おそ》ろしい召喚士《しょうかんし》と暮らす方が未《ま》だマシ、と考えているという事だ。

「でもそういうのはこの王都とか、環境《かんきょう》がよく整備された都市では関係ないでしょ。そうなると、召喚士《しょうかんし》を受け入れる必要性が無い——というかそこまで状況《じょうきょう》が逼迫《ひっぱく》してないのよ」

都市部では土砂崩《どしゃくず》れや川の氾濫《はんらん》といった自然災害は起こりにくいし、魔術師《まじゅつし》や衛士の数も多いため、事件や事故が起きたとしても、召喚士《しょうかんし》無しで十二分に対処が可能だ。

「田舎《いなか》じゃ、なんだかんだで召喚士《しょうかんし》や召喚獣《しょうかんじゅう》に頼《たよ》らざるを得ない場面が多々あるけれど……色々と整備されて人も多い、魔術師《まじゅつし》も多い、施設《しせつ》も充実《じゅうじつ》、そんな場所じゃ、召喚士《しょうかんし》や召喚《しょうかん》獣《じゅう》はお呼びじゃないって事」

むしろその『危険性』ばかりが意識される。

あれはかつて世界を滅《ほろ》ぼしかけた連中の末裔《まつえい》なのだと。

そして実際に召喚士《しょうかんし》は——召喚獣《しょうかんじゅう》を手足の如《ごと》く使役《しえき》する者達は、いざ戦場に立てば常勝無敗とまで言われるほどに強い。魔術師《まじゅつし》と同等かそれ以上の力を、魔術師《まじゅつし》と異なり、素早《すばや》く簡易に扱《あつか》える。

先にもカミラが言った通り、銃《じゅう》で狙撃《そげき》されてさえ、奇襲《きしゅう》でなければ召喚獣《しょうかんじゅう》はこれを弾《はじ》き退ける。

故《ゆえ》に……

「田舎《いなか》じゃ、それこそ……生贄《いけにえ》でも差し出す勢いで召喚士《しょうかんし》召喚士《しょうかんし》って言うくせにね。召喚士《しょうかんし》さえ自分達の言いなりになってくれるなら、人間一人や二人の命なんて安いものだ、なんて言っちゃう奴等《やつら》が——」

「——リゼル？」

彼女の口調に何か奇妙《きみょう》なねじれが生じたような気がして、ふとユウゴは尋《たず》ねたが……リゼルは微苦笑《びくしょう》を浮かべて首を傾《かし》げた。

「なに？」

「あ……いや……」

と曖昧《あいまい》に口を濁《にご》すユウゴ。

触《ふ》れてはいけないのではないか。それは未《ま》だ治りきっていない彼女の心の傷なのではないか。

そんな風に思ったのだ。

「——まあ召喚獣《しょうかんじゅう》が無敵だってのはその通りだけど、召喚士《しょうかんし》そのものは単なる人間なのにな」

まるで魔神戦神《まじんせんじん》の如《ごと》き恐《おそ》れられ方をしているようにも見える。

「それは私達みたいな、召喚士《しょうかんし》や召喚獣《しょうかんじゅう》の存在を実感として知っている人間の認識《にんしき》よ。下手すると一般人《いっぱんじん》は召喚士《しょうかんし》と召喚獣《しょうかんじゅう》の区別さえついていない場合があるし」

「そうなのか？」

「そうでしょ。人型の召喚獣《しょうかんじゅう》、多いし」

言ってリゼルは傍《かたわ》らのバーレイグと、ユウゴの隣《となり》のカミラを指さす。

「バーレイグも、ええとあんたのはカミラ、だっけ？　その娘《むすめ》も、能力発揮してなければ人間と見分けつかないでしょうし」

「私と我が君を混同する人が居るという事ですか？」

とカミラが尋《たず》ねると、リゼルは肩《かた》を竦《すく》めた。

「多分ね。というか、そういう人達は思うわけよ。『あの召喚士《しょうかんし》の娘《むすめ》の横に訳知り顔でくっついてる男は一体、なんだ？』とね」

「……ああ、そうなるのか」

とさすがにユウゴも苦笑《くしょう》する。

どっちがどっち——という間違《まちが》いではなく、そもそも、召喚士《しょうかんし》と召喚獣《しょうかんじゅう》をごっちゃにしている人間は、『二人で一人』という風には見て居ないという事である。

「それに、本当に怖《こわ》いのは召喚士《しょうかんし》そのものだ——って考え方も間違《まちが》ってはいないでしょう」

リゼルはユウゴの方を指さして言った。

「そもそも召喚士《しようかんし》がいなければ召喚獣《しようかんじゆう》がこの世界にやってくる事が無いわけだし。召喚獣《しようかんじゆう》は召喚士《しようかんし》がいなければこの世界に存在を続けていられないし」

「…………」

「召喚士《しようかんし》は召喚獣《しようかんじゆう》の力を何倍にも高めたりも出来るし、逆に——召喚獣《しようかんじゆう》の力を『借り』て、自分も力を高めるなんて技法もあるし。こうなるともう文字通りの、一心同体。出来る出来ないは、召喚獣《しようかんじゆう》の種類や、召喚士《しようかんし》との相性《あいしよう》とか、色々な問題もあるみたいだけどね」

「なるほどな……」

やはり自分はリゼルに比べて世間知らずだ。

そんな事を思ってユウゴは長い溜息《ためいき》をついた。

†

「…………」

ふと——瞼《まぶた》を開く。

部屋の中は暗く静かだ。窓から月の光が差し込んでいるが、辺りを満たす闇《やみ》を追《お》い払《はら》うにはあまりに弱い。

特に夢見が悪かったというわけでもないのだが、こんな真夜中に目が覚めてしまった。久しぶりにきちんとした寝台《ベッド》で眠《ねむ》ったせいか、既《すで》に眠気《ねむけ》は乏《とぼ》しく、このまま横になっていても二度寝《ね》は出来そうにない。

「んー……」

ユウゴは音を立てないよう注意しながら寝台《ベッド》から降りた。

(風呂《ふろ》でも入ってくるか……)

共同浴場は王都郊外《こうがい》に湧《わ》く温泉を引いてきているとかで、いちいち『湯を沸《わ》かす』という考え方が無いらしい。なので、朝昼晩と時間にかかわらず出入りが自由だとユウゴは聞いていた。既《すで》に一度、夕食後に入浴済みだが、別に二度三度と風呂《ふろ》に入ってはいけないという決まりがあるわけでもない。

身体《からだ》を温めればまた眠《ねむ》れるかもしれない。そう考えてユウゴは、他の者を起こさないように気をつけながら、そっと部屋を出た。

「…………」

階段を降り、渡《わた》り廊下《ろうか》を歩いて、離《はな》れの共同浴場に向かう。

さすがに好き好んでこんな時間に風呂《ふろ》に入る者も居ないのか、脱衣所《だついじょ》には、他に人影《ひとかげ》は――

「――え？」

無いと思ったのだが。

ユウゴが脱衣所《だついじょ》に足を踏《ふ》み入《い》れるのと、風呂場《ふろば》から誰《だれ》かが出てくるのとがほぼ同時だった。

ぎしりと音を立てながら鎧戸《よろいど》のような造りの扉《とびら》が開かれる。

「——っ⁉」

息を呑《の》むのもほぼ同時。

だが次の瞬間《しゅんかん》——

「ご、ごめんっ⁉」

驚愕《きょうがく》から立ち直って反応するのはユウゴの方が早かった。

大慌《おおあわ》てで眼《め》を背《そむ》け、それだけでは足りないかと背中を向ける。

「ま、まさか入ってるとは……」

「今の時間は混浴だから謝る必要は無いわよ——兄様《にいさま》？」

とからかうような口調で言ってくるのは言うまでもなくリゼルだ。

この共同浴場は時間帯で利用客の男女を別《わ》けている。

なので言われてみればリゼルに限らず、女性客と出会《でくわ》す事は有り得たわけだが——寝起《ねお》きという事もあって、その辺の事情がユウゴの頭からは抜《ぬ》け落《お》ちていたのだ。

（そういえば夕食の後、こいつは風呂《ふろ》に入ってなかったみたいだけど……）

それにしても、こんな時間にわざわざ入りに来ていたとは。

ただ——

（……ひょっとして）

眼《め》を背《そむ》ける直前にユウゴは見た。

咄嗟《とっさ》に己《おのれ》を庇《かば》うようにして——前を腕《うで》で隠《かく》して身を捻《ひね》ったリゼルの、しかし背中と足に、妙《みょう》な『疵痕《きずあと》』が在った。

旧《ふる》い傷のようで、あるいは普段《ふだん》は余程《よほど》に注意していないと気がつかないようなものかもしれないが、入浴で上気しほんのりと赤みを帯びた白い肌《はだ》に、赤黒いそれは、くっきりと浮《う》かび上《あ》がっていたのだ。

「……リゼル」

脳裏《のうり》を過《よぎ》る想像。

それはリゼルに関する幾《いく》つかの記憶《きおく》と結びついて奇妙《きみょう》な息苦しさをユウゴにもたらしていた。

「おい、その、お前の、背中と足首——」

「なに？」

とリゼルは恥《は》ずかしがる様子も無く応じてくる。

するすると衣擦《きぬず》れの音が聞こえてくるのは、彼女が服を着ているからだろう。

「兄様《にいさま》ってば、胸とかお尻《しり》より、背中とか足首とかの方に興奮したりするの？　変態なの？」

「何の話だよ⁉」

と思わずリゼルに向き直って叫《さけ》ぶユウゴ。

だが――

「――見たのね」

と――いつの間にか着替《きが》えを終えてユウゴのすぐ後ろに来ていたリゼルは、彼の鼻先に指を突《つ》きつけながら言った。

「あ……えっと」

「見た、のね？」

と区切りながらそう重ねて問うてくるリゼル。

それは単に裸《はだか》を見られて恥《は》ずかしいからとか、ユウゴに呆《あき》れたからとか、そういう話とは異なる問《と》い詰《つ》め方のように思えた。

「見たよ。ごめん。見る気は無かったんだけど」

背中と足首の疵痕《きずあと》。

それは――

（……エミ姉《ねえ》の脇腹《わきばら》にもあったよな……）

エミリアとはユウゴが六歳になる辺りまで一緒《いっしょ》に風呂《ふろ》に入っていた。

だからユウゴは覚えている。彼女の脇腹《わきばら》に、風呂《ふろ》に入った時だけ浮《う》かび上《あ》がる赤黒い疵痕《きずあと》が在るのを。

そしてそれを彼女は隠《かく》していた。

無論、ユウゴが幼児であったからでもあるだろうが、胸も腰《こし》も特に隠《かく》す事無く、むしろ姉として平然と彼の前に晒《さら》していた彼女が、そこだけは、まるで恥《は》じるかのように――

「本当にごめん」

あるいはリゼルがわざわざこんな時間を選んで入浴していたのは、他の客の居る場で裸《はだか》になるのが嫌《いや》だったからではないのか。

だとしたら、自分は――悪気は無かったにせよ、リゼルの傷口に触《ふ》れてしまった事になりはしないだろうか。

そうユウゴは思ったのだが。

「……ちょっとのぼせちゃったかも」

とリゼルは言うと、ユウゴの隣《となり》を通り過ぎて、脱衣所《だついじょ》を出て行く。

「ふらふらするから、部屋まで送ってくれる？」

「……ああ」

リゼルの頼《たの》みにユウゴは一も二も無く頷《うなず》いていた。

†

世間に魔術師《まじゅつし》の数は少なく――召喚士《しょうかんし》の数は更《さら》に少ない。

だから需要《じゅよう》に供給が追い付いていない。

王都や都市部では召喚士《しょうかんし》を忌《い》み嫌《きら》う者が多いが、辺境区の町や村では召喚士《しょうかんし》を求める処《ところ》が多い。召喚士《しょうかんし》が一人居るだけで周辺の治安は安定するし、生活上の利便性が格段に上がる。

だから――

「――引《ひ》き抜《ぬ》こうって考える連中も居るわけ」

リゼルは部屋に戻《もど》る前に少し歩きたいと言ったので、ユウゴは彼女の隣《となり》に寄《よ》り添《そ》いながら、宿屋の周辺を散策していた。

特に見るべきものが何か在るわけではない。

だから自然と二人は空を見上げた。

黒い空に白い光を帯びる月が鎮座《ちんざ》している。

「引《ひ》き抜《ぬ》くって？」

「お金を使ってとか、家を用意してとか……まあ、召喚士《しょうかんし》が男なら、女を宛《あて》がってとか……そういう事」

とリゼルは何処《どこ》か自嘲《じちょう》的な口調で言った。

「良《い》いのか？　そんな事して」

「別に王国の法や魔術師《まじゅつし》組合の規約に触《ふ》れるわけではないし、召喚士《しょうかんし》に限らず、それ自体は人材を集める方法として、昔から色々な分野でされてた事みたいだけどね」

　とリゼルは肩《かた》を竦《すく》める。

「でも引《ひ》き抜《ぬ》かれる側は面白《おもしろ》くないわけで」

「……だろうな」

「だから、繋《つな》ぎ止《と》めるために色々するわけ」

「繋《つな》ぎ止《と》める？」

「引《ひ》き抜《ぬ》かれて自分達の町や村から出て行かないようにね。本来はそれこそ、引《ひ》き抜《ぬ》く側より美味《おい》しい条件を提示するとかなんだろうけれど、それが無理な場合は……無茶な方法に出る。それこそ法に触《ふ》れるような事までね」

　と言ってリゼルは立ち止まった。

　彼女の視線は自分の足下《あしもと》に——いや足首に向いていた。

「さっき、見たでしょ、私の足首の疵痕《きずあと》」

「いや、だからごめんって——」

「あれ、足枷《あしかせ》の痕《あと》よ」

「……!?」

「父は私が物心つくまえに病気で亡《な》くなった。母は召喚士《しょうかんし》だったんだけど、女手一つで私と弟を育てるのにより良い町に移りたいって考えたみたいで——それが、村にばれて、私と弟は鎖《くさり》に繋《つな》がれたのよ」

リゼルの口調は淡々《たんたん》としていた。

まるで自分の過去ではなく他人の思い出を語るかのように。

「私の背中の傷は、母を脅《おど》すために、定期的に鞭打《むちう》たれた痕《あと》。鞭《むち》って本気で打たれると肉が爆《は》ぜたりするんだよね……」

「…………」

ユウゴは言葉も出ない。

リゼルは平然と語っているが、それは一体、何時《いつ》の──彼女が何歳《なんさい》だった時の事なのか。

「私は召喚士《しょうかんし》の才能があるって小さい頃《ころ》から分かってて、母が色々教えてくれてたから、まだしも……弟の方はそうじゃないからって、本当に、酷《ひど》い扱《あつか》いで」

リゼルは成長すれば母と同じく召喚士《しょうかんし》になると判断されたらしい。

だが弟はそうではない。彼女の弟はあくまで『人質《ひとじち》』としてしか役に立たない──少なくとも村人はそう考えたのだろう。

当然……その扱《あつか》いは雑になる。

「で……弟が、傷が悪化して死んじゃってね。それまでは仕方なく村の連中にこき使われてた母が、さすがに反抗《はんこう》して……」

結果として『飼い犬に手を嚙《か》まれた』と身勝手にも激怒《げきど》した村人は、リゼルを盾《たて》にして彼女の母親を殺した。

当時、リゼルが召喚獣《しょうかんじゅう》との——〈雷帝《らいてい》〉バーレイグとの契約《けいやく》に幼いながらも成功していたため、彼女さえ残しておけば、『反抗的《はんこう》な』母親はもう必要無いと村人達は考えたのだろう。

未《ま》だ子供であるリゼルならば、なんとでも言《い》い含《ふく》めてまた、こき使える——と。

「でも、そんな事、許されるのか？」

立派な殺人ではないのか。

そう思ってユウゴは憤慨《ふんがい》したが——

「許すも何も、辺境区の開拓《かいたく》村とか、王国法なんて形だけよ。衛士も村の連中が務めてて、中央から派遣《はけん》されるわけじゃないしね。村全体で結託《けったく》すれば、人が一人や二人殺されたって『無かった事』に出来るわよ」

「…………」

「母が殺された直後に……父様《とうさま》が、オウマ・ヴァーンズが、私を助けてくれた。元々オウマ・ヴァーンズは別の用件で村長の処《ところ》を訪《おとず》れてたんだけど、そこで揉《も》めちゃったみたいでね」

あるいはリゼルの母の代わりにオウマを村の新たな『所有物』として確保するべく、何か仕《し》掛《か》けたのかもしれない。リゼルの母親を殺した直後という事で、彼等は色々と麻痺《まひ》していたという事もあるだろう。

召喚士《しょうかんし》がどれほどに強大な存在かという事を忘れていたのだ。

策を弄《ろう》すればどうとでも支配出来る——と。

いずれにせよ村長達とオウマは敵対し、村は焼《や》き払《はら》われた。

結果としてオウマはリゼルの母や弟の仇《かたき》を討《う》った事になる。

その後——

「何年も足枷《あしかせ》を付けられてたからね。父様《とうさま》に助けてもらってから、まともに歩けるようになるまで、二年かかったよ」

とリゼルは言う。

それまでは……バーレイグに杖《つえ》代わりに支えてもらって、歩いていたのだそうだ。だが少女にとっての二年とは、果たして、どれほどに永い歳月《さいげつ》であった事だろうか。

「ひょっとして——」

ふとユウゴはリゼルらと戦った時の事を思い出す。

彼女は一カ所に留《とど》まって、バーレイグに命じ雷撃《らいげき》を撃《う》ちまくるだけで、自身は殆《ほとん》ど動いていなかった。

いや……それどころか、今の今までユウゴはリゼルが『走る』ところを見た事が無い。歩くだけなら特に問題は無いように見えるが——リゼルは実は、走れないのではないか？

「ひょっとして、なに？」

「あ……いや……」

「私ね、父親の顔も覚えてないから、自分勝手に、ああ、この人が父様《とうさま》なんだって思っちゃって。父様《とうさま》は本当は生きていたんだ、だから私を助けに来てくれたんだって」

リゼルにとって初めて出会う『優《やさ》しい大人の男性』……そこにすがるようにして『父性』を見いだそうとしたとしても、誰《だれ》がそれを責められるだろうか。誰《だれ》がそれを嘲《あざけ》る事が出来るだろうか。

「私が『父様《とうさま》』って呼んでもオウマ・ヴァーンズは否定も何もしなかった。周りも面白《おもしろ》がって私の事を『御嬢《おじょう》』とか呼んできてたし」

そう言って苦笑《くしょう》するリゼル。

「でもあの人は……」

そこで彼女は束《つか》の間《ま》、言葉を切って何か考えていた様だったが。

「……否定しなかった、だけなんだよね」

「リゼル――」

「私はあの人の娘《むすめ》なんかじゃなくて……ちょっと用事で立ち寄った先で、たまたま拾った野良《のら》猫《ねこ》みたいなものだったんじゃないかって。召喚術《しょうかんじゅつ》が使えるから、使い勝手が良《い》い、くらいには思われてたんだろうけど――」

だがブロドリックの町での一件でオウマはあっさりとリゼルやその他の配下を斬《き》り捨《す》てた。利用価値は認めていたが、愛着の類《たぐい》は特に無かったという事なのだろう。

元々オウマが時折見せる冷酷《れいこく》さには、リゼルも気がついていた。

だが気がつかない振《ふ》りをして——自分は娘《むすめ》として愛されている筈《はず》だと己《おのれ》に言い聞かせて、オウマに従ってきたのだ。

頼《たよ》るべき家族は亡《な》く。帰るべき郷里も無く。

そんなリゼルにとってオウマの傍《そば》というのは、唯一《ゆいいつ》の居場所だったのかもしれない。

「まぁ……そういう事よ」

裏切り防止の首輪を指先で弄《いじ》りながら、リゼルはまた自嘲《じちょう》的に笑った。

†

昔話をしたのは本当に単なる思いつきだ。

ユウゴに背中や足首の疵痕《きずあと》を邪推《じゃすい》されたくなかっただけで、リゼルとしてはそれ以上の何かを彼に求めていたわけではない。

だから——

「——⁉」

リゼルはぎょっとして思わず半歩後ずさった。

ユウゴが……歯を食いしばって俯《うつむ》く彼が、ぼろぼろと涙《なみだ》をこぼし始めたからである。

「ちょ……な、なんで、あんたが泣いてるの」

「……悔《くや》しいだろ」

唸《うな》るようにユウゴは言った。

「悔《くや》しいからに決まってるだろ……俺がお前の立場だったら、エミ姉《ねえ》や、親父《おやじ》さんやお袋《ふくろ》さんが殺されたらって……思ったら、悔《くや》しくて悔《くや》しくてしょうがないんだよ……！　挙げ句に、歩けるようになるまで二年？　たまんねえよ……！」

「…………」

リゼルは言葉に詰《つ》まった。

ふと何かの助けを求めるようにリゼルが傍《かたわ》らに眼《め》を向けると——いつの間にかそこに現れていたバーレイグが、小さく頷《うなず》いた。

召喚獣《しようかんじゆう》は大抵《たいてい》、普通《ふつう》の人間よりも五感が鋭《するど》い。

彼等は傍《そば》に居る人間の鼓動《こどう》や体臭《たいしゆう》から——その変化から、もし相手が嘘《うそ》をついていた場合は高い確度で見抜《みぬ》く事が出来る。

少なくともバーレイグにはユウゴが何かの芝居《しばい》で泣いてみせているのではないと思えるという事だ。

（こいつ……）

ユウゴ・ヴァーンズという少年は、その言動は何処《どこ》か荒《あら》っぽく、勢い余って行動するような処《ところ》が在るが……その性根《しようね》は優《やさ》しいのだろう。

優《やさ》しさとはつまり『察する』力だ。

もし自分が相手の立場であったなら。どんな風に思っただろうか。どんな風に考えただろうか。そうやって考えを巡《めぐ》らせてそれを我が事のように受け止められる力だ。

リゼルの昔話を聞いて、この少年は本気で憤《いきどお》っている。

出会って間もない、しかもかつては敵だった、今は利害が一致《いっち》しているから一緒《いっしょ》に行動しているだけの少女に、感情移入している。

それが良い事か悪い事かはリゼルには分からない。

オウマのように……必要とあれば相手に対する感情移入を一切遮断《いっさいしゃだん》して目的のために冷徹《れいてつ》に行動出来る方が、何か事を成すには有利だろう。

ただ……

「……変な奴《やつ》」

呟《つぶや》くようにそう漏《も》らすリゼル。

今までリゼルの傍《そば》には居なかった類《たぐい》の人間だ。

いや。居たには居たが――

（ライル……）

弟は死んだ時、未《ま》だ六歳だった。

幼かった彼は本当に感情的というか――自分を庇《かば》ってリゼルが鞭打《むちう》たれても、まるで自分が打たれたかのように泣いた。他人は他人、自分は自分と割り切る事が出来なかったのだろう。

優《やさ》しい子だった。

他人の痛みを自分の痛みだと思えるほどに。

なのに――いや、だから彼が最初に死んだ。

「そんなだと、早死にするよ、兄様《にいさま》？」

「だから、兄様《にいさま》って言うな――」

右手で目許《めもと》を拭《ぬぐ》ってやはり唸《うな》るように言うユウゴ。

「ユウゴ・ヴァーンズ、あんたさ」

首を傾《かし》げて、俯《うつむ》く彼の横顔を覗《のぞ》き込みながらリゼルは問う。

「あのエミリアって師匠《ししょう》とか、あの養い親の事とか、どう思ってるの？」

「どうって――」

と困惑《こんわく》の表情で顔を上げるユウゴ。

「好き？」

「当たり前だろ。俺を育ててくれた人達だぞ」

と問われた事そのものに、むしろ怒《いか》りを覚えるかのように、眉《まゆ》を顰《ひそ》めて答えるユウゴ。

「私は……実の両親やライルの……弟の事が、好きだったかどうか、もう自信が無くてさ」

言ってリゼルは肩《かた》を竦《すく》めて見せた。

「実の父様《とうさま》が早死にしなければ、母様《かあさま》が召喚士《しょうかんし》でなければ、ライルが居なければ、私はこんな目に遭《あ》わなかったんじゃないかって……恨《うら》んでたってほどじゃないけど、こう、なんていうか……」


言葉に出来ない。

そんな普通《ふつう》の感情ではなかったように思う。

「少なくとも好きだったかって言われたら……」

その感情が邪魔《じゃま》をして素直《すなお》に認められない。

感情に――振《ふ》り回《まわ》される。

だからこそ……

「だから、父様《とうさま》が――オウマ・ヴァーンズ様が……」

ひどく頼《たの》もしく偉大《いだい》に見えた。

毅然《きぜん》とした態度で、村の者達の暴虐《ぼうぎゃく》を『裁いた』彼をリゼルは尊敬の念を抱《いだ》いて見つめる事になった。

「…………」

しばしユウゴはリゼルを見つめていたが。

「なあ。リゼル」

「何よ」

「お前、エミ姉《ねえ》や、親父《おやじ》さんやお袋《ふくろ》さん——アルマスの家の人達を見て、どう思った？」

「どうって……」

リゼルにとっては想像の中にしか居なかった『家族』だ。

勿論《もちろん》、一度や二度、見ただけで、食事を共にしただけで、アルマス家の本質的な部分まで理解出来ているかどうかは怪《あや》しい。

だが——

「まあ、普通《ふつう》の家族なんじゃないの」

「分かった。なら」

そう言ってユウゴは拳《こぶし》を握《にぎ》りしめた。

「今回のコレが終わったら——俺が、お前に、家族ってものの良さを教えてやる」

「は⁉ ちょっ……何言って……」

それはつまりユウゴがリゼルと一緒《いっしょ》になって、子供を作るという意味か。

それはつまり結婚《けっこん》の申し込みではないのか。

そんな風にも思って、リゼルは慌《あわ》てたのだが——

「改めてアルマスの家の皆《みんな》にお前を妹として紹介《しょうかい》する」

とユウゴは言った。

「あ、ああ、そういう……ってちょっと待ちなさいよ。そんな事あんたの一存で勝手に約束していいの？」

「いい」

　とユウゴは断言した。

「親父《おやじ》さんもお袋《ふくろ》さんも、エミリア姉《ねえ》も、絶対にお前のその話を聞いた上で、お前を拒《こば》んだりしない。大体、俺みたいなのを――オウマ・ヴァーンズの実の子を息子《むすこ》として受け入れてくれた人達だぞ⁉」

「いや、だから――そもそも私、敵だったの忘れてない？」

「今は俺の妹なんだろ？」

「何を急に受け入れてんのよ⁉」

　何故《なぜ》か自信たっぷりのユウゴに、リゼルはただただ呆《あき》れた。

†

「……………」

　建物の陰《かげ》で腕組《うでぐ》みをしつつモーガンは微苦笑《びくしょう》を浮《う》かべた。

　リゼルが――そしてユウゴが部屋から出ていった事について、勿論《もちろん》、彼は気がついていたのだ。だから様子を見に彼も部屋を抜《ぬ》け出《だ》してきたのである。

勿論《もちろん》、彼の手には例の首輪を作動させるための音叉《おんさ》が在った——が。

「……盗《ぬす》み聞《ぎ》きか。品のない事だな」

ふと横手から声が掛《か》かる。

いつの間に移動したのか——先程《さきほど》までリゼルの傍《そば》に居た筈《はず》のバーレイグがそこに居た。

この火属性の〈雷帝《らいてい》〉が、モーガンの事をどう思っているのかは分からないが……その右手は杖《つえ》を握《にぎ》っているし、その気になればモーガンを殴《なぐ》り殺《ころ》す事も、稲妻《いなずま》を放って昏倒《こんとう》させる事も、あるいは焼き殺す事さえもが可能だろう。

だがモーガンの側に怯《おび》えた様子は無い。

「上品下品とか知った事か。俺ぁ命を売り買いしてる傭兵《ようへい》なんでな。品格で飯は食えねえよ」

むしろ威嚇《いかく》するかのように歯を剝《む》いてモーガンはそう言った。

「というか、お前等、召喚士《しょうかんし》以外とも喋《しゃべ》るのな？」

「召喚《しょうかん》された時点で召喚獣《しょうかんじゅう》は皆《みな》、以前の記憶《きおく》を封鎖《ふうさ》される」

何故《なぜ》かモーガンの隣《となり》に並んで建物の壁《かべ》に背中を預けながらバーレイグは言った。

「どうやらそれがこの世界の摂理《せつり》らしい」

「摂理《せつり》？　ふん——それで？」

「故《ゆえ》に、我等の多くは、召喚士《しょうかんし》との必要なやりとり以外、言葉を以《もっ》て交《か》わすだけの話題を持たぬ、というだけの事だ」

「然様《さよ》か」

「我等は『ここではないどこか』より喚《よ》び込まれし仮初《かりそ》めの客」

バーレイグは空の月を見上げながら淡々《たんたん》と言った。

「この世界の因果の環《わ》から外れているが故《ゆえ》に、強大な力も扱《あつか》えるが、我等はそこにいるだけでこの世界の在り方に影響《えいきょう》を及《およ》ぼす。故《ゆえ》に、記憶《きおく》を封鎖《ふうさ》されているのは、この世界の在り方に必要以上の干渉《かんしょう》をせぬようにとの、この世界自身の防衛反応だとは思う」

「…………」

「故《ゆえ》にこそ、我等は、個別の思惑《おもわく》を持たない」

召喚主《しょうかんぬし》の命令に従ってのみ行動し、召喚主《しょうかんぬし》の道具に徹《てっ》する。

「つまり――我等は何も決めず、何も望まず、何にも関わらない。我等の力を以《もっ》てこの世界に関わる意思は、召喚主《しょうかんぬし》が持たねばならない」

だからこそ召喚獣《しょうかんじゅう》は召喚士《しょうかんし》に寄《よ》り添《そ》う事は出来ても、その意思に自ら干渉《かんしょう》する事は無い。召喚士《しょうかんし》の抱《かか》える心の傷や懊悩《おうのう》をたとえ知っていたとしても、それをどうこうできる立場に無い。

良くも悪くも道具であり召喚士《しょうかんし》の一部。

召喚士《しょうかんし》は召喚獣《しょうかんじゅう》と共に居ても本質的には独りなのだ。

故《ゆえ》に――

「ユウゴ・ヴァーンズには感謝すべきかもしれない」

「まあ、細かい事はどうでもいいが——」

モーガンは欠伸《あくび》を一つ噛《か》み殺《ころ》して言う。

「こいつを使う必要がもう無さそうだって確信が得られたのは、良い事だと思うぜ？」

言って彼は音叉《おんさ》を懐《ふところ》に仕舞《しま》った。

第五章

理外の戦場

イラスト：haru

門環《ドアノッカー》で扉《とびら》を叩《たた》いて――しばし待つ。

無視されるかとも思ったが、ユウゴが頭の中で五〇を数えた辺りで、両開きの扉《とびら》の片方が細く開かれた。

「あの――」

「………」

扉《とびら》の隙間《すきま》から見える顔は、先日と同じゲッテンズ伯爵家《はくしやくけ》の令嬢《れいじょう》のものである。明らかに怯《おび》えの表情を浮《う》かべているが――無視出来なかったのは、ユウゴ達が何をしてくるか分からなかったからか。

（……まあ、ここはリゼルの策が当たった感じか）

と傍《かたわ》らのカミラとバーレイグを見てそんな事を思う。

下手《したで》に出ての訪問では、取り付く島も無かった。

そもそもオウマに関わる事そのものを恐《おそ》れている雰囲気《ふんいき》だった。

ならば――むしろ召喚獣《しょうかんじゅう》をこれ見よがしに連れての再訪問となると、相手の反応も変わってくるのではないか、というのがリゼルの提案だったのだ。

ちなみにカミラとバーレイグにはこの別邸《べってい》の玄関《げんかん》前に来た時点で姿を現してもらった。ここなら敷地《しきち》の奥で、表の通りから召喚獣《しょうかんじゅう》が目撃《もくげき》される事も無い。

勿論《もちろん》、令嬢《れいじょう》の方は扉《とびら》を開ける前に二階の窓辺りから、ユウゴ達の事を見ただろう。召喚獣《しょうかんじゅう》を連れた召喚士《しようかんし》が二人。オウマを恐《おそ》れているが故《ゆえ》にこそ、無視し続ける気力は令嬢《れいじよう》にはあるまい。

「貴女《あなた》に拒否権《きよひけん》は無いの」

いきなり、リゼルがそう言った。

「召喚獣《しようかんじゆう》を連れた召喚士《しようかんし》が二人。加えて武装した傭兵《ようへい》が一人」

自分の胸に手を当ててリゼルは——むしろにたりと獰猛《どうもう》な笑《え》みを見せる。彼女の唇《くちびる》の端《はし》に、肉食獣《にくしよくじゆう》を思わせる尖《とが》った八重歯が覗《のぞ》いた。

「話をするだけでこの戦力を押さえ込む事が出来るのよ。少しでも損得勘定《かんじよう》が出来るなら、どうすれば良いかは分かるわね？」

「おい、リゼ——痛っ？」

さすがにちょっと悪者仕草が過ぎるんじゃないか、と言おうとしたユウゴの足を、リゼルが踏《ふ》んづけた。黙《だま》っていろという事だろう。

そして——

「…………」

令嬢《れいじよう》は半ば扉《とびら》の陰《かげ》に隠《かく》れて、喘《あえ》ぐように、かひ、かひ、と短い呼吸を繰《く》り返《かえ》していたが。

「分かりました——」

そう言って扉《とびら》を開く。

「……中へ、どうぞ」

彼女が脇《わき》に退《ど》いて道を空ける。

ユウゴ達が屋敷《やしき》の中に入ると——数名の家政婦《メイド》が物陰《ものかげ》からこちらを窺《うかが》っているのが見えた。

(目下、没落《ぼつらく》中——なんだっけ)

ふとモーガンが仕入れてきたそんな情報を思い出すユウゴ。

ゲッテンズ伯爵《はくしゃく》は、当主が権力闘争《とうそう》にオウマの力を利用していたらしいが、半年前にこの当主が病で亡《な》くなり、結果として遺《のこ》された一人娘《ひとりむすめ》が伯爵家《はくしゃくけ》を切り盛りしているとか。

だが正式に跡《あと》を継《つ》ぐ手続きをしたわけでもない、十代の小娘《こむすめ》が一人——悪辣《あくらつ》な連中が寄って集《たか》って財産を剝《は》ぎ取《と》っていったらしい。あるいは権力闘争《とうそう》の際の相手方が、そうなるように仕向けたか。

いずれにせよ、元々数十名居たという使用人は、今や数名にまで減ってしまったそうである。

わざわざ令嬢《れいじょう》が自分で扉《とびら》を開けに出てきたのも、人手が足りないからだろう。

気の毒といえば気の毒な話だ。

だが——

「こ……こちらへ」

そう言って令嬢《れいじょう》はユウゴ達を応接室に通す。

ユウゴ達が椅子《いす》に座ったのを見届けると、小卓《しょうたく》を挟《はさ》んで対面の椅子《いす》に令嬢《れいじょう》も腰《こし》を下ろす。

ちなみにカミラとバーレイグはそれぞれユウゴとリゼルの背後に立ったままだ。

勿論《もちろん》、召喚獣《しょうかんじゅう》は座らせない――というわけではなく、単に立たせておいた方が威嚇《いかく》になるからである。

「…………」

令嬢《れいじょう》は応接間の入り口で様子を窺《うかが》っていた家政婦《メイド》達に小さく頷《うなず》いてみせる。彼女等は慌《あわ》てた様子で扉《とびら》を閉めた。

「すみませんね」

と言うのはモーガンである。

「いや、召喚士《しょうかんし》って人種は気が短いのが多くて」

「…………」

ぴくりとリゼルが表情を動かすが、何も言わない。

先にユウゴとリゼルが召喚獣《しょうかんじゅう》を使って脅《おど》しておいて、その後、モーガンが『話の分かる人』を演じる。こうする事で相手の警戒心《けいかいしん》を緩《ゆる》める事が出来る――これも最初から打ち合わせてあった通りである。

「オウマ・ヴァーンズも、大方、そういう感じだったんでしょうが」

「……だから」

令嬢《れいじょう》は両手を膝《ひざ》の上に置いて身を震《ふる》わせる。

「あなた達にお話し出来る事なんて何も……何も無いんです！」

「いや。あの、ですから――」

「お願いです、これ以上、召喚士《しょうかんし》には関わり合いたくありません！　そもそも父があのオウマ・ヴァーンズと裏で何をしていたのか、私も詳《くわ》しくは知りません！　父が亡《な》くなったからには、もう、お話したくても出来ないんです！」

叫《さけ》ぶように言って俯《うつむ》く令嬢《れいじょう》。

「だから……これ以上……酷《ひど》い事をしないで……」

「いや、酷《ひど》い事って」

さすがにユウゴも令嬢《れいじょう》の物言いに黙《だま》っていられなくなった。

「俺達は何も――」

「召喚士《しょうかんし》は皆《みな》同じじゃないですか！」

と顔を上げて令嬢《れいじょう》は言った。

「もの凄《すご》い力が使えるからって……自分達以外を、普通《ふつう》の人間を、虫けらか何かだと思ってるんでしょう……⁉」

「いや、貴族のお姫様《ひめさま》が普通《ふつう》の人間って――」

ユウゴの中の『貴族』というのは、『財産と権力を持っている特権階級』という認識《にんしき》である。

能力的に普通《ふつう》の人間というのは分からないでもないが、彼等は彼等で特別な存在なのではないのか。

そう思うのだが——

「召喚士《しょうかんし》の暴力の前では、それ以外の人間は誰《だれ》も彼もが、ただの人でしかないじゃないですか！」

「暴力って——」

と言いかけて、ユウゴは気がついた。

ここをオウマが拠点《きょてん》にしていた以上、このゲッテンズ伯爵令嬢《はくしゃくれいじょう》が最も出会った回数の多い召喚士《しょうかんし》は、オウマやその配下だろう。

彼等のやり口を見ていれば『召喚士《しょうかんし》というのは皆《みな》そういう連中なのだ』と思い込んでしまうのも無理は無い。

王都では召喚士《しょうかんし》に対する拒否《きょひ》感や嫌悪《けんお》感が強いから、召喚士《しょうかんし》達の数そのものが少ないだろうし、居たとしても召喚士《しょうかんし》然と振《ふ》る舞《ま》う者が少ないなら、尚更《なおさら》、認識《にんしき》が偏《かたよ》るのも当然だ。

「いや、まあ召喚士《しょうかんし》も人間ですから、荒《あら》っぽい奴等《やつら》も居れば、穏《おだ》やかな連中も居るんですよ。貴族にも名君もいれば暴君もいるのと同じです」

とモーガンが肩《かた》を竦《すく》めて言った。

「勿論《もちろん》、立場が違《ちが》う連中もいる。我々はどちらかといえばオウマ・ヴァーンズを追いかけている立場でしてね。奴《やつ》が指名手配を受けている事は御存知《ごぞんじ》で？」

「……」

令嬢《れいじょう》は頷《うなず》いた。

「奴《やつ》が『悪人』だと分かっていても、奴《やつ》の力の前では、ただ唯々諾々《いいだくだく》と言う事を聞くしかなかった——ならば、むしろ言う事を聞いてその力を利用した方がいい、お父上はそう考えられたんでしょう」

モーガンの口調は落ち着いた穏《おだ》やかなものだ。

少なくとも『悪人』に協力したゲッテンズ伯爵家《はくしゃくけ》を、糾弾《きゅうだん》するような強さは無い。

「ともあれ、お父上は亡《な》くなった。なら娘《むすめ》の貴女《あなた》が言う事を聞く義理はないでしょう。お父上が仮にオウマ・ヴァーンズの力を利用して後ろ暗い事をしていたとしても、貴女《あなた》は無関係だ」

「——え？」

と令嬢《れいじょう》は驚《おどろ》いた様子で眼《め》を瞬《まばた》かせる。

「貴女《あなた》は無関係。そう。無関係だ。だから何もしなくて構いません」

「……」

「我々が勝手に、この屋敷《やしき》を調べて、オウマ・ヴァーンズを追う手掛《てが》かりを得るだけです。オウマ・ヴァーンズとその手勢が拠点《きょてん》として利用していたのは、この屋敷《やしき》のどの部屋でしょう？それさえ教えていただければ、貴女《あなた》は我々を無視してくだされればいい」

「そ……それは……」

令嬢《れいじょう》はしばらく困惑《こんわく》の表情で何か考えていたが。

「…………」

短い溜息《ためいき》と共に窓の外を――黙《だま》って屋敷《やしき》の東に建つ蔵《くら》を指さした。

†

蔵《くら》の中は雑然としていた。

入ってすぐの辺りは、恐《おそ》らくオウマの配下の者達が寝泊《ねと》まりしていたのだろう――簡易の寝台《ベッド》や毛布、それに椅子《いす》や食卓《しょくたく》と思《おぼ》しき家具が幾《いく》つも置かれている。

「なるほど……拠点《きょてん》か」

と感心しているのはモーガンである。

「何処《どこ》から調達したんだか……最新式の銃器《じゅうき》と弾薬《だんやく》だな」

彼が覗《のぞ》き込んでいるのは、壁際《かべぎわ》に置かれていた木箱である。

そこにはモーガンの持っているものよりも、より大きく威圧《いあつ》的な形状の銃器《じゅうき》が幾《いく》つかと、恐《おそ》らくはそのための弾薬《だんやく》らしきものが入っていた。

「最新式？　それが？」

「ああ。話は聞いてたが、現物を見るのは初めてだな」

とモーガンが言って示したのは、銃《じゅう》そのものではなく、弾薬《だんやく》らしきものの方だった。

「金属薬莢《カートリッジ》だよ。いちいち火薬注いで弾込《たまこ》めて、雷管《らいかん》付けて、とかやらずとも、最初から全部合わさって一組になってる」

「よく分からないけど、凄《すご》いのか？」

「まあ一発の威力《いりょく》は変わらないだろうが、六発撃《う》ちきっても、次の六発を入れ直すまでの時間が半分──いやそれ以下になるって事さ」

と言ってモーガンは肩《かた》を竦《すく》めた。

「魔術師《まじゅつし》と召喚士《しょうかんし》の差と似たようなもんだな。たとえ攻撃《こうげき》の威力《いりょく》が同じでも、連発が利《き》くだけ応用の幅《はば》が広がる」

言ってモーガンは拳銃《けんじゅう》を一挺《いっちょう》手にとると、それに初めてとは思えない程に手際よく弾薬を装塡し、ユウゴの方に投げてきた。

「──？」

咄嗟《とっさ》にこれを受け取るユウゴ。

モーガンは続けて弾薬《だんやく》の入った袋《ふくろ》も投げてくる。

「持っとけ。大雑把《おおざっぱ》には使い方分かるよな？　詳《くわ》しい使い方は後で教えてやるから」

「いや、でも俺は──」

「召喚獣《しょうかんじゅう》で充分《じゅうぶん》てか？　いいや。相手が一人ならそれでもいいがな。召喚士《しょうかんし》二人や三人を同時に……となると、どうやって一対一《タイマン》にまで持ち込めるかがキモになる。手数は多い方が良《い》い。お前が魔術《まじゅつ》を使えるのは知ってるが、召喚獣《しょうかんじゅう》ほどに素早《すばや》くは使えんだろ」

「それは――」

その通りだ。

しかも使えるのは〈遠見《ユニバーサルスコープ》〉と〈爆轟《ブラスト》〉の魔術《まじゅつ》のみ、そして後者は派手な音と衝撃《しょうげき》こそ発生させられるが、ユウゴが使っても、個人を狙《ねら》って一撃《いちげき》で確実に倒《たお》しきるだけの精度と威《い》力《りょく》は出ない。

「でも俺達は別にオウマ・ヴァーンズを殺しに行くわけじゃ」

「俺達はな？　だが町襲《おそ》って、何人も殺して、旧時代の遺品を持ち去るような奴《やつ》だぞ。遺品を回収しようって俺達を、見逃《みのが》してくれると思うか？」

「…………」

「本当に殺すかどうかはさておき、戦う手段は複数持っておかないと、どうにもなんねえよ」

言ってモーガンは更《さら》に木箱を漁《あさ》る。

「お嬢《じょう》ちゃんにも持たせておきたいが――あの子の手にはさすがに大きすぎるか？　もっと小さい奴《やつ》はないのかよ」

「…………」

ユウゴは溜息《ためいき》をついて渡《わた》された拳銃《けんじゅう》を見る。

ずっしりと重い鋼《はがね》の塊《かたまり》。

振《ふ》り回《まわ》すのに苦労するような重量ではないものの、ずっと身に着けて歩いていると地味に疲《つか》れそうだった。だがモーガンはこんなものをずっと携帯《けいたい》しているのだ。

単純な体力という意味ではさすがにユウゴはモーガンに敵《かな》わない。

（戦う手段……）

それは――世間的に見れば、召喚獣《しょうかんじゅう》たるカミラも同じなのだが。

ユウゴはカミラを武器などとは考えていない。

実際、溺《おぼ》れているエミリアを助ける事だって――人助けに彼女の力を使う事だって出来た。

ならばこの銃《じゅう》もカミラと同じく……相手を殺す事以外に使えたりしないだろうか。

ユウゴがそんな事を考えていると――

「――こっち」

奥の方に行っていたリゼルが声を掛《か》けてくる。

当然、蔵《くら》の奥には外の光が届いていないのだが、バーレイグが杖《つえ》に炎《ほのお》を灯《とも》して辺りを照らしている。彼は〈雷帝《らいてい》〉の中でも火属性なので、こうした小技《こわざ》はお手のものなのだろう。

「これは……」

見れば奥には、文机《ふづくえ》と椅子《いす》らしきものが置かれており、その周囲に書物だの、木箱だのが大量に積み上げられている。

木箱には中身を示す紙片《しへん》が貼《は》り付《つ》けられているが、どうやら旧時代の遺品――いわゆる『遺物《アーティファクト》』が納まっているらしい。

膨大《ぼうだい》な数だ。

「……これがオウマ・ヴァーンズの？」

「多分ね」

とリゼルが頷《うなず》く。

「……オウマ・ヴァーンズは、ずっと何かを捜《さが》してた。手下を幾《いく》つもの班に分けて、あちこちに派遣《はけん》して」

「捜《さが》し物《もの》……」

「私は興味も無かったし、難しい本は読めないから、細かく聞いた事は無かったけど、暇《ひま》さえあれば調べ物をしていた。多分、あの人はここでも集めたものを調べて、何か探《さぐ》ってたんだと思う」

つまりはこの場に残った諸々を調べれば、オウマ・ヴァーンズの目的も判明する、ひいては行き先も分かるのではないか。

「……とは言ってもな……」

かなりの数だ。

これをひとつずつ調べていくとすれば、一体、どれだけの時間が掛《か》かるか想像もつかない。

そもそも書物の方はユウゴやリゼルが読んで理解出来る内容かどうかも分からない。

木箱の中の遺品については尚更《なおさら》――だ。

（魔術師《まじゅつし》組合の支部に全部持ち込んで、調べてもらうか……？　エドワーズ副支部長の紹介《しょうかい》状《じょう》があるから、断られない筈《はず》だけど――）

とユウゴが考えたその時。

「――これ」

ふと彼の脇《わき》から白い手が伸《の》びて、一際《ひときわ》大きな木箱を指さした。

「これが何――」

と言いかけて。

「――⁉」

びくりと身を震《ふる》わせてユウゴは傍《かたわ》らの白い手の主を見つめた。

「か……カティ⁉」

「……そう。カティ。です」

と銀髪《ぎんぱつ》の少女はにこりともせずに頷《うなず》いた。

「え？　な、なんで、どうして、ここに」

「………？」

カティは首を傾《かし》げる。

ユウゴが驚《おどろ》いている理由が分からないらしい。

「俺達を追ってきたのか？」

「…………？」

やはり無表情のまま、今度は反対側に首を傾《かし》げるカティ。

そこにリゼルとバーレイグがやってきた。

「ちょっと……あんたは」

「カティ。です」

「いや、知ってるけど！　なんであんたがここに居るの!?」

とリゼルも驚《おどろ》いている。

当たり前だ。

ブロドリックの町とこの王都とは、馬車で移動を続けても十日以上掛《か》かる距離《きより》である。ふっと思いついて寄ってみる、などという訳にはいかない。ユウゴ達があの町を出てすぐに追いかけないと、今此処《ここ》にいるのは絶対に無理だ。

それこそカティもまた召喚士《しようかんし》で、飛行能力を持った召喚獣《しようかんじゆう》でも使えるのであれば、別かもしれないが――

「常時携帯《けいたい》するように指示をした。です」

とカティはユウゴの胸元《むなもと》を指さして言う。

「常時携帯《けいたい》って──」

あの勲章《メダル》の事か。

確かにあれはユウゴが肌身《はだみ》離《はな》さず持ち歩いているが、だからといってカティがこの場に居る事の説明にならない。

一体この少女は何なのか──

「ユウゴ・ヴァーンズが見るべきは、これ。です」

と改めてカティは木箱を指さす。

「君は──」

そういえばカティが渡《わた》してきた勲章《メダル》は、オウマが持ち去ったとされる品とよく似ていた。

という事は、カティはオウマが捜《さが》しているものについて何か知っているのだろうか。

カティがどういう経緯《けいい》でそれを知る事になったのかは分からないし、そもそも、開けもせずに木箱の中身を『これ』と指定している時点で、色々と不可思議過ぎるのだが。

「…………」

とりあえずカティの事は後回しにして、ユウゴは木箱を開けてみる。

中には──布張りがされていて、一抱《ひとかか》えほどの『板』が入っていた。

いや。これは『石板』だ。

「何か書いてある？」

よく見ればびっしりと、どうやって彫《ほ》り込んだのかと首を傾《かし》げたくなるような精緻《せいち》さの文字が並んでいる。

そしてその最後に星の印。カティの、そしてオウマが持ち去った金属円盤《えんばん》に刻まれていた星の印とそっくりのものだった。

「見た事も無い文字だけど」

と眉《まゆ》を顰《ひそ》めて言うリゼル。

「ああ。俺もだ」

少なくともこのバラクロフ王国で使われている公用語の文字ではない。

ただ──

「…………ん？」

ふと二人の背後から同じく石板を覗《のぞ》き込んでいたバーレイクが、首を傾《かし》げた。

「バーレイグ？」

「…………」

〈雷帝《らいてい》〉の召喚獣《しょうかんじゅう》はしばらく石板の文字を眼《め》で追っていた。

それはつまり──

「ひょっとして、読めるの？」

「恐《おそ》らく。念のためにユウゴ・ヴァーンズ、お前の召喚獣《しょうかんじゅう》も喚《よ》び出して見せてみろ」

とバーレイグが言う。

「——カミラ？」

「はい。我が君」

既《すで》に先程《さきほど》から呼ばれるのを待っていたのだろう。

ふわりとユウゴの脇《わき》に現れると、カミラは石板の方を見て頷《うなず》いた。

「読めます」

「…………」

顔を見合わせるユウゴとリゼル。

召喚獣《しょうかんじゅう》達はこの世界で召喚《しょうかん》される以前の記憶《きおく》を喪《うしな》っている。そもそも彼等に『以前の記《き》憶《おく》』などというものが在るのかどうかすら実は分かっていない。

そんなカミラやバーレイグがどうしてこの文字が読める？

それは——

「この石板、召喚獣《しょうかんじゅう》に何か関与《かんよ》する——」

そこまでユウゴが言ったその時。

轟音《ごうおん》と共に蔵《くら》の壁《かべ》が吹《ふ》き飛《と》んでいた。

「——!?」

咄嗟《とっさ》に身構えてリゼルを庇《かば》うユウゴ、そしてその二人を更《さら》に前に出て庇《かば》うカミラとバーレイグ。召喚獣《しょうかんじゅう》二体は、飛んで来た蔵《くら》の壁《かべ》の破片《はへん》を、剣《けん》と杖《つえ》で難なく叩《たた》き墜《つい》としていた。

そして——

「なんだ……⁉」

愕然《がくぜん》と眼《め》を見開くユウゴ。

蔵《くら》の外——そこに召喚士《しょうかんし》が居た。

間違《まちが》いない。明らかに召喚獣《しょうかんじゅう》と思《おぼ》しき異形《いぎょう》を連れているからだ。

ただ——

「やあ。御嬢《おじょう》。しばらくぶり、かな？」

召喚士《しょうかんし》が……すらりとした長身痩軀《そうく》の青年が笑顔《えがお》でそう言った。

長い茶色の髪《かみ》を女のように伸《の》ばしている。眼《め》は切れ長で鼻筋もすっきりと通った、いわば美形というやつだろう。

ただしその顔に浮《う》かぶのは何処《どこ》か下卑《げび》た笑《え》みだ。

相手を蔑《さげす》み、嘲《あざけ》り、自尊心を満たすための。

「ヨシュア——」

呆然《ぼうぜん》とリゼルがその青年のものらしい名を呼ぶ。

だがそれは突然《とつぜん》の再会に驚《おどろ》いているのではなく——

「あんた、どうして、それは」

喘《あえ》ぐようにリゼルが言うのも当然。

ヨシュアと呼ばれたその召喚士《しょうかんし》の青年は——あろう事か、三体の召喚獣《しょうかんじゅう》を背後に従えていたからだ。

†

召喚士《しょうかんし》は『この世界ではない何処《どこ》か』から召喚獣《しょうかんじゅう》を喚《よ》び出しこれと契約《けいやく》をする。

召喚獣《しょうかんじゅう》は、召喚士《しょうかんし》と契約《けいやく》によりて魔術《まじゅつ》的な繋《つな》がりを持ち、魔力《まりょく》の供給を受ける事で、この世界に留まる事が出来る。

逆に言えば元々『この世界ではない何処《どこ》か』の存在である召喚獣《しょうかんじゅう》は、召喚士《しょうかんし》という『楔《くさび》』が無ければ、この世界に存在する事が出来ない。『異物』として弾《はじ》かれてしまう。召喚獣《しょうかんじゅう》がその異能を以《もっ》てこの世界に何らかの干渉《かんしょう》が出来るのも、つまるところ、召喚士《しょうかんし》という存在を介《かい》しているからこそ……なのである。

召喚士《しょうかんし》は常に魔力《まりょく》を召喚獣《しょうかんじゅう》に供給する事で、この状態を維持《いじ》する。

召喚獣《しょうかんじゅう》の存在の『濃淡《のうたん》』を変える事によって、その姿を消している場合にはごくごく微量《びりょう》の魔力《まりょく》消費で済むが、召喚獣《しょうかんじゅう》が実体を以《もっ》てそこに存在し、その異能を使うともなれば、桁違《けたちが》いに魔力《まりょく》の消費量は跳《は》ね上《あ》がる。

そして通常、召喚士《しょうかんし》一人で賄《まかな》える魔力《まりょく》は、完全状態の召喚獣《しょうかんじゅう》一体を維持《いじ》するのが精々だ。

勿論《もちろん》、個々人に備わる魔力《まりょく》には多寡《たか》がある——魔術師《まじゅつし》や召喚士《しょうかんし》でなくとも魔力《まりょく》は少量ながら備わっている——が、魔力《まりょく》量《りょう》が豊富とされる者ですら、二体の召喚獣《しょうかんじゅう》と契約《けいやく》を結んでこれを同時に使役《しえき》するのには無理がある。

なのに——

「御嬢《おじょう》に、それに——ヴァーンズ様の御子息《ごしそく》、ついでに、ダレクとマイラを殺した傭兵《ようへい》」

ヨシュアと呼ばれた召喚士《しょうかんし》の青年は何処《どこ》か気障《きざ》な仕草で肩《かた》を竦《すく》め首を振《ふ》って見せた。

「全員、死んでもらいましょうか。ヴァーンズ様の偉業《いぎょう》の邪魔《じゃま》をする者にはこのヨシュア・ガルノス、容赦無《ようしゃな》き神罰《しんばつ》の鉄槌《てつつい》を下します」

傲然《ごうぜん》とそう宣言をするのも、無理なからぬ事だろう。

ヨシュアの背後には三体もの召喚獣《しょうかんじゅう》が並んでいる。

しばしば召喚士《しょうかんし》は召喚獣《しょうかんじゅう》と共に戦えば一騎当千《いっきとうせん》——いや二騎当千《にきとうせん》と言われるが、その言葉を額面通り受け止めれば、ヨシュアは三千にも相当する兵力を備えている事になる。

だが——一体どうやって？

複数の召喚獣《しょうかんじゅう》と契約《けいやく》する事自体は可能かもしれない。

だが……三体もの召喚獣《しょうかんじゅう》を同時に実体化して従えていた場合、召喚士《しょうかんし》は瞬《またた》く間《ま》に魔力《まりょく》を消耗《しょうもう》してしまう。こうして堂々と立ってユウゴ達に声を掛《か》けている余裕《よゆう》など、在る筈《はず》が無いのだ。

しかも……

「わ……私は」

「ああ。言い訳は見苦しいですよ、御嬢《おじょう》。ここまでその二人を案内してきたのは貴女《あなた》でしょう。その裏切り、万死《ばんし》に値《あたい》します」

「………」

言葉に詰《つ》まるリゼル。

「少しでも罪の意識を感じているというのなら、大人しく殺されて――」

――銃声《じゅうせい》。

ヨシュアの胸元《むなもと》に火花が咲《さ》いた。

彼の右脇《みぎわき》に立っていた召喚獣《しょうかんじゅう》――〈鬼武者《おにむしゃ》〉が薙刀《なぎなた》で銃弾《じゅうだん》を弾《はじ》いたのである。

「――モーガン⁉」

「さすがに無理か」

と腰《こし》の後ろから抜《ぬ》き撃《う》ちした拳銃《けんじゅう》を構えながらモーガンが言う。

召喚士《しょうかんし》を殺してしまえば、召喚獣《しょうかんじゅう》はこの世界に留《とど》まる事が出来ない。

だからこそモーガンはいきなりヨシュアの射殺を試みたのだが――不意打ちでもない限り、

やはり銃弾《じゅうだん》は召喚獣《しょうかんじゅう》に防がれてしまう。

逆に言えば、ヨシュアに奇襲《きしゅう》された時点で、モーガンが勝つ可能性は限り無く零《ゼロ》近くにまで落ち込んだという事である。

しかも――

「……う？」

とモーガンは顔をしかめると、手にした拳銃《けんじゅう》を取り落としていた。

無駄《むだ》と分かっても牽制《けんせい》のための二発目を撃《う》とうと、撃鉄《げきてつ》を起こした、その瞬間《しゅんかん》である。

そのまま彼は姿勢を崩《くず》し、その場に膝《ひざ》をついていた。

急速に、立っていられないほどに、彼は消耗《しょうもう》したのだ。

だがそんな事が在りうるだろうか……？

「てめ……な……なにを……？」

とモーガンがヨシュアを睨《にら》むのは、自分の不調がヨシュアによる人為《じんい》的なものなのだと察したからだろう。

だが――

「私は、何も？」

とヨシュアはにやにやと笑いながら言った。

「ただ、察しはつきますがね。身体《からだ》が重い。眼《め》が霞《かす》む。耳鳴りもしますかね。ええ。重い病に罹《かか》ったかの如《ごと》くに」

「モーガン？」

ふらりと倒《たお》れかけたモーガンを、腰《こし》を屈《かが》めて支えるユウゴ。モーガンはしかし礼を言うでもなく、眼《め》を細めてヨシュアを睨《にら》みながら呻《うめ》くように言った。

「……どういう、理屈《りくつ》だ」

「さて？　種明かしが必要ですか？」

とヨシュアは芝居《しばい》がかった仕草で手を差《さ》し伸《の》べてくる。

だが――

「――まさか」

リゼルが呟《つぶや》くように言った。

「魔力《まりょく》を吸い取ってるの⁉」

「――ご明察」

とヨシュアは笑《え》みを深めた。

「魔力《まりょく》を吸い取るって――」

「あんたも召喚士《しょうかんし》なら師匠《ししょう》から聞いてるでしょ」

とリゼルはヨシュアを睨《にら》みながら言った。

「魔力《まりょく》は生命力に直結してるって」

生命活動の結果として魔力《まりょく》は生じる。

基本的に体力と同じだ。過剰《かじょう》な労働や運動で体力を消耗《しょうもう》し、疲労《ひろう》が蓄積《ちくせき》すれば、人間は体調を崩《くず》す。

魔力《まりょく》も過剰《かじょう》に使えば体調不良を引き起こす。

ただ――

「そんな、魔力《まりょく》を吸い取るって――」

そんな事が可能なのか。

それは自分の体力を他人に分《わ》け与《あた》えるようなもので――

「――！」

ユウゴは気がついた。

召喚獣《しょうかんじゅう》との契約《けいやく》。

魔力《まりょく》を召喚獣《しょうかんじゅう》に供給する召喚士《しょうかんし》。

ユウゴやリゼルがヨシュアの近くに居ても不調を覚えず、モーガンだけが魔力《まりょく》を吸い取られたのは、彼が召喚士《しょうかんし》ではないから、彼には召喚獣《しょうかんじゅう》が居ないからだ。

ユウゴ達は魔力《まりょく》の『行き先』が決まっている。契約《けいやく》により魔力《まりょく》が流れるための『経路』が既《すで》に出来上がっている。だから横から魔力《まりょく》を奪《うば》いとる事が出来ないか、あるいは、難しい。

一方、モーガンは魔力《まりょく》の提供先が決まっていない。

だから——強引《ごういん》に奪《うば》いとられた。恐《おそ》らくは無理矢理に『経路』を繋《つな》がれて。まるで針と管を差して血を抜《ぬ》くかのように。

つまり……

「——！」

屋敷《やしき》の方に眼《め》を向けるユウゴ。

見れば——花壇《かだん》の傍《そば》に、家政婦《メイド》のものらしい靴《くつ》を履《は》いた足が見えた。倒《たお》れている。恐《おそ》らくはモーガン同様、魔力《まりよく》を吸い取られて。

多分、屋敷《やしき》の中ではあの令嬢《れいじよう》や他の家政婦《メイド》も昏倒《こんとう》しているだろう。

「なんて奴《やつ》——」

どういう原理でそんな事が可能なのか分からない。

だが眼《め》の前《まえ》のこの青年は、自分の魔力《まりよく》を使わず、他人から奪《うば》った魔力《まりよく》で、実体化した召喚《しようかん》獣《じゆう》三体を維持《いじ》しているのだ。

(そういえば……カティは？)

未《ま》だ蔵《くら》の中にいるのか。

そう思ってユウゴは背後を振《ふ》り返《かえ》るが、銀髪《ぎんぱつ》の少女の姿は忽然《こつぜん》と消滅《しようめつ》していた。

いつもの事とはいえ、不可解に過ぎる。

とはいえ、今は彼女《かのじよ》の身の安全を気遣《きづか》う必要がないのはありがたかった。

「リゼル」

ユウゴは改めてヨシュアを睨《にら》み据《す》えながら傍《かたわ》らのリゼルに声を掛《か》けた。

「モーガンを連れて離《はな》れろ。なんだったら屋敷《やしき》の中に入れ」

「え？　でも——」

「お前はどうせ、あいつと戦えないだろ」

とユウゴはモーガンから渡《わた》された拳銃《けんじゅう》に手を掛《か》けながら言った。

「なら、他の連中の面倒《めんどう》を見てやってくれ」

「………ごめん」

リゼルはそう言って——バーレイグと共にモーガンに手を貸して、後ずさり始める。

「おや？　この期《ご》に及《およ》んで逃《に》げますか？」

と笑いながらヨシュアが首を傾《かし》げる。

「そうはいきませんよ？」

ヨシュアの左右の召喚獣《しょうかんじゅう》達が一斉《いっせい》に動いて——

——銃声《じゅうせい》。

再びヨシュアの傍《かたわ》らで火花が散る。

ユウゴが——モーガンのやっているのを見よう見まねで撃《う》った銃弾《じゅうだん》を、再び召喚獣《しょうかんじゅう》の〈鬼《おに》武者《むしゃ》〉が防いだのである。

実のところユウゴには、ヨシュアに当てる気は——彼を射殺するつもりは無かったし、持ったばかりの武器を使いこなせるなどと自惚《うぬぼ》れてもいない。そもそもユウゴは他人を殺す気で戦う事が出来ない。

あくまで威嚇《いかく》、あくまで陽動だ。

銃器《じゅうき》は——その轟音《ごうおん》と閃光《せんこう》で相手の注意を引ける。

一瞬《いっしゅん》ではあるが、これで時間が稼《かせ》げた。

少なくとも召喚獣《しょうかんじゅう》達が、ユウゴの存在を無視して、先にリゼルやモーガンに攻撃《こうげき》を仕掛《しか》けるような事は無いだろう。自分達をこの世界に繋《つな》ぎ止《と》めるための『楔《くさび》』——召喚士《しょうかんし》を守る事は、召喚獣《しょうかんじゅう》にとって最優先事項《じこう》である筈《はず》だからだ。

「あんたらは俺達と遊んでってくれよ？」

歯を剝《む》いて獰猛《どうもう》に笑って見せるユウゴ。

上手《うま》く挑発《ちょうはつ》出来たかどうか、自信は無い。

ただ——

「我が剣《けん》の切れ味を知りたい者から、かかってくるがよい」

彼の隣《となり》でカミラが高々と剣《けん》を掲《かか》げ、威嚇《いかく》するかのように——あるいは後退中のリゼル達をヨシュアらの視線から庇《かば》うかのように、その白い翼《つばさ》を広げた。

†

遠雷《えんらい》のような轟音《ごうおん》が鳴《な》り響《ひび》く。

既《すで》にユウゴとヨシュアが戦っているのだろう。

だが彼等の方を振《ふ》り返《かえ》っている余裕《よゆう》はリゼルには無かった。

「…………くっ」

モーガンと、そして花壇《かだん》の脇《わき》で倒《たお》れていた家政婦《メイド》を、バーレイグと共に屋敷《やしき》の中へと運び込んだリゼルは、そこで溜息《ためいき》をついた。

元々リゼルはあまり体力がある方ではない。

何年も足枷《あしかせ》を付けられて拘束《こうそく》されていた事もあり、歩き回る事そのものが苦手なのだ。成長期に足を動かすのを禁じられていたのなら、当然、そうなる。

なので他人に肩《かた》を貸して歩くのは苦手だ。

だが――

「リン⁉」

と家政婦《メイド》と互《たが》いに支え合いながら屋敷《やしき》の奥から出てきた令嬢《れいじょう》が、リゼル達を見て声を上げる。

彼女も魔力《まりょく》吸収の影響《えいきょう》を受けているのだろう。顔色は悪く、家政婦《メイド》共々、歩くのも覚束《おぼつか》ない状態だ。

だが――

（要するに距離《きょり》によるって事よね）

とリゼルは考える。

気絶して倒《たお》れていた家政婦《メイド》と、未《ま》だ意識を保っている令嬢《れいじょう》らとの差は、ヨシュアからの距離《きょり》の差だろう。

まさか召喚獣《しょうかんじゅう》を三体、堂々と従えて王都の中を闊歩《かっぽ》してきたわけでもあるまいし、それならば倒《たお》れる者が続出して、とっくに大騒《おおさわ》ぎになっている筈《はず》だ。

ヨシュアはこのゲッテンズ伯爵家《はくしゃくけ》別邸《べってい》に来てから、あの三体を実体として喚《よ》び出したのだ――恐《おそ》らくは蔵《くら》を攻撃《こうげき》する直前に。

だからたまたま屋敷《やしき》の外に出ていた家政婦《メイド》は最初に魔力《まりょく》を吸い取られて昏倒《こんとう》――屋敷《やしき》の奥に居た令嬢《れいじょう》達は未《ま》だ意識があるのだ。

何にしても――

「ここから離《はな》れて。というか屋敷《やしき》から出て。この場に居たら、皆《みな》、倒《たお》れるわよ」

ヨシュアの周りから召喚士《しょうかんし》以外の人間が居なくなれば、彼は召喚獣《しょうかんじゅう》を維持《いじ》出来なくなるのではないか。

そう考えたわけだが。

「な……何を……」

と令嬢《れいじょう》等はただただ困惑《こんわく》するのみである。

勿論《もちろん》、召喚士《しょうかんし》でも魔術師《まじゅつし》でもない彼女等に、ヨシュアの召喚獣《しょうかんじゅう》の原理が分かる筈《はず》もない。

リゼルにしても確信があるわけではなく、多分に推測交じりなのだ。

だが時には強引《ごういん》に断言してしまった方が話が早い場合も在る。

「あんた達が調子がおかしいのは、あの、蔵《くら》の横で召喚獣《しょうかんじゅう》三体も引き連れてるあいつのせいなのよ！」

苛立《いらだ》ちを覚えながらもそう訴《うった》えるリゼル。

「あんた達の身体《からだ》から魔力《まりょく》を――精気を吸い取って、あいつは召喚獣《しょうかんじゅう》を使ってるのよ！　あんた達が遠ざかれば、それだけで――」

「でも、じゃあ、どうして貴女《あなた》は平気なんですか？」

と令嬢《れいじょう》は何か恨《うら》めしげにリゼルを見て言う。

「貴女《あなた》がした事じゃないんですか？　貴女《あなた》も召喚士《しょうかんし》だから――」

「あああああ、もう‼」

と焦燥感《しょうそうかん》から思わず声を荒《あら》げるリゼル。

ここで召喚士《しょうかんし》と召喚獣《しょうかんじゅう》についての契約《けいやく》や魔力《まりょく》供給の話をしている暇《ひま》は無いし、しても、頭からリゼル達に恐怖《きょうふ》と反感を覚えている令嬢《れいじょう》達は、それを理解しようという気にもならないだろう。

駄目《だめ》だ。ここはバーレイグに脅《おど》させてでも、彼女等を遠ざけねば。

（……いっそ全員気絶させて、引きずっていった方が――）

とまでリゼルは思ったが。

次の瞬間《しゅんかん》――

「――!?」

轟音《ごうおん》と共に壁《かべ》が崩《くず》れる。

ヨシュアの攻撃《こうげき》の余波がこちらまで飛んで来たのだろう。

余波だけに中途《ちゅうと》半端《はんぱ》な威力《いりょく》のそれは、壁《かべ》を粉微塵《こなみじん》に粉砕《ふんさい》する事無く、むしろ大量の大きな瓦礫《がれき》を生み出していた。

そしてその瓦礫《がれき》が降り注ぐのは――令嬢《れいじょう》達の頭上。

「――！」

何故《なぜ》、飛び出してしまったのか。

リゼル自身にも分からなかった。

強く床《ゆか》を蹴《け》ったためか、ずきりと足が痛んで――

（え？　私、何やってんの？）

元々——人が死ぬのは嫌《きら》いだった。人が傷つくのも嫌《きら》いだった。

何より自分が、弟や母を殺した連中と同じになりたくなかった。

だからオウマの下で召喚士《しょうかんし》として働いていた時も、人を殺さないようにと気をつけてきた。

単純に自分が人殺しになりたくなかった。

死んだ人はどうやっても戻《もど》ってこない。

だから、とりかえしのつかない事をして後悔《こうかい》したくなかった。

もし、あの時、こうしていたら、とか、延々と考えて、眠《ねむ》れない夜をこれ以上過ごしたくなかった。

だから——

「——！」

「リゼル！」

バーレイグの声が響《ひび》いた。

リゼルは咄嗟《とっさ》に令嬢《れいじょう》達の上に覆《おお》い被《かぶ》さる。

馬鹿な事をしているなと思いつつ、彼女は次の瞬間《しゅんかん》、自分に激突《げきとつ》する幾《いく》つもの瓦礫《がれき》を想像して身を固くする。

だが——

「ぐへっ⁉」

どん！　と彼女の上に落ちてきた瓦礫《がれき》は、しかし一つだけだった。

何処《どこ》か間の抜《ぬ》けた声を漏《も》らしながらも、リゼルが肩越《かたご》しに振《ふ》り返《かえ》ると、彼女の更《さら》に上に覆《おお》い被《かぶ》さるようにして浮《う》かんだバーレイグが、杖《つえ》を翳《かざ》して稲妻《いなずま》を辺り一帯に放出していた。

稲妻《いなずま》を——雷気《らいき》を少し『捻《ひね》った』使い方をしてやれば、ものを浮《う》かす事が出来る。バーレイグは落ちてきた瓦礫《がれき》の大半を、そうやってリゼルにぶつかる前に防いでくれたのだ。

「すまん。一つ受け漏《も》らした」

「……まあ、いいけど。ありがとう」

反射的にでかかった文句を呑《の》み込んで、リゼルは言う。

そして——

「ど……どうして？」

と驚《おどろ》きの表情で問うてくるのは令嬢《れいじょう》達である。

「あ？　なにが？」

と身を起こしながら問うリゼル。

「いえ、だ、だから、あの、どうして私達を庇《かば》って——」

「知らないわよ！」

悲鳴じみた声でリゼルは言った。

そう。知らない。分からない。自分が教えて欲しいくらいだ。

「何の関係も無い一般人《いっぱんじん》を、身体《からだ》張って庇《かば》うとか、自分でも正気を疑うわよ！　ああもう——痛っ⁉」

立ち上がろうとして、リゼルは自分が足を捻《ひね》っていた事に気がついた。

令嬢《れいじょう》等を庇《かば》った瞬間《しゅんかん》には、焦《あせ》りの余り痛みを感じていなかっただけだろう。

「ああもう、痛い痛い——」

「…………」

令嬢《れいじょう》達は何故《なぜ》か縋《すが》るような眼《め》でリゼルを見つめてくる。

それがどうにも——落ち着かない。

「いや、だから……」

何か言い訳しようとして、ふと脳裏《のうり》に浮《う》かんだのは、自分の事でもないのに、ぼろぼろと涙《なみだ》をこぼして悔《くや》し泣《な》きするユウゴの横顔だった。

ああ。本当に。

あの少年は——

「ば、馬鹿から馬鹿が伝染《うつ》ったんじゃないの⁉」

身体《からだ》から埃《ほこり》を叩《たた》いて落としながらリゼルはそう叫《さけ》ぶ。

そして——

「と、とにかく、細かい理屈《りくつ》は後で説明してあげるから、私と一緒《いっしょ》にここから逃《に》げて！　他にも屋敷《やしき》に残っている人が居たら声掛《か》けて！」

「わ……分かりました」

一転して物分かりが良くなったのか、令嬢《れいじょう》は素直《すなお》に頷《うなず》いてくれた。

†

勝ち目は無い。

それは最初から分かっていた。

（一対多ってのは喧嘩《けんか》ではよくやったけど――）

ブロドリックの町でも武装集団を相手に戦ったが。

三体の召喚獣《しょうかんじゅう》を従えた召喚士《しょうかんし》――などという常識外れの存在と戦うなど、考えた事も無かった。

（くっそ……）

そもそも召喚獣《しょうかんじゅう》は対集団戦用の技能を持っている――いや正確には対集団戦に用いる事が出来る形に、己《おのれ》の能力を変形して行使する事が出来る個体も多い。

この場合、大抵《たいてい》は『面』攻撃《こうげき》になる。

当然ながら、狙《ねら》いが大雑把《おおざっぱ》でも、その『面』がかすれば相手に損害を与《あた》えられる。

この場合、ユウゴは逃《に》げ回《まわ》るにしても、相手の攻撃《こうげき》の『隙間《すきま》』が殆《ほとん》ど無い事になってしまう。

しかもただでさえ『面』攻撃《こうげき》であるものが三体同時にである。

間一髪《かんいっぱつ》でかわす、などという芸当は無理だ。

故《ゆえ》に――

「おやおや。仲が良い事だね」

とヨシュアが揶揄《やゆ》してくるのは、カミラがユウゴを抱《かか》えて、あるいは彼をぶら下げて、飛びながら召喚獣《しょうかんじゅう》達の攻撃《こうげき》を回避《かいひ》し続けているからだ。

「可愛《かわい》い召喚獣《しょうかんじゅう》に抱《だ》っこしてもらって、飛び回る召喚士《しょうかんし》か。新しいね」

「うるさい！」

とユウゴは返すものの、情けない状態なのは間違《まち》いが無い。

カミラの本領は勿論《もちろん》、剣技《けんぎ》――つまりは〈ヴァルキリー〉としての突撃《とつげき》を含《ふく》めた接近戦なのだが、ユウゴという荷物を抱《かか》えていれば、それもろくに出来ない。

（防戦一方っていうか――）

どうやらヨシュアは自分の力を誇示《こじ》する事を楽しんでいるらしい。

逃《に》げ回《まわ》るユウゴ達を召喚獣《しょうかんじゅう》の攻撃《こうげき》で追い回しながら、ずっと笑顔《えがお》を浮《う》かべていた。

（嬲《なぶ》ってやがる……）

殺そうと思えばいつでも殺せるという事か。

つまりはユウゴ達は逃《に》げ切《き》れているわけではなく、ヨシュアの気紛《きまぐ》れ、悪趣味《あくしゅみ》さに救われているような状態である。

だが――

「――！」

びくりとカミラが身を震《ふる》わせる。

いつの間に移動していたのか――三体の召喚獣《しょうかんじゅう》の内の一体、二本の角を備えた大柄《おおがら》な朱《あか》い人型が、長い髪《かみ》を振《ふ》り乱《みだ》しつつ高々と跳躍《ちょうやく》している姿が、ユウゴの視界の隅《すみ》に映った。

〈鬼武者《おにむしゃ》〉だ。

ぶぉっ！　と空気を抉《えぐ》り抜《ぬ》く勢いで振《ふ》り降ろされる薙刀《なぎなた》。

咄嗟《とっさ》にカミラは剣《けん》を掲《かか》げてこれを受け止める――が。

「はうっ⁉」

ユウゴを抱《かか》えての不安定な体勢、しかも片腕《かたうで》で、召喚獣《しょうかんじゅう》の強打を受け止めきれる筈《はず》が無い。

二人は揃《そろ》って地面に叩《たた》きつけられていた。

「ぐはっ――」

カミラは激突《げきとつ》の瞬間《しゅんかん》、ユウゴを抱《だ》き締《し》め、翼《つばさ》を広げて彼の下に回ってくれていた。文字通りに身を挺《てい》して彼を庇《かば》ったのだ。

お陰《かげ》でユウゴは全身を強打する事無く、気絶も回避《かいひ》出来たが……

「――！」

そこに〈鬼武者《おにむしゃ》〉が畳《たた》み掛《か》けてくる。

咄嗟《とっさ》にユウゴは眼《め》を回しているカミラを抱《だ》き締《し》め返して一緒《いっしょ》に転がり、振《ふ》り降ろされた薙刀《なぎなた》から逃《のが》れていた。

――危ない。

一瞬《いっしゅん》でも遅《おく》れていたら、カミラ共々両断されていただろう。

恐《おそ》らく〈鬼武者《おにむしゃ》〉の薙刀《なぎなた》も、カミラの剣《けん》と同様、切断の魔術《まじゅつ》が武器の形として顕《あらわ》れている状態だ。相手がその気なら岩だろうが鋼《はがね》だろうが難なく切《き》り裂《さ》く絶対の刃《やいば》――

「――!?」

視界の端《はし》に膨《ふく》れ上《あ》がる光。

光属性の〈ハイエレメンタル〉が――空中浮遊《ふゆう》する尖《とが》り耳《みみ》の召喚獣《しょうかんじゅう》が放った、遠距離《えんきょり》用攻《こう》撃魔術《げきまじゅつ》である。

咄嗟《とっさ》にカミラがユウゴから離《はな》れ、剣《けん》を掲《かか》げてこれを――弾《はじ》く。

大きく軌道《きどう》が曲がった魔力《まりょく》の一撃《げき》は、ゲッテンズ伯爵家《はくしゃくけ》別邸《べってい》の建物を直撃《ちょくげき》。直交した二筋の光る一線が触《ふ》れたものを切断、建物の壁《かべ》は自らの重さで崩壊《ほうかい》を始めていた。

しかもその光の攻撃魔術《こうげきまじゅつ》は、その場に残留し、振動《しんどう》し、更《さら》に周囲に被害《ひがい》を広げていく。一定時間、効果が維持《いじ》される攻撃魔《こうげきま》術《じゅつ》――恐《おそ》らくは〈クロス斬り《クロスアタック》〉と言われるものか。

「くっそ⁉」

リゼル達は大丈夫《だいじょうぶ》か。

そんな懸念《けねん》が脳裏《のうり》を掠《かす》めるが、しかし今のユウゴ達にリゼル等の安否を確認《かくにん》する余裕《よゆう》は無い。

「くっ――」

〈ハイエレメンタル〉の攻撃《こうげき》を弾《はじ》いた結果、剣《けん》を振《ふ》りきってカミラの体勢が崩《くず》れかけたところに、〈鬼武者《おにむしゃ》〉の薙刀《なぎなた》が襲《おそ》い掛《か》かってくる。

カミラは左手に填《は》めている鎧《よろい》の籠手《こて》部分で受け止めて防ぐも――

「――っ！」

〈鬼武者《おにむしゃ》〉の尋常《じんじょう》ならざる膂力《りょりょく》で振《ふ》るわれた薙刀《なぎなた》の刃《は》は、籠手《こて》部分に斬《き》り込み、その内のカミラの腕《うで》にまで達していた。

切り落とされこそしなかったが、カミラの左腕《さわん》は斬《き》られた部分から大きく折れ曲がっていた。

そのまま振《ふ》り回《まわ》していたら、千切《ちぎ》れ飛んでいきそうであった。

見るからに――痛々しい。

だが……

「カミラ！」

「…………」

ユウゴの叫《さけ》びにも応じる余裕《よゆう》はもう、カミラには無い。

「――〈鬼斬撃《シャドースラッシュ》〉」

呟《つぶや》きと共に――まるで〈鬼武者《おにむしゃ》〉の腕《うで》が四本、いや八本にも増えたかのように見えた。

残像だ。

あまりに速い斬撃《ざんげき》のせいで、空間にその軌跡《きせき》が残るのである。

「――〈鬼斬撃《シャドースラッシュ》〉、〈鬼斬撃《シャドースラッシュ》〉〈鬼斬撃《シャドースラッシュ》〉〈鬼斬撃《シャドースラッシュ》〉」

「うっ――」

「〈鬼斬撃《シャドースラッシュ》〉！」

「…………ッ！」

カミラが短く呻《うめ》く。

続けざまに〈鬼武者《おにむしゃ》〉から繰《く》り出《だ》される薙刀《なぎなた》の攻撃《こうげき》を、なんとか片手でさばくので手《て》一杯《いっぱい》、攻撃《こうげき》に転じる隙《すき》がどうにも見いだせない。

更《さら》に――

「――〈鬼刃猛嵐《ブレイドストーム》〉」

「――っ⁉」

斬撃《ざんげき》の軌道《きどう》が拡大する。

同時に斬撃《ざんげき》そのものが超加速《ちょうかそく》。

今まではカミラ目がけて振《ふ》るわれていたその薙刀《なぎなた》の軌道《きどう》が、彼女が庇《かば》っているユウゴにまで達する程《ほど》の広がりを見せたのだ。しかも……それでいながら斬撃《ざんげき》が加速しているために、一撃《いちげき》の速さが変わらない。

「うあっ――」

ユウゴまでが、浅くではあるが肩《かた》や腕《うで》を薙刀《なぎなた》に斬《き》られ、傷口から血が、まるで霧《きり》のように噴《ふ》き出《だ》していく。

〈鬼武者《おにむしゃ》〉の斬撃《ざんげき》が速すぎるせいで、空気そのものがえぐり取られ、軌道《きどう》に沿って下がった気圧が、傷口から血を吸い出しているのだ。

「〈鬼刃猛嵐《ブレイドストーム》〉〈鬼刃猛嵐《ブレイドストーム》〉〈鬼刃猛嵐《ブレイドストーム》〉〈鬼刃猛嵐《ブレイドストーム》〉！」

「くっそ！」

ユウゴは拳銃《けんじゅう》を〈鬼武者《おにむしゃ》〉に向かって発砲《はっぽう》する。

無論、〈鬼武者《おにむしゃ》〉は難なく銃弾《じゅうだん》を叩《たた》き墜《お》とすが、ユウゴは銃撃《じゅうげき》で召喚獣《しょうかんじゅう》を傷付けられると思っていない。〈鬼武者《おにむしゃ》〉の連撃《れんげき》に綻《ほころ》びを作るための一手だった。

〈鬼武者《おにむしゃ》〉の戦技《スキル》に切れ目が生じる。

好機――とばかりにカミラが剣《けん》を突《つ》き出《だ》そうとするが。

「………」

ふらりと倒《たお》れるかのように身体《からだ》を傾《かたむ》ける〈鬼武者《おにむしゃ》〉。

一瞬《いっしゅん》前までその巨体《きょたい》が占《し》めていた空間が開け、そこに目映《まばゆ》い光が広がっていた。

「うっ⁉」

咄嗟《とっさ》に剣《けん》を掲《かか》げて防御《ぼうぎょ》体勢のカミラ。

だが——

「——！」

次の瞬間《しゅんかん》、カミラの胸元《むなもと》が大きく切《き》り裂《さ》かれていた。

（光属性〈ハイエレメンタル〉の〈次元斬り《ディメンションスラッシュ》〉⁉）

相手の防御《ぼうぎょ》を透過《とうか》して、亜空間《あくうかん》から光の刃《やいば》が斬《き》りつける攻撃魔《こうげきま》術《じゅつ》。

放たれれば避《よ》けるしかない必殺の一撃《いちげき》——しかし、直前までカミラの視界を〈鬼武者《おにむしゃ》〉の巨《きょ》体《たい》が塞《ふさ》いでいたために、回避《かいひ》行動に入れなかったのである。

いや。たとえ見えていたとしてもカミラは回避《かいひ》しなかっただろう。

自分が避《よ》ければ〈次元斬り《ディメンションスラッシュ》〉はユウゴに当たる。そして鎧《よろい》も無い人間の彼ならば、それこそ、胴体《どうたい》から真っ二つにされかねなかった。

『防御《ぼうぎょ》を無視し越《こ》えてくる攻撃《こうげき》』を敢《あ》えて自らの身体《からだ》で受ける事で、カミラはこれを止めたのである。

「カミラ！」

「…………」

カミラは――しかし倒《たお》れていなかった。

見れば左腕《さわん》の傷もいつの間にか消えて、鎧《よろい》の籠手《こて》も元《もと》に戻っている。

水属性〈ヴァルキリー〉の回復力と耐久性《たいきゅう》は、他に類を見ない。

守りに徹《てつ》すれば受けた攻撃《こうげき》を相殺《そうさい》しきる速度で自らを回復させる。

だが――

（それでも……）

それは無限の意味を持つものではない。

カミラの回復力にも――ひいては彼女に魔力《まりょく》を供給しているユウゴの体力にも限界があり、防御《ぼうぎょ》を上回る攻撃《こうげき》で押し包まれれば、いつかは致命《ちめい》的な損害を被《こうむ》る。

そして既《すで》にユウゴは――浅くではあるが〈鬼武者《おにむしゃ》〉の範囲攻撃《はんいこうげき》で身体《からだ》のあちこちを斬《き》られて出血している。カミラでも一定範囲《はんい》を均等に攻撃《こうげき》する面攻撃《めんこうげき》は防ぎきれないのである。

このまま止血出来ねば遠からず、出血多量で昏倒《こんとう》してしまうだろう。

早く何とかして攻めに転《せ》じねばならない。

（けど、くっそ、こいつら連携《れんけい》が――）

完璧《かんぺき》とは言い難《がた》いが、それなりに、とれている。

〈鬼武者《おにむしゃ》〉の手数で相手を圧倒《あっとう》し、相手が隙《すき》をこじ開けてくれれば、その瞬間《しゅんかん》を見計らって〈ハイエレメンタル〉の遠距離《えんきょり》攻撃《こうげき》。

元より〈鬼武者《おにむしゃ》〉は強力で格闘《かくとう》にも強い召喚獣《しょうかんじゅう》なのだが、〈ハイエレメンタル〉の攻撃魔《こうげきま》術《じゅつ》がここに組み合わさると、死角が無い。

しかも――

（奴《やつ》はもう一体――）

ヨシュアの従えている召喚獣《しょうかんじゅう》は三体。

〈鬼武者《おにむしゃ》〉と〈ハイエレメンタル〉の他に、猛禽《もうきん》の頭部と四肢《しし》の体躯《たいく》を備えた異形の獣《けもの》が――

〈グリフォン〉が、召喚士《しょうかんし》ヨシュアの脇《わき》に控《ひか》えているのだ。

〈急降下《ダイブアタック》〉や〈引ったくり《スナッチ》〉といった飛行状態からの突撃《とつげき》型の攻撃《こうげき》を仕掛《しか》ける〈グリフォン〉――）

咄嗟《とっさ》に脳内の知識を検索《けんさく》するユウゴ。

ヨシュアを守るためか〈グリフォン〉はユウゴらへの攻撃《こうげき》に参加していないが、もしあれまで〈鬼武者《おにむしゃ》〉や〈ハイエレメンタル〉と一緒《いっしょ》になって攻撃《こうげき》してきたら、もう防ぎきれない。

（俺がカミラの足を引っ張ってる……）

勿論《もちろん》、ユウゴが居るからカミラが存在出来ている、カミラが戦えているわけだが、だからこそカミラは自分よりもユウゴの守護を優先させざるを得ない。

(くそ、どうしたらいい……!?)

出血で朦朧《もうろう》とし始めた意識を、焦《あせ》りに煮《に》える意識で引《ひ》き締《し》めながら、ユウゴはそう自分に問うていた。

†

——そもそも。

周囲の人間から魔力《まりよく》を引き出して、流用し、複数体契約《けいやく》を結んだ召喚獣《しょうかんじゅう》に供給する……などという事が、果たして召喚士《しょうかんし》の『技能』として可能なのだろうか。

リゼルが最初に脳裏《のうり》に浮《う》かべた疑問はそれだった。

(……自分自身の魔力《まりよく》を召喚獣《しょうかんじゅう》に供給するだけでも、契約《けいやく》による魔力《まりよく》回路の構築が必要なわけで……)

生命力などというものは、そう簡単に他人に受《う》け渡《わた》し出来るものではない。生命力に直結すると言われる魔力《まりよく》も同様だ。

それは即《すなわ》ち命を共用するという事であり——

(医者が輸血する場合だって、輸血用の管とか用意する訳で)

つまり……

「……あら？」

リゼルは今、令嬢《れいじよう》と、更《さら》にゲッテンズ伯爵家《はくしやくけ》別邸《べつてい》の家政婦《メイド》達と共に屋敷《やしき》の外に避難《ひなん》している最中だ。モーガンはバーレイグに運んでもらっているのだが、元々魔力《まりよく》を奪《うば》われて憔悴《しようすい》している令嬢《れいじよう》や家政婦《メイド》達は、その歩みがひどく遅《おそ》く、ようやく屋敷《やしき》の外、その敷地《しきち》の内外を区切る鉄柵《てつさく》と、門の所に辿《たど》り着《つ》いていた……のだが。

「どうしたの、御嬢様《おじようさま》？」

とリゼルが問うたのは、令嬢《れいじよう》が一人、門の脇《わき》で何か考え込んでいるからなのだが――声を掛《か》けても、令嬢《れいじよう》はそこから動こうとしない。

「ほら、グズグズしてないでさっさと離《はな》れるわよ、御嬢様《おじようさま》」

「あ、あの、私、ニコラという名前があります……」

「はぁ？」

と一瞬《いつしゆん》、リゼルは苛立《いらだ》ったが。

『御嬢様《おじようさま》』と呼ぶなって？」

考えてみれば『御嬢《おじよう》と呼ぶな』はリゼルの口癖《くちぐせ》であったわけで。

「ああもう、いいわよ、じゃあニコラ、早く――」

「これ、なんでしょう……？」

「だから何なのよ!?」

この一瞬《いっしゅん》でも早くヨシュアと距離《きょり》をとらねば、生命の危険すらあるこの状況《じょうきょう》で、何を気にしているのか、この御嬢様《おじょうさま》――いやニコラ・ゲッテンズは。

この空気を読まない呑気《のんき》さぶりは、さすがに育ちの良い御嬢様《おじょうさま》とも言えるが――

「いえ、ですから、こんなもの、見た事無くて――」

「……？」

とニコラが指さすのは、門の脇《わき》の地面に突《つ》き刺《さ》さった『棒』――いや『杖《つえ》』と思《おほ》しき代物《しろもの》だった。

「見た事が無い？」

それはつまり元々このゲッテンズ伯爵家《はくしゃくけ》別邸《べってい》に在ったものではないという事だ。

「は、はい。貴女《あなた》達が、ここに刺《さ》したものではないのですか？」

「そんなもの持ってきて、あんたの家の門脇《かどわき》に突《つ》き刺《さ》す必要がどこに――」

と言いかけて。

リゼルはその杖《つえ》に歩み寄って子細に眺《なが》める。

「――まさか」

木製の支柱――棒状部分に、金属製の柄《え》、即《すなわ》ち握《にぎ》る部分が取り付けられている。反対側には恐《おそ》らく同じく金属製の石突《いしづ》きが取り付けられているのだろうが、今は地面に深々と突《つ》き刺《さ》されているので見えない。

そして——

「バーレイグ」

「——見覚えのある紋章《もんしょう》だ」

モーガンを背負ったまま近づいてきたリゼルの召喚獣《しょうかんじゅう》は、彼女の肩越《かたご》しにその杖《つえ》の柄《え》を見てそう言った。

星と——開いた本らしき図柄《ずがら》。

オウマが持ち去ったとされる『遺物《アーティファクト》』に刻まれていたものであり、カティがユウゴに渡《わた》した品にも刻まれていたものだ。

「…………」

改めて周囲を見回すと、ゲッテンズ伯爵家《はくしゃくけ》別邸《べってい》の敷地《しきち》内外を区切る鉄柵《てつさく》、その内側に一定間隔《かんかく》でそれは突《つ》き刺《さ》さっていた。

「およそ二百メルトル間隔《かんかく》で、敷地《しきち》を囲むように配置されているな」

モーガンを背負ったまま上昇《じょうしょう》したバーレイグが、そう言ってくる。

「あの、召喚士《しょうかんし》さん——」

「人に名前で呼べっていっておいて、あんたはそれ？」

と返しつつも、リゼルは自分がニコラに名を名乗っていなかった事に気がついた。

「リゼル・ヴァーン……いえ、ただの、リゼルよ。そう呼んで」

「リゼル、さん」

とニコラは噛《か》み締《し》めるように呟《つぶや》いてから。

「貴女《あなた》達が持ってきたものでないとしたら……」

「そうよ。当たりよ。多分ね」

それはヨシュアが持ってきて刺《さ》していった事になりはしないか。

そして——

（これも『遺物』なんだ……恐《おそ》らく、オウマ・ヴァーンズが回収した、あるいは、回収した『遺物』から複製したか……）

そして恐《おそ》らくはこれこそが、ヨシュアの『魔力《まりょく》を周囲の人間から強制的に引き出す』ための仕掛《しか》けなのだ。

ニコラらが見慣れないという事は、恐《おそ》らく昨日まではここになかった品であるから、ヨシュアが持ち込んできたのだろう。

（この屋敷《やしき》の敷地《しきち》をぐるりと囲むように？　内側なのは——効果範囲《はんい》ぎりぎりなのか、それとも、勝手に通行人に引《ひ》き抜《ぬ》かれたりしないように？）

いずれにせよこの『杖《つえ》』が関係しているのは間違《まちが》いなかろう。

となると——

「バーレイグ、これ、壊《こわ》せる？」

「やってみよう」

再び降りてきた〈雷帝《らいてい》〉はその『杖《つえ》』に手を掛《か》けると、短く息を吐《は》く。

次の瞬間《しゅんかん》、ばし！　と音を立てて青白い稲妻《いなずま》が『杖《つえ》』の支柱部分を這《は》い、それは燃え上がっていた。

ぱちぱちと音を立てて木製の支柱部分が焼け、瞬《またた》く間《ま》に炭化する。

最後にこれをバーレイグが自分の杖《つえ》で叩《たた》くと、柄《え》の部分を残して『杖《つえ》』はばらばらの残骸《ざんがい》となってその場にわだかまった。

そして――

「……………う……？」

とバーレイグの背中でモーガンが呻《うめ》き声《ごえ》を上げる。

「モーガン！　気がついた？」

「……あ……ああ……よく分からんが、手間かけさせたか、すまねえ」

とモーガンはバーレイグの背中から降りながらそう言ってくる。

もっとも散々魔力《まりょく》を吸われた結果、未《ま》だ完調とは言い難《がた》いようだが――

「バーレイグ、これって」

「柄《え》や石突《いしづ》きの部分までは壊《こわ》せなかったが、これで充分《じゅうぶん》、この『杖《つえ》』の『機能』を破壊《はかい》出来たという事か」

「――だよね」

あくまで『杖《つえ》』の形で、地面に突《つ》き刺《さ》し、一定間隔《かんかく》で配置する事が重要なのだろう。

つまり――

「ニコラ！」

「は、はい！」

とリゼルに名を呼ばれて慌《あわ》てて返事をする令嬢《れいじょう》。

そして自分達が呼ばれたわけでもないのに、同じく慌《あわ》てて姿勢を正す家政婦《メイド》達。先程《さきほど》までは立って歩く事すらままならない衰弱振《すいじゃくふ》りだったのだが――

「あんた達の体調は？　未《ま》だ歩くのも辛《つら》いくらいにだるい？」

「え？　あ――」

とニコラと家政婦《メイド》達は顔を見合わせる。

「す、少し楽に……？」

「だったら協力して。この『杖《つえ》』と同じものが、あんたのこの屋敷《やしき》を囲む形でぐるっと配置されてる。手分けしてこの『杖《つえ》』を抜《ぬ》いて、ここに集めて一気に壊《こわ》しましょう。そうしたら、あいつ、三体もの召喚獣《しょうかんじゅう》を維持《いじ》出来なくなる筈《はず》！」

「俺も行こう」

腰《こし》から銃剣《じゅうけん》を抜《ぬ》きながらモーガンが言う。

「叩《たた》き折ればいいんだな？　だったら集めなくても現場で片っ端《かたぱし》から壊《こわ》していってやる」

「お願い。早く何とかしないと多分、ユウゴがヨシュアに殺される」

そう言ってリゼルはバーレイグ、モーガン、ニコラ、そして家政婦《メイド》達を見回した。

†

埒《らち》があかない。

ユウゴ達には、三体の召喚獣《しょうかんじゅう》を扱《あつか》うヨシュアを攻略《こうりゃく》するための糸口が、どうしても見つけられない。

「〈鬼斬撃《シャドースラッシュ》〉〈鬼斬撃《シャドースラッシュ》〉〈鬼斬撃《シャドースラッシュ》〉〈鬼斬撃《シャドースラッシュ》〉――〈鬼刃猛嵐《ブレイドストーム》〉」

まるでそれ自体が呪文《じゅもん》であるかのようにぶつぶつと呟《つぶや》きながら薙刀《なぎなた》の攻撃《こうげき》を繰《く》り出《だ》し続ける〈鬼武者《おにむしゃ》〉。

繰《く》り返《かえ》し叩《たた》き込まれる超速《ちょうそく》の二連撃《にれんげき》。

そしてその合間に挟《はさ》み込まれるやはり超速二連《ちょうそくにれん》の面攻撃《めんこうげき》。

元々召喚獣《しょうかんじゅう》は人間よりも遥《はる》かに反応速度が速いが――だからこそ銃弾《じゅうだん》をも叩《たた》き落《お》とせる――その召喚獣《しょうかんじゅう》が更《さら》に加速しての連撃《れんげき》は、まるで相手の腕《うで》と武器が二倍にも三倍にも四倍にも増えたかのようにすら見える。

残像で視界が埋《う》め尽《つ》くされるほどに。

（周囲から魔力《まりょく》を吸い上げてるからか？　好き勝手絶頂に必殺技使《わざ》いまくりやがって――）

しかも――

「くっ……」

〈鬼武者《おにむしゃ》〉の連撃《れんげき》によって防戦一方を強《し》いられている――だけではない。

銃《じゅう》や魔術《まじゅつ》を用いて強引《ごういん》に隙《すき》をつくれば、その瞬間《しゅんかん》に〈ハイエレメンタル〉の遠距離攻撃《えんきょりこうげき》や、防御《ぼうぎょ》不可能な攻撃《こうげき》が飛んでくる。

さすがに〈ハイエレメンタル〉は〈クロス斬り《クロスアタック》〉や〈次元斬り《ディメンションスラッシュ》〉を矢継《やつ》ぎ早《ばや》に連射はしてこない――出来ないようだが、元より〈鬼武者《おにむしゃ》〉の怒濤《どとう》の攻撃《こうげき》をさばくだけで手一杯《ていっぱい》のユウゴ達には、そこを隙《すき》として突《つ》く事が出来ない。

おまけに――

「おやおや。そろそろ限界かな？」

ヨシュアが〈鬼武者《おにむしゃ》〉〈ハイエレメンタル〉と戦うカミラを眺《なが》めながらからかうような声を掛《か》けてくる。

明らかな愉悦《ゆえつ》の響《ひび》きがそこには在った。

圧倒的《あっとうてき》な力で弱者をいたぶる事を、あの男は愉《たの》しんでいる。

憎《にく》いわけでも嫌《きら》いなわけでもない、会ったばかりの人間を、傷つけ、痛めつけ、その苦悶《くもん》を自分は少し離《はな》れた安全な所から眺《なが》める——そういう事を愉《たの》しめる人間なのだ。

（くっそ……！）

ヨシュアは自分の脇《わき》に〈グリフォン〉を置いている。

ユウゴが銃《じゅう》を撃《う》ったとしても、恐《おそ》らく、銃弾《じゅうだん》はヨシュアに命中する前に〈グリフォン〉が防いでしまうだろう。

それ以前に銃《じゅう》など扱《あつか》ったばかりのユウゴにそうそう上手《うま》く命中させられるとも思えないし、『寸止め』が出来ない銃《じゅう》の攻撃《こうげき》は、殺人に禁忌《きんき》を覚えるユウゴには使うにもいちいち躊躇《ちゅうちょ》が生じる。

それがヨシュアのような人間のクズとも言うべき者であってもだ。

結局——

ユウゴは思わずそう叫《さけ》んでいた。

「カミラ、もういい！　よせ！」

カミラは剣《けん》で〈鬼武者《おにむしゃ》〉の斬撃《ざんげき》を防いでいるわけだが。

それはもう拮抗《きっこう》の段階を過ぎていた。

五撃《げき》に一撃《げき》を防ぎきれずに取りこぼすようになり。

四撃《げき》に一撃《げき》を防ぎきれずに取りこぼすようになり。

三撃《げき》に一撃《げき》を——

今や、カミラは二撃《げき》に一撃《げき》は防ぎきれずに取りこぼしてしまう。

当然――

「――っ！」

その取りこぼした一撃《げき》は彼女の身体《からだ》に食い込んでいく。

鎧《よろい》を切《き》り裂《さ》き、兜《かぶと》を叩《たた》き割《わ》り、その下の彼女の身体《からだ》に刃《やいば》が届く。

その度に、カミラからは血とも肉片《にくへん》ともつかぬ何かが飛び散る。

だがそれでも――

「…………」

カミラは退《しりぞ》かない。

カミラは堕《お》ちない。

哭《な》きすらもしない。

背後にユウゴがいるからだ。

完全に〈鬼武者《おにむしゃ》〉や〈ハイエレメンタル〉の攻撃《こうげき》を防ぎ切れてはいないので、ユウゴにも攻《こう》撃《げき》の余波は届いているが、それでも致命《ちめい》的な威力《いりょく》は全て彼女が文字通りに『身体《からだ》を張って』防いでくれていた。

元々カミラは――水属性の〈ヴァルキリー〉は数多《あまた》居る召喚獣《しょうかんじゅう》の中でも屈指《くっし》の耐久力《たいきゅうりょく》を誇《ほこ》る。防御《ぼうぎょ》を突破《とっぱ》され、傷を負っても、己《おのれ》に掛《か》ける治癒《ちゆ》の魔術《まじゅつ》で堪《こら》えきる。

だがそれはつまり、延々と傷つけられてはそれを治し、の繰《く》り返《かえ》しである。際限なく嬲《なぶ》られているに等しい。攻勢《こうせい》に転じる事が出来なければ、いつかは力尽《ちからつ》きる。

「もういい、下がれ！」

見ていられない。

治癒《ちゆ》すると分かっていても、召喚獣《しょうかんじゅう》が人間よりも遥《はる》かに強靭《きょうじん》だとは分かっていても、女の子の姿をしたカミラが〈鬼武者《おにむしゃ》〉の凶器《きょうき》であちこち切り刻まれていくのは見るに堪《た》えない。

それが自分を守っての事であれば尚更《なおさら》に。

だが――

「……我が、君」

カミラはユウゴには背を向けたまま――一瞬《いっしゅん》でも〈鬼武者《おにむしゃ》〉や〈ハイエレメンタル〉から眼《め》を逸《そ》らせば、その瞬間《しゅんかん》に、敗北が決定するからだ――カミラは喘《あえ》ぐ様な声で言った。

「我等、一心同体なれば……」

「…………！」

息を呑《の》むユウゴ。

カミラの存在、カミラの力は、つまるところユウゴからの魔力《まりょく》によって維持《いじ》されているのだ。

だからこそ、カミラには『ユウゴを見捨てて逃《に》げる』という選択肢《せんたくし》は無い。

ユウゴの死は召喚獣《しょうかんじゅう》〈ヴァルキリー〉カミラの死と同義。

カミラは忠義からの自己犠牲《ぎせい》——などという甘やかな幻想《げんそう》に酔《よ》っているわけでは、決してない。自分達は二人で一人だ。だからこそカミラが一人だけ傷ついているのではない。

召喚獣《しょうかんじゅう》に守られているという事、それに罪悪感を感じるべきではない。

それを、忘れてはならない——

(くっそ、本当、俺って半人前だよな⁉)

カミラのためを想《おも》うなら、何としてでも埒《らち》を明けねばならない。

(……カミラが堪《こら》えてくれている間になんとか、なんとかしないと!)

何をどうしたら、状況《じょうきょう》を変えられる?

何をどうしたら、相手のこの布陣《ふじん》に隙《すき》を作れる?

(……〈遠見《ユニバーサルスコープ》〉の魔術《まじゅつ》——)

先程《さきほど》からこれは使って——以前、リゼルと戦った時と同様、上からの俯瞰《ふかん》視点を確保して、何か打開の方法は無いかと考えてはいるのだが。

(くそっ——)

利用出来そうなものも特に見当たらず、何処《どこ》からか助けが来る様子も無い。良くも悪くもここはゲッテンズ伯爵家《はくしゃくけ》別邸《べってい》の敷地《しきち》内——通行人が通りかかって衛士に通報するという事も期待出来ない。

では——

（こいつらの連携《れんけい》はどうやったら崩《くず》せる？）

せめて〈鬼武者《おにむしゃ》〉の攻撃《こうげき》だけならば。

せめて〈ハイエレメンタル〉の攻撃《こうげき》だけならば。

あるいは──

〈鬼武者《おにむしゃ》〉に出来なくて〈ヴァルキリー〉に出来る事はなんだ⁉）

必死に考えるユウゴの視界を、薙刀《なぎなた》に切り落とされたカミラの翼《つばさ》の先が過《よぎ》る。

その瞬間《しゅんかん》にユウゴの脳裏《のうり》にある策が閃《ひらめ》いた。

いや。それは策というより──

「──カミラ！」

「──御意《ぎょい》」

決意は一瞬《いっしゅん》。

ユウゴが覚悟《かくご》を決めればカミラに否は無い。そして繋《つな》がっている召喚士《しょうかんし》と召喚獣《しょうかんじゅう》は、強く願えばその意思を共有出来る。

故《ゆえ》に──

「〈鬼斬撃《シャドースラッシュ》〉──」

超速《ちょうそく》の二連撃《れんげき》。

やはりカミラは一撃《げき》は防いでも二撃目《げきめ》は防げない。

薙刀《なぎなた》の刃《やいば》が、大きく肩口《かたぐち》からカミラの身体《からだ》に食い込んでいく。そしてその切っ先はカミラの背後に居たユウゴにまで届いていた。

「ぐっ――」

刃物《はもの》が皮を、肉を、斬《き》る――痛み。

鋭《するど》くも熱いそれを堪《た》えながら、ユウゴはカミラ共々――

「捕《つか》まえたっ!」

そう吼《ほ》えていた。

「――!?」

〈鬼武者《おにむしゃ》〉の動きが止まる。

いや。止められた。

ユウゴとカミラが、揃《そろ》って、己《おのれ》の身体《からだ》に食い込んだその薙刀《なぎなた》を、そしてそれを持つ〈鬼武者《おにむしゃ》〉の腕《うで》を摑《つか》んで押さえ込んでいたからだ。

特に――

〈水属性〈ヴァルキリー〉の超耐久性《ちょうたいきゅうせい》――〉

猛烈《もうれつ》な速度と効率の自己治癒《ちゆ》能力。

もしそれを十二分に活《い》かしてカミラが斬《き》られた状態で薙刀《なぎなた》を押さえ込めば――当然、〈鬼武者《おにむしゃ》〉は武器をカミラの身体《からだ》に、その猛烈《もうれつ》な勢いで自己修復する筋肉に、『銜《くわ》え込まれた』状態で引《ひ》き戻《もど》せなくなる。

　そして――

「「だあああああああああああああああああっ！」」

　ユウゴとカミラ、二人の咆吼《ほうこう》と共に、彼等の足が地を蹴《け》った。

〈鬼武者《おにむしゃ》〉を捕《と》らえたまま、カミラは羽ばたき、ユウゴは地を蹴《け》って、強引《ごういん》に進む。

（撃《う》てないよな⁉）

　目も眩《くら》むような激痛の中で、しかしユウゴは獰猛《どうもう》な笑《え》みを浮《う》かべていた。

〈ハイエレメンタル〉は常に、ユウゴらと〈鬼武者《おにむしゃ》〉を結ぶ直線の上に居た。それは〈遠見《ユニバーサルスコープ》〉の魔術《まじゅつ》で確認《かくにん》出来ている。

　だからこそ〈鬼武者《おにむしゃ》〉が身を躱《かわ》した瞬間《しゅんかん》に、〈ハイエレメンタル〉の攻撃《こうげき》が飛んでくるのだ。だからこそ〈鬼武者《おにむしゃ》〉の背後に隠《かく》れて居る〈ハイエレメンタル〉の攻撃《こうげき》の予備動作を見て取る事が出来ず――カミラは対応が遅《おく》れたのだ。

　だがそれが逆手にとられればどうなるか。

　今、ユウゴらは逆に〈鬼武者《おにむしゃ》〉の陰《かげ》に隠《かく》れながら〈ハイエレメンタル〉に向けて真《ま》っ直《す》ぐ突《とっ》撃《げき》している。

　勿論《もちろん》、〈ハイエレメンタル〉は右か左か上か下か――双方《そうほう》を結ぶ直線上から外れて攻撃《こうげき》を仕《し》掛《か》けようとはするのだろうが、ユウゴらの〈鬼武者《おにむしゃ》〉の距離《きょり》が近すぎて、迂闊《うかつ》に撃《う》てば〈鬼武《おにむ》者《しゃ》〉を巻き込む。

しかも——

「………！」

〈鬼武者《おにむしゃ》〉が驚《おどろ》きの声を上げる。

その両足が空を掻《か》いたからだ。

カミラが——ユウゴが助走して勢いをつけた事もあり、〈鬼武者《おにむしゃ》〉を捕《と》らえたまま飛翔《ひしょう》したのである。

それは勿論《もちろん》、ごく短い時間ではあったが……動揺《どうよう》し攻撃《こうげき》を躊躇《ちゅうちょ》する〈ハイエレメンタル〉を、攻撃《こうげき》の間合いを捉《とら》えるのに必要な距離《きょり》を移動する事に、ユウゴとカミラは成功していた。

そもそも〈ハイエレメンタル〉は空中浮遊《ふゆう》で移動しているのだが、それはあくまでも『浮《ふ》遊《ゆう》』であり、カミラのような、何処《どこ》かに向けて飛ぶ『飛翔《ひしょう》』ではないが故《ゆえ》に、さして速度が出るものでもない——

「〈契約の剣《ソードオブプロミス》〉——」

「——おおっと？」

笑いを含《ふく》んだ声が飛んでくる。

次の瞬間《しゅんかん》、頭上からの衝撃《しょうげき》を受けてユウゴ達は地面に叩《たた》きつけられていた。

受け身もとれないまま、土の上を転がっていくユウゴ、カミラ、そして〈鬼武者《おにむしゃ》〉。これが王都路上——石畳《いしだたみ》の上であったなら、その時点でもうユウゴは気絶していたかもしれない。

まだ柔《やわ》らかな土の上だったからこそ、意識を手放さずに済んだ。

だが——

「ぐっ——」

身を起こせば、既《すで》に〈鬼武者《おにむしゃ》〉はこちらと距離《きょり》をとってしまっている。

折角、捨て身で捕《つか》まえたのが元に戻《もど》ってしまった。

「なかなか頑張《がんば》ったねえ」

と言ってくるのはヨシュアだ。

そして彼の頭上に——ユウゴ達に〈急降下《ダイブアタック》〉で体当たりしてきたグリフォンが旋回《せんかい》して戻《もど》っていくのが見えた。

「でも残念、はい、もうおしまぁい」

にやにやと笑いながらヨシュアは言う。

「半人前の召喚士《しょうかんし》とそのしょぼい召喚獣《しょうかんじゅう》で、この僕に——新たな力を得て更《さら》に高みに昇《のぼ》ったこの僕に、勝てる筈《はず》も無かったのだけれどね」

「…………」

何とか身を起こすユウゴ。

隣《となり》では同じくカミラも身を起こしているが——

「我が君――」

「……すまん」

彼女はユウゴに〈応急処置〉を掛《か》けてくれている。本来ならば自分自身に掛《か》ける筈《はず》のそれを、ユウゴを優先して治癒《ちゆ》してくれているのだ。

だが……

「さあ。そろそろ死んでおくかい。まあ今の僕がどこまでやれるか、実験台になってくれたのには感謝だよ。まあ三日かそこらは君達を事を覚えておいてあげよう」

と芝居《しばい》がかった仕草で両手を広げるヨシュア。

改めて〈ハイエレメンタル〉が〈次元斬り《ディメンションスラッシュ》〉を放とうとしているのが見えるが、今のユウゴにもカミラにもこれを避《よ》ける力はもう無い――

「ではさらば――……」

とヨシュアが言いかけて。

「さら……ば……ば……ば……あ？」

不意にその表情が大きく歪《ゆが》んだ。

「あがっ？　が……が……？」

ヨシュアは胸元《むなもと》を押さえて身を折る。

それだけでは済まず、彼はその場に膝《ひざ》をついていた。

まるで急激に衰弱《すいじゃく》したかのように──

「ぐがっ……がっ……なん……でっ……？」

「──なんでだと思う？」

そう尋《たず》ねたのは──

「り……リゼル……⁉」

既《すで》に膝《ひざ》立ちも出来ないのか、地面に横倒《よこだお》しになって藻掻《もが》くヨシュアの傍《そば》に降りてきたのは、バーレイグに抱《かか》えられたリゼルだった。

「悪いけど、あんたの『杖《つえ》』は全部──百本、壊《こわ》したよ」

「…………！」

声にならない喘《あえ》ぎを漏《も》らすヨシュア。

同時それが限界だったのか、〈鬼武者《おにむしゃ》〉と〈ハイエレメンタル〉そして〈グリフォン〉がその姿を揺《ゆ》らがせ、半透明《はんとうめい》になったかと思うと──一体ずつ消えていった。

魔力《まりょく》の供給が途絶《とだ》えたのだ。

だから──契約《けいやく》が途切《とぎ》れたかどうかは分からないが、三体の召喚獣《しょうかんじゅう》を実体化させた状態で維持《いじ》出来なくなった。三倍の速度で──急速に消耗《しょうもう》したヨシュアは、立ってさえいられなくなったのだ。

「ひぐっ……あがっ……」

「うわっ――魔力《まりょく》を限界以上に消耗《しょうもう》するとこうなるのね……」

とリゼルがヨシュアを見下ろしながら呻《うめ》くように言う。

三体の強力な召喚獣《しょうかんじゅう》に個人としての魔力《まりょく》を吸い上げられたヨシュアは、いつの間にか総白髪《そうしらが》となっており、まるで一気に数十年分の歳《とし》をとったかのようにその顔には皺《しわ》や弛《たる》みが、そして老人斑《ろうじんはん》が生じていた。

美青年だったその顔は今や見る影《かげ》も無い。

適切に、順当に、歳《とし》をとっていったならともかく――生命力の欠乏《けつぼう》による急速な老化は、彼の姿をひどく偏《かたよ》ったものにしていた。

右の目許《めもと》と左の目許《めもと》で老い方が違《ちが》う。よく見れば白髪《しらが》も濃淡《のうたん》があって、均等に肉体が老いていったわけではないのだと分かった。

「――ユウゴ、大丈夫《だいじょうぶ》？　未《ま》だ生きてる？」

とリゼルがユウゴ達の方を見て問うてくる。

「大丈夫《だいじょうぶ》に見えるか……？」

とりあえず〈鬼武者《おにむしゃ》〉の薙刀《なぎなた》や〈ハイエレメンタル〉の魔術攻撃《まじゅつこうげき》で受けた傷は全てカミラによって止血され、癒《い》やされているが――今のユウゴは酷《ひど》い貧血《ひんけつ》状態である。

気を緩《ゆる》めたら気絶してしまいそうだった。

「どうかな。ヨシュアよりは大丈夫《だいじょうぶ》っぽいけど？」

と苦笑《くしょう》しながらリゼルがそう言った。

†

「――ヨシュア」

リゼルは急速に老化した青年召喚士《しょうかんし》に呼《よ》び掛《か》ける。

ヨシュアは――意識はあるようで、地に横たわったまま、わずかに顔を動かしてリゼルの方を見た。

「聞きたいんだけど、オウマ・ヴァーンズは……父様《とうさま》は、あんたに私を殺して来いって命令したの？　それともこれはあんたの独断？」

「…………」

「私が裏切ったかどうかは、まあ、さておき」

若干《じゃっかん》、顔をしかめてリゼルは言う。

「父様《とうさま》は、オウマ・ヴァーンズは、誰《だれ》かが裏切ったって――その、あんまり気にしない人だったでしょ？」

「ああ……」

とヨシュアは横たわったまま頷《うなず》いた。

「……こ……滑稽《こっけい》だね……いや……もうひどく……滑稽《こっけい》だ……君はひょっとして……自分がオウマ様に……眼《め》を……掛《か》けられていると……愛されているとでも……思っていたのか……？」

「…………」

「……見捨てられたのは……何かの間違《まちが》い、裏切り者として……処刑《しょけい》しにきたのは……僕の独断……そう思いたい、のだろう？」

「…………」

リゼルが黙《だま》っていると――やがて彼は皺《しわ》の刻まれた顔ににんまりと笑《え》みを浮《う》かべた。

「はは、は、は……！　滑稽《こっけい》、実に滑稽《こっけい》……いや、哀《あわ》れといった方が良《い》いのか……な？　まあ確かに……君の処刑《しょけい》は僕が……独断で決めた事さ……決めた事では、あるのだけどね？」

眼《め》を細めてヨシュアは続けた。

「オウマ様には申告《しんこく》して僕は此処《ここ》に来た。オウマ様は止めなかったよ？」

「…………え？」

「用済みなんだよ。君は……もうどうでもいいんだよ、オウマ様にとって、君みたいなのは。召喚士《しょうかんし》自体は貴重だからね、今までは利用価値があるとしてそれなりの扱《あつか》いを受けていたかもしれないけれどね、もうそういうのも終わりさ」

「…………」

「僕が一人居ればいいんだ」

ヨシュアは何処《どこ》か夢見るような目で言った。

「三体もの召喚獣《しょうかんじゅう》を同時に従える事が出来る、この僕がいればね。君が一人欠けたところで影響《えいきょう》は無い」

「道具に頼《たよ》らないと自滅《じめつ》するくせに」

とリゼルが忌々《いまいま》しげに言う。

それを聞いているのかいないのか——ヨシュアは更《さら》に低く笑いながらこう続けてきた。

「僕が此処《ここ》に来たのは、単に『手に入れた力』を試《ため》したかっただけさ。ようやく、この僕に相応《ふさわ》しい、この僕の本来の力が、備わった。だからもう利用価値が無くて用済みの君を、まあいわば、廃品《はいひん》利用してあげようかと思っただけの事だよ？」

「手に入れた力——」

「御嬢《おじょう》、御嬢《おじょう》と呼ばれていい気になっていた君が、僕に、本当の力と才能を備えた召喚士《しょうかんし》に、為《な》す術《すべ》も無く殺される。実に滑稽《こっけい》、実に愉快《ゆかい》、しくじって棄《す》てられた君の再利用としては、相応だと思わないか？」

「…………」

「世の中には二種類の人間しか居ない。他人から見て利用価値がある奴《やつ》と無い奴《やつ》だ。利用価値が無いって事でオウマ様に棄《す》てられた君を、僕が、腕試《うでだめ》しの的《まと》として再利用してあげるんだ、感謝して欲しいね」

「…………なにを」

ヨシュアの言葉に獣《けもの》の唸《うな》りにも似た声が応じる。

「くっそ頭の悪い事をぺらぺらと」

「――ユウゴ？」

リゼルが振り向《む》くと――ユウゴがカミラに支えられながら立ち上がるところだった。

「哀《あわ》れな奴《やつ》だな、あんたは」

「――は？　今にも死にそうな負け犬が何を言ってるのかな？」

自分の状態は棚上《たなあ》げしているのか、ヨシュアがそんな事を言うが。

「あんたの眼《め》にはきっと、世界ってのは殺伐《さつばつ》としてて冷たく映ってるんだろうな。利用価値がある人間と無い人間だけ？　自分が見てきたものだけが世界の全てだと思ってんのか？」

ユウゴはカミラにも手を貸して二人して立ち上がる。

「白と黒とか。善と悪とか。全と無とか。敵と味方とか。召喚士《しょうかんし》とそれ以外とか。世の中の全てを強引《ごういん》に『分かりやすい二極端《にきょくたん》』に分けて、訳知り顔か。あんた、本当に魔術師《まじゅつし》としての勉強したか？」

「…………」

「俺の『妹』を、虐《いじ》めんな」

言ってユウゴはヨシュアを見下ろした。

そして――

「時間稼《じかんかせ》ぎはもう充分《じゅうぶん》だろ？」

「――ひひ、ひは、は、は」

口《くち》の端《はし》を歪《ゆが》めて笑いながらヨシュアは身を起こす。

どうやらユウゴが見抜《みぬ》いた通り、ヨシュアは時間を稼《かせ》ぐために喋《しゃべ》り、自分に魔力《まりょく》が多少なりとも戻《もど》ってくるのを、待っていたのだろう。

だが――老化はそのままで元には戻《もど》らない。

今ここで無茶をすれば本当に死にかねなかったし、それが分からないヨシュアでもないのだろうが――

「ヨシュア、あんた――」

「リゼル、下がってろ、こいつ未《ま》だやる気だ」

とユウゴは言って身構えるものの――

「それはこっちの台詞《せりふ》よ！　満身創痍《まんしんそうい》で何する気⁉」

そんな言葉を投げ返しながらリゼルはユウゴに並んで身構える。更《さら》にその背後にバーレイグが、その前にカミラが、同じく戦闘《せんとう》態勢をとった。

そして――

「お前等、生意気だ……」

ヨシュアはふらりと力の無い動作で——糸に引かれるかの様にして立ち上がると、血走った目でユウゴ達を睨《にら》んでくる。

「本気の僕に勝てるとでも思ってんのか、この三流どもォ！」

ヨシュアの怒声《どせい》と共に、彼の背後で風景が歪《ゆが》み、そこに色が流れ込み、形を成す。

改めて〈鬼武者《おにむしや》〉らを喚《よ》ぶのか。

それとも——

「——！」

愕然《がくぜん》と目を見開くユウゴ。

ヨシュアの背後に顕《あらわ》れる召喚獣《しようかんじゆう》——暗色の鎧《よろい》を身に纏《まと》い、身《み》の丈《たけ》をも超《こ》えるほどの斧槍《ハルヴアード》を構える偉丈夫《いじようふ》。

それは——

「〈ドラゴンナイト〉……！」

「……あれがヨシュアの本来の召喚獣《しようかんじゆう》よ」

とリゼルが若干《じやつかん》、強張《こわば》った口調で告げてきた。

†

召喚獣《しょうかんじゅう》〈ドラゴンナイト〉。

其《そ》の名の通り、最強の怪物《かいぶつ》としても名高いドラゴンの力をその身に備えながら、武器を用いて戦う騎士《きし》としての側面を持った存在。

ユウゴが知る限り『最強の召喚獣《しょうかんじゅう》は？』と問われて真っ先に思《おも》い浮《う》かぶものの一つである。

だが――

「――よせ！」

実体化した〈ドラゴンナイト〉を前にユウゴはそう叫《さけ》んでいた。

最強級の召喚獣《しょうかんじゅう》は、当然ながら、それだけ召喚士《しょうかんし》にも魔力《まりょく》を多く要求する。その属性や特性によって若干《じゃっかん》、魔力《まりょく》の消耗《しょうもう》の仕方は変わってくるとはいえ、今の老化し衰弱《すいじゃく》したヨシュアに、〈ドラゴンナイト〉を扱《あつか》いきる魔力《まりょく》が出せるとは思えなかったのだ。

「下手をすると死ぬぞ⁉」

「ああ？　ひは、は、相手の命の心配をしている場合か⁉」

何処《どこ》か壊《こわ》れた笑い声を上げながらヨシュアは白化《はっか》した長い髪《かみ》を振《ふ》り乱《みだ》す。既《すで》に損得など埒外《らちがい》に押《お》し退《の》けて、感情のままに動いているらしい事は、それだけでも見て取れた。

しかも——

「殺せラグドール‼」

それが眼《め》の前《まえ》の〈ドラゴンナイト〉の名か。

「——応」

そんな一言と共に〈ドラゴンナイト〉の姿がかき消える。

次の瞬間《しゆんかん》、カミラの掲《かか》げた剣《けん》と、ラグドールの斧槍《ハルヴアード》が激突《げきとつ》し、火花を散らしていた。いや。それだけではない。『斬《き》る』魔術《まじゆつ》の具現たる双方《そうほう》の武器は、撃《う》ち合う事で余剰魔力《よじようまりよく》による無作為《むさくい》な事象転換《てんかん》を引き起こす。

カミラとラグドールの周囲には稲妻《いなずま》や火炎《かえん》が発生し、更《さら》には衝撃波《しようげきは》まで生じていたのか——ゲッテンズ伯爵邸《はくしやくてい》の庭に生《は》えていた数本の灌木《かんぼく》が、根本からへし折れるのが見えた。

そして——

「——⁉」

次の瞬間《しゆんかん》、吹《ふ》っ飛《と》ばされるカミラ。

確かに止めた、確かに受けた、一瞬《いつしゆん》ながら拮抗《きつこう》していた筈《はず》が——しかし彼女は為《な》す術《すべ》もなく近くの建物の壁《かべ》に叩《たた》きつけられていた。

「防御貫通攻撃《ぼうぎよかんつうこうげき》⁉」

先の〈ハイエレメンタル〉の〈次元斬り《デイメンシヨンスラツシユ》〉のような。

恐《おそ》らくは斧 槍《ハルヴアード》本体の打撃《だげき》は止められても、そこに纏《まと》いついた魔力《まりょく》の衝撃波《しょうげきは》までは防ぎきれないという事なのだろう。

「無茶苦茶だ……！」

唸《うな》るような口調でそう言うユウゴ。

衝撃波《しょうげきは》にしても、咄嗟《とっさ》に身を伏《ふ》せた事に加え、バーレイグが稲妻《いなずま》の力で防御陣《ぼうぎょじん》を形成してくれていなければ、ユウゴ達も飛ばされていたかもしれない。

しかし――

「でもこんな威力《いりょく》……」

ラグドールは全く力を加減している様子が無い。

召喚士《しょうかんし》であるヨシュアが衰弱《すいじゃく》しているというのに、むしろ召喚獣《しょうかんじゅう》の攻撃《こうげき》の威力《いりょく》は上がっているようにさえ見えるのは――

「――〈激　流《レイジングストリーム》〉よ」

とリゼルが言う。

「〈ドラゴンナイト〉の力――戦技《スキル》。このデタラメな強さは〈吸血〉の魔術《まじゅつ》と組み合わせてるんでしょうね。あいつ、自分の生命力、全部自分の召喚獣《しょうかんじゅう》に注《つ》ぎ込む積もりよ」

「それって――」

〈激　流《レイジングストリーム》〉は自分の体力が激減している状態では、むしろ威力《いりょく》を増し、相手の防御《ぼうぎょ》を無視して貫通《かんつう》する攻撃《こうげき》に転化する。

そして召喚士《しょうかんし》と召喚獣《しょうかんじゅう》は一心同体。

既《すで》に疲弊《ひへい》しきっているヨシュアは、むしろそれを逆手にとってラグドールの攻撃力《こうげきりょく》を倍加させているのだ。恐《おそ》らく魔術《まじゅつ》で積極的に自分の魔力《まりょく》を注《つ》ぎ込んで、より〈激流《レイジングストリーム》〉の効果を高めているのだろう。

自分が傷《つか》つき疲れれば疲《つか》れるほどに、一発逆転の効果を生む戦技《スキル》。

なるほど『天才』を自称《じしょう》するその矜持《きょうじ》故《ゆえ》に、ヨシュアは今までその戦技《スキル》を――というよりそれを扱《あつか》う〈ドラゴンナイト〉を前に出してこなかったのだろう。

鼻歌交じりで自分はユウゴ達を殺してみせる――と。

だが追《お》い詰《つ》められたヨシュアは、なりふり構わず最強の手を打ってきたという事だ。

「でも――本当、馬鹿ねあいつっ」

と――ユウゴ達は半ば無視して、カミラを追って跳躍《ちょうやく》するラグドールを見ながら、リゼルが言う。

「こんな状態、長続きする筈《はず》が無い。私達が逃《に》げたらあいつ、自滅《じめつ》するだけよ。ユウゴ、あんたが言った通り」

「――だよな」

とユウゴは頷《うなず》いて。

「だから早く〈ドラゴンナイト〉倒《たお》してやらねえと」

「…………は？」

とリゼルが目を丸くする。

「何言って――」

「でないとあいつ死ぬだろ」

「…………」

リゼルは言葉に詰《つ》まった。

だが――

「なるほど。この者は、そういう男であったな」

と頷《うなず》いているのはバーレイグである。

「そしてリゼル。其方《そち》もそういう女であろうよ」

「何を知った風な――」

と言いかけて。

「ああもう本当に馬鹿じゃないの!? 自分を殺しに来た相手の命まで気にして、お人好《ひとよ》しにもほどがあるでしょ！　大体、どうやって倒《たお》すのよ!?」

リゼルの言う通りである。

ヨシュアの捨て身の魔力《まりょく》とその戦技《スキル》によって、〈ドラゴンナイト〉は恐《おそ》ろしいほどの強さを発揮している。実際、先の〈鬼武者《おにむしゃ》〉戦《せん》以上にカミラは防戦一方を強《し》いられ、それどころか、その身体《からだ》に刻まれる傷が増えているではないか。

カミラの尋常《じんじょう》ならざる耐久性《たいきゅうせい》、回復力をも、上回るラグドールの攻撃力《こうげきりょく》。防御《ぼうぎょ》を無視する貫通攻撃《かんつうこうげき》。

戦うどころか、逃《に》げ回《まわ》るのがせいぜい――である筈《はず》だ。

だが……

「召喚獣《しょうかんじゅう》と召喚士《しょうかんし》は一心同体――」

ユウゴはそう呟《つぶや》きながらリゼルとバーレイグを見る。

「そういえばリゼル、バーレイグは神経を加速する事が出来るって言ってたよな」

「え？　あ、それは出来るけど――」

「それって俺にも出来るか？　あるいはカミラにも？」

「――可能だ」

とリゼルより先にバーレイグが答える。

「我自身やリゼルに施《ほどこ》すよりは効率は落ちるが――」

「なら頼《たの》む」

ユウゴはバーレイグとリゼルを見てそう言った。

ヨシュアは既《すで》に意識が朦朧《もうろう》とし始めているのを自覚していた。

†

既《すで》に『綺麗《きれい》に』勝つ事など諦《あきら》めている。

血反吐《ちへど》を吐《は》こうが何だろうが、自分をここまで追《お》い詰《つ》めた奴《やつ》らは殺して除《の》けなければ我慢《がまん》ならない。

本来、召喚士《しょうかんし》が気絶すれば召喚獣《しょうかんじゅう》も実体化が解ける事が多いが、〈吸血〉や〈暴走〉の魔術《まじゅつ》を施《ほどこ》したラグドールは、ヨシュアが意識を失っても勝手に魔力《まりょく》を吸い上げて戦い続ける筈《はず》だ。

（殺す、絶対に殺す——）

そう呪文《じゅもん》のように脳内で唱えるヨシュア。

そしてそれは充分《じゅうぶん》に可能な事のように思えていた。

実際、〈激流《レイジングストリーム》〉を連発するラグドールは〈ヴァルキリー〉と〈雷帝《らいてい》〉を圧倒《あっとう》する強さを見せている。もっとも〈雷帝《らいてい》〉は召喚士《しょうかんし》達の護衛に徹《てっ》していて、積極的にラグドールに攻《こう》撃《げき》を仕掛《しか》けてはいなかったが。

ただ——

「——!?」

ヨシュアは目を見開く。

(なんだと⁉)

高々と宙を飛びラグドールに襲《おそ》い掛《か》かる――召喚士《しょうかんし》⁉

いや。違《ちが》う。あれは――

(またあれか⁉)

〈ヴァルキリー〉が召喚士《しょうかんし》の少年を抱《かか》えて飛んでいるのだ。

あの少年召喚士《しょうかんし》が戦闘《せんとう》当初にしていたやり方だ。

だが今、両者はより密着し、小柄《こがら》な〈ヴァルキリー〉の姿は殆《ほとん》ど少年の陰《かげ》に隠《かく》れているので、まるであの少年召喚士《しょうかんし》が翼《つばさ》を得て飛んでいるかのように見える。

しかも――剣《けん》を手にしている⁉

〈ヴァルキリー〉の剣《けん》を少年が⁉

(召喚士《しょうかんし》を両手で抱《かか》えて安定して飛ぶためか⁉　しかし――)

そんな事をして何になる?

「叩《たた》き墜《お》とせ……ラグドール……!」

ヨシュアは己《おのれ》の召喚獣《しょうかんじゅう》にそう命じる。

〈激流《レイジングストリーム》〉は防御《ぼうぎょ》無視の貫通攻撃《かんつうこうげき》。

水属性の〈ヴァルキリー〉ならばともかく、前面に出ている召喚士《しょうかんし》の少年など、ただの人

間、一撃《げき》で絶命する――

「――!?」

残像の尾《お》を引いて、空中の少年召喚士《しょうかんし》がラグドールの攻撃《こうげき》を回避《かいひ》する。

異様な速さである。いや。速度自体は驚《おどろ》くほどのものではないが、反応が異常に早い。単に〈ヴァルキリー〉が速いだけではないのだ。少年召喚士《しょうかんし》は身を捻《ひね》って紙一重でラグドールの攻《こう》撃《げき》を避《よ》けている。

人間が召喚獣《しょうかんじゅう》の攻撃《こうげき》に対応しているのだ。

「今の私を『一騎《き》』だと思わぬ事です」

と激しい剣撃《けんげき》の合間にそう告げてくるのは〈ヴァルキリー〉だ。

「同時に我が主《あるじ》も一人だと思わぬ事です。我と我が君とは一心同体――二人にして一人、一人にして二人、二騎《き》の力を一騎《き》の速さで振《ふ》るえるが故《ゆえ》に」

（まさか――）

召喚士《しょうかんし》と召喚獣《しょうかんじゅう》は一心同体。

しばしばそれは召喚士《しょうかんし》達の間でも出てくる言葉だが。

本来それは魔力《まりょく》で繋《つな》がっている、生死を共にする、といった意味で使われているわけだが

……一説によると、召喚士《しょうかんし》と召喚獣《しょうかんじゅう》の絆《きずな》が極《きわ》まるところ、互《たが》いの感覚と意識を完全に同調させて、召喚獣《しょうかんじゅう》に等しい力を、召喚士《しょうかんし》自身が駆使《くし》する事すら可能になるという。

あれは、それではないのか⁉

ラグドールが更《さら》に〈激流《レイジングストリーム》〉攻撃《こうげき》を仕掛《しか》けるが、少年召喚士《しょうかんし》と〈ヴァルキリー〉はこれを右に左にと回避《かいひ》し続ける。

防御貫通攻撃《ぼうぎょかんつうこうげき》。

だがそれはつまり、回避《かいひ》されてしまえば、通常の攻撃《こうげき》と変わらない。

だから受けない。防がない。

ただ――避《よ》け続ける。

だがそれがいかに困難な事か⁉

(何らかの方法で神経を加速させているとしても――)

そんな状態で、人間の意識自体が耐《た》えられるものなのか。

しかも――

「――ッ！」

ラグドールが振《ふ》り降ろした斧槍《ハルヴァアード》を横から叩《たた》く少年召喚士《しょうかんし》の剣《けん》。

〈ドラゴンナイト〉の姿勢が若干崩《じゃっかんくず》れ、続く〈激流《レイジングストリーム》〉に入るのが一瞬《いっしゅん》ながら遅《おく》れる。

「「うぅぅううるああ――ッ！」」

少年が吠《ほ》える。

召喚獣《しょうかんじゅう》が吠《ほ》える。

己《おのれ》の中に膨《ふく》れ上《あ》がる『力』を示すかのように。

そして――

「「――〈契約の剣《ソードオブプロミス》〉ッ！」」

両者の叫《さけ》びと共に振《ふ》り降ろされた剣《けん》が、斬撃《ざんげき》を飛ばしていた。

（召喚獣《しょうかんじゅう》の技《わざ》を⁉）

召喚士《しょうかんし》と召喚獣《しょうかんじゅう》は一心同体――その絆《きずな》が極《きわ》まるところ、召喚獣《しょうかんじゅう》の力を自ら駆使《くし》する召喚士《しょうかんし》がいると……

（あのガキ――⁉）

既《すで》に通常の武器の撃《う》ち合《あ》いという白兵戦《はくへいせん》の間合い。

その上で放たれる――遠距離《えんきょり》攻撃《こうげき》型の斬撃《ざんげき》。

いかに〈ドラゴンナイト〉といえどこれを避《よ》けきれる事は無く――

「ぐがっ⁉」

敗北の悲鳴は――ラグドールではなく、〈ドラゴンナイト〉と繋《つな》がっているヨシュアの声から漏《も》れていた。

†

結論から言えば、ヨシュアは死ななかった。

ただし生きてはいる——というだけだったが。

ユウゴは敵であった彼をも救ったのだ、とも言える。

実を言えば、ヨシュアからオウマの目論見《もくろみ》や、複数の召喚獣《しょうかんじゅう》を扱《あつか》う技術について聞き出したかったのだが、とても話が出来る状態ではなかったのだ。

今後、どの程度彼が回復するのか、回復したとしてまた召喚術《しょうかんじゅつ》や魔術《まじゅつ》が使えるようになるのかについては、ユウゴ達も専門ではないのではっきりとした事は分からない。

とりあえず彼の身柄《みがら》を、ゲッテンズ伯爵家《はくしゃくけ》と魔術師《まじゅつし》組合を介《かい》して王都の官憲に引《ひ》き渡《わた》しただけだ。直接、官憲と接触《せっしょく》しなかったのは、リゼルの立場がかなり曖昧《あいまい》だったからである。

衰弱《すいじゃく》したヨシュアを官憲に引き渡す際、彼の胸元《むなもと》がはだけて、素肌が見えたのだが……そこに奇妙《きみょう》な紋様《もんよう》が描《えが》かれていたのをユウゴは見ている。

あれは一体何だったのか。

問おうにもいつの間にかカティは居なくなっていて、詳《くわ》しい事は分からないままだ。

ともあれ——

「……ありがとうございました」

とゲッテンズ伯爵令嬢《はくしゃくれいじょう》ニコラ・ゲッテンズはユウゴ達に一礼した。

ヨシュアとの戦いの——翌日。

これ以上迷惑《めいわく》は掛《か》けられないと王都を発《た》つ事になったユウゴ達の所に、伯爵令嬢《はくしゃくれいじょう》が直《じか》に挨《あい》拶《さつ》にやって来たのである。

召喚士《しょうかんし》は等しく怖《こわ》がられ、嫌《きら》われている、と思っていたユウゴはこれには少し驚《おどろ》かされた。ヨシュアらと戦った結果、別邸《べってい》の一部を壊《こわ》してしまったから、尚更《なおさら》の事である。

「特に、リゼル様」

「…………は？」

とリゼルは一瞬《いっしゅん》、間の抜《ぬ》けた表情を浮《う》かべてそう声を漏《も》らした。

ニコラから『様』付けで呼ばれるとは思ってもみなかったのだろう。

「いや、あの——」

「貴女《あなた》は私や我が家の使用人達の、命の恩人です」

とニコラが言うのは、リゼルが身を挺《てい》して落ちてくる瓦礫《がれき》から、彼女等を守ったからか。実際にはその殆《ほとん》どをバーレイグが取り除いたわけだが……召喚士《しょうかんし》と召喚獣《しょうかんじゅう》が一心同体だというのなら、それは確かにリゼルの功績とも言えるわけで。

「あなたの毅《き》然《ぜん》たる振《ふ》る舞《ま》いを見て、私も、戦う意志を持てるようになりました……」

そう言ってニコラはリゼルの両手を摑《つか》む。

どうやらニコラは、己《おのれ》の身の不運を嘆《なげ》くだけでなく、ゲッテンズ伯爵家《はくしゃくけ》を再興するために『戦う』決意を固めたらしい。

「そ……そう、なんだ？」

「はい！」

目を逸《そ》らしつつ頰《ほお》を赤らめるリゼルと、数日前とは打って変わった明るい笑顔《えがお》を浮《う》かべるニコラ。

あるいはこれがこの伯爵令嬢《はくしゃくれいじょう》の地《じ》であったのかもしれない。

今まではオウマや召喚士《しょうかんし》への恐怖《きょうふ》と、父の死が彼女を抑圧《よくあつ》していただけで――

「王都にまたお寄りになる事があれば、お声掛《こえが》けください。何でしたら宿代わりにしていただいても」

とニコラはリゼルから手を放し、ユウゴらにも笑顔《えがお》でそう言った。

本当に随分《ずいぶん》な変わりようだが――

「というか、もう何日か休まれていかれた方がよいのでは？」

「…………ああ、ありが、とう……でも」

カミラと互《たが》いを支え合うようにして立ちながら言うユウゴ。

疲労困憊《ひろうこんぱい》といった様子である。

戦闘《せんとう》の——というよりもバーレイグに無理矢理神経を加速させてもらった上に、カミラと文字通りに『一心同体』となって戦うために、常にも増して強く魔力《まりょく》を彼女に供給した結果だ。

戦闘《せんとう》の直後は疲労《ひろう》が凄《すさ》まじく、立ってさえいられなかった。

これでもまだマシになったわけだが——あるいはユウゴが召喚士《しょうかんし》としての力量を上げていけば、もう少し負担が軽減できるようになるのかもしれない。

何にしても、あの戦い方は、現状のユウゴ達にとっては本当の『とっておき』、そう易々《やすやす》と使えるものでも、使うべきものでもない、という事だろう。使用後はしばらく召喚獣《しょうかんじゅう》共々身動きすらできなくなるような『技《わざ》』を迂闊《うかつ》に使えば、その直後に別な敵と遭遇《そうぐう》した場合に、詰《つ》んでしまう。

「急ぐ旅でもあるし……それに……王都で……召喚士《しょうかんし》を……何日も家に泊《と》めていたら……何かと肩身《かたみ》が……狭《せま》いんじゃ……？」

「そうかもしれません。でも」

ユウゴの言葉に、しかしニコラは朗《ほが》らかな笑顔《えがお》で首を振《ふ》って。

「リゼル様のように堂々としていようと思います。命の恩人を歓迎《かんげい》するのは人として当然の事ですから」

そう——堂々と彼女は言い切った。

†

遠隔地《えんかくち》との連絡《れんらく》をとるには幾《いく》つかの手段がある。

一つは直接、自分が相手の所まで出向く方法。

一つは王国が運営する郵便事業を用いる方法。

これは比較的《ひかくてき》利用しやすいが、手紙のやりとりが出来る地域が限られており、辺境区にまで郵便が届かないという事も多い。

そして魔術師《まじゅつし》同士の魔術《まじゅつ》による通信もその一つだ。

これは連絡《れんらく》が早く、非常に細かいやりとりも可能だが、連絡《れんらく》をとりあう双方《そうほう》に魔術師《まじゅつし》が居て、双方《そうほう》が同時に同じ魔術《まじゅつ》を使わなければいけないという点で、誰《だれ》にでも気楽に利用出来るものではない。大抵《たいてい》は魔術師《まじゅつし》組合が毎日、時間を決めて、各地の支部と連絡《れんらく》を取る事で情報のやりとりが出来ている、という状態だ。

そこに個人的な連絡《れんらく》を紛《まぎ》れ込ませるのはこれまた難しい——というか魔術師《まじゅつし》組合に所属していない人間には、割高な手段である。

逆に言えば魔術師《まじゅつし》組合に所属しているなら、私信のやりとりを毎日の定期連絡《れんらく》に紛《まぎ》れ込ませるのもそう、面倒《めんどう》な事ではない。

「……そっか」

寝台《ベッド》の上で魔術師《まじゅつし》組合から渡《わた》された『手紙』――正確には魔術《まじゅつ》で行った口頭でのやりとりを書き写したもの――を読みながら、エミリアは苦笑《くしょう》を浮《う》かべた。

何の酔狂《すいきょう》か、わざわざ支部長代理を務めるクレイが自ら持ってきてくれた。

内容はモーガンからの報告書だ。

元々は魔術師《まじゅつし》組合が『監視者《かんししゃ》』としてモーガンに求めた定期連絡《れんらく》であるわけだが……ユウゴの心配をするエミリアや両親の姿を見ていたせいか、あの傭兵《ようへい》は必要以上に細かく『弟』の様子を報告してきてくれる。

「本当……すぐ無茶をするんだから」

もしこの場にユウゴがいれば、『それはエミ姉《ねえ》――じゃなくて師匠《ししょう》の方だろ』とか『弟子《でし》は師匠《ししょう》に似るんだよ』とか言いそうだが。

「昔っからよね……」

とユウゴが未《ま》だ幼かった頃《ころ》の事を思い出すエミリア。

彼は魔術師《まじゅつし》になる以前からエミリアにくっついて魔術師《まじゅつし》組合の建物に出入りをしていた。

エミリアの両親が共働きで忙《いそが》しかった時期は、むしろ魔術師《まじゅつし》組合の託児所《たくじ》に彼を預けていた事もある。

魔術師《まじゅつし》や召喚士《しょうかんし》は稀少《きしょう》な存在なので、女性が育児しながらでも働けるようにと組合の方がそうした施設《しせつ》を設けているのである。

ともあれ――

「零番《ゼロ》倉庫に入り込んで怒《おこ》られたり……」

エミリアの後ろにくっついて入り込んだは良かったが、エミリアがそれに気づいておらず、彼を零番《ゼロ》倉庫に残したまま、出てしまった事があるのだ。

その際、ユウゴは強引《ごういん》に出ようとして警備のゴーレムに追いかけ回された事がある。ゴーレムは強力だがその行動基準は単純な分『子供だから』と手加減してくれない。危《あや》うくユウゴは大怪我《おおけが》をするところだった。

当然、その後、彼は組合の職員達やエミリアに大変怒《おこ》られたわけだが。

「でも本当……気をつけてね」

伝わる筈《はず》も無いのだが、エミリアは手紙を胸に当ててそう呟《つぶや》いた。

†

「――遺跡《いせき》？」

王都を出て――すぐ。

馬車の御者《ぎょしゃ》はモーガンに任せ、ユウゴ達は、カミラ、バーレイグによる石板の『解読』を進めていた。

カミラ、バーレイグは確かに石板の文字を読めたのだが、記載《きさい》そのものは抽象《ちゆうしよう》的というか曖昧《あいまい》というか、召喚獣《しようかんじゆう》達の知らない概念《がいねん》だの、知らない単語だのが頻出《ひんしゆつ》したため、単に書いてあるものを読む、というわけにはいかなかった。

ただ――

「これって〈大災厄《だいさいやく》〉以前の話よね？」

「そうなるか」

「だとするとこの『機関《カラクリ》』っていうのは、多分、旧時代の大型魔法《まほう》機関の事でしょ。むしろ何でもかんでも魔術《まじゆつ》だ魔法《まほう》だで動かしてた時代だし」

とリゼルが石板の一部を指さして言う。

「そういえば、オウマ・ヴァーンズは各地の遺跡《いせき》に人を遣《つか》わして調べていたみたいだけど……あれって、単に遺品を売って資金にしてたわけではないって事かしらね」

「この記述だと遺品じゃなくて遺跡《いせき》そのものの説明に見えるな」

とユウゴも改めてカミラらが口述したものを書き留めた紙を見る。

「さすがに遺跡《いせき》そのものを売り飛ばすってわけにもいかないんだろうけどな……」

ならばオウマの目的は何なのか。

何故《なにゆえ》にオウマはこの石板の記述に注目していたのか。

「とにかく、これを読む限りだと――ソザートン湖の北側なわけよね、その遺跡《いせき》って。そこにオウマ・ヴァーンズが求めている何かがあるって事かしらね？」

バーレイグが差し出してきた地図を広げるリゼル。

確かに石板の記述からして――『遺跡《いせき》』について地形的に合致《がっち》する場所は限られてくる。

「そうなるか」

とユウゴは腕《うで》を組んだ。

実のところ、ソザートン湖近くが石板の示す土地だというのは早めに分かっていたので――抽象《ちゅうしょう》表現が多い中で、具体的な地形を示す記述は目立ったからだ――今現在、ユウゴ達は方角的にはソザートン湖の方に向かっている。

「やはりそこに行ってみるしかないよなあ」

「これって遺跡《いせき》が丸ごと何かの魔法《まほう》機関みたいだけど」

と首を傾《かし》げるリゼル。

「一体、何をするものなのかしらね。『世界』って言葉が頻繁《ひんぱん》に出てくるけど」

「世界……世界ね。〈大災厄《だいさいやく》〉前の遺物なんだよな」

召喚士《しょうかんし》達の暴走により世界が滅《ほろ》びかけた事件。

だとすると――

「オウマの目的は、例えば『世界滅亡《めつぼう》』とか？」

「さすがにないでしょそれは」

と呆《あき》れた様子でリゼルが言う。

「そんな自殺志願みたいな真似《まね》、するような人には見えなかったけど。まあ私の人を見る目もあてにはならないんだけどさ」

「うーん……？」

世界に関わる——何らかの影響《えいきょう》を与《あた》える魔法《まほう》機関。

滅亡《めつぼう》を目的としたものでないとしたら、それは一体、何をもたらすのか？　そしてその魔法《まほう》機関と、ヨシュアの胸に刻まれていた紋様《もんよう》との関係はどういうものになるのか？

その魔法《まほう》機関と三体もの召喚獣《しょうかんじゅう》を連れていた事に、何らかの因果関係が在るのだろうか？

「件《くだん》の『杖《つえ》』も全部壊《こわ》しちまったからな」

とモーガン。

「一応、柄《え》の部分は残ってるが……これだけじゃ、専門の研究者でもない俺達には何も分からないし」

そう言って彼は一つだけ手元に残した『杖《つえ》』の柄《え》を取り出して見せる。

ちなみに残りは全て魔術師《まじゅつし》組合の研究者の所に送ってある。何か分かればまた何処《どこ》かで連《れん》絡《らく》が来るだろう。

「カティなら何か知ってるのかもしれないが——あいつも何処《どこ》に行ったんだか」

あれからカティの姿をユウゴ達は見ていない。

そもそも突然《とつぜん》、王都に現れたのも不思議と言えば不思議だし、女の子一人で旅をさせるのは危ないのかもしれないが。かといってユウゴ達と一緒《いっしょ》に居る方が遥《はる》かに危険だとヨシュアの一件で分かった以上、彼女を捜《さが》して同行させるのもあまり得策とは言えない。

いずれにせよ――

「まあ行ってみて確かめるしかないだろ」

ユウゴは身体《からだ》を伸《の》ばして荷台の上で寝転《ねころ》びながら言った。

「どうせオウマ・ヴァーンズから例の品を取《と》り戻《もど》すためには、一戦やらかさないといけないんだろうしな」

その際にぶん殴《なぐ》るなり何なりして色々聞き出す事はできるのではないか、とユウゴは楽観的に考えていた。

それ以上に今更《いまさら》『世界滅亡《めつぼう》』などというふざけた事態が起こる筈《はず》など無いのだとも。〈大災《だいさい》厄《やく》〉の時ですら召喚士《しょうかんし》達は別に世界を滅《ほろ》ぼしたかったわけではないだろう。

ただ――

「オウマ・ヴァーンズがそこに居るのか、居ないのか未《ま》だ分からないけどな……」

その判断を一か月後、ユウゴは猛烈《もうれつ》に後悔《こうかい》する事になる。

†

ぽつりぽつりと雨粒《あまつぶ》が地面に弾《はじ》けていく。

大穴の開いた天蓋《てんがい》は既《すで》に風雨を防ぐ事も無く、石の柱は苔生《こけむ》し、床《ゆか》に生じたひび割れの下には土が見えている。

何もかもが荒《あ》れ果《は》てて本来の意味を喪《うしな》い、かつて召喚士《しょうかんし》達が誇《ほこ》ったという栄耀栄華《えいようえいが》を——その片鱗《へんりん》を示すだけの、それは廃墟《はいきょ》だった。

旧時代の遺跡《いせき》。

この世界には数えきれないほどに在る——その一つ。

「雨に晒《さら》され、風に擦《す》られ、陽《ひ》に焼かれ……時の流れという猛毒《もうどく》の前に、ありとあらゆるものは傷《いた》み、ひび割れ、崩《くず》れて、朽《く》ちる。この世に生まれ出でた以上は滅《ほろ》びぬものは無い——それが摂理《せつり》というものです」

遺跡《いせき》の片隅《かたすみ》に腰《こし》を下ろし、眼《め》の前《まえ》の焚《た》き火《び》を静かに眺《なが》めながら——オウマ・ヴァーンズは呟《つぶや》くように言った。

彼の前には数人の人影《ひとかげ》が佇《たたず》んでいた。

暗がりであるが故《ゆえ》に、それが人なのか、人の形をした召喚獣《しょうかんじゅう》なのかは分からない。ただ彼等はオウマ・ヴァーンズを見つめながら、静かにその言葉に耳を傾《かたむ》けている。

「摂理《せつり》。そう——摂理《せつり》」

オウマは口元に淡《あわ》い笑《え》みを浮《う》かべて繰《く》り返《かえ》す。

「なんと傲慢《ごうまん》な。なんと無慈悲《むじひ》な」

「…………」

「私は——…………」

そこでオウマは言葉を切ってしばらく炎《ほのお》を見つめていたが。

「——ところで」

ふと思い出したかのように口調を変えて言った。

「ヨシュア君が何やらリゼルの『後始末をする』といって出掛《でか》けていったようですが」

「返《かえ》り討《う》ちにあいました」

と人影《ひとかげ》の中の誰《だれ》かがそう答えた。

「現在は王都で獄《ごく》に繋《つな》がれているようです」

「気の毒に」

とオウマは言って微笑《ほほえ》んだ。

「とはいえ彼の尊い犠牲《ぎせい》は無駄《むだ》にはなりません。彼が身を以《もっ》て残してくれた実験結果から、得られるものは多い」

「はい」

言葉面はともかく――その口調や声音《こわね》という意味では、オウマにも人影《ひとかげ》達の間にも殊更《ことさら》にヨシュアの事を憐《あわ》れんでいる様子は無い。

ただ事実を互《たが》いに確認《かくにん》しているというだけだ。

「返《かえ》り討《う》ち、との事ですが、それはリゼルに、ですか？」

「いえ。傭兵《ようへい》が一人と、それからユウゴ・ヴァーンズ、貴方様《あなたさま》の御子息《ごしそく》に斃《たお》されたらしく」

「…………」

オウマは黙《だま》って小さく頷《うなず》いていたが。

「……銀髪《ぎんぱつ》の少女は？」

「現れたようです。ゲッテンズ伯爵家《はくしやくけ》別邸《べってい》の蔵《くら》に出入りするところを見たとの報告が……」

「やはりそうですか」

更《さら》にオウマは何かを納得《なっとく》するかのように何度も頷《うなず》いて。

「ご苦労様です。しかし思った以上に親孝行ですね、私の息子《むすこ》は」

「親孝行――ですか？」

「ええ。彼が最後の品を私の所まで運んできてくれる」

落ちてきた雨粒《あまつぶ》が、焚《た》き火《び》の炎《ほのお》に触《ふ》れて、溜息《ためいき》のような音を立てる。

何度も何度も何度も。

「ゲッテンズ伯爵家別邸《はくしゃくけべってい》には、資料が幾《いく》つか残っています。もう私には必要が無いものですが、それを見れば私の所まで息子達《むすこたち》がやってくるのも時間の問題でしょう」

「…………」

人影《ひとかげ》達が顔を見合わせる。

まるでオウマの口調は……息子《むすこ》が自分を追いかけてくる事を喜んでいるかのようだった。だが再会すれば間違《まちが》いなく戦いになる。それも恐《おそ》らくは——命懸《いのちが》けの。

その事をこの天才召喚士《しょうかんし》は全く気にしていないようだった。

「私の悲願ももうすぐ叶《かな》います。ですが油断は禁物、皆《みな》さんは気を引《ひ》き締《し》めてください。私が目的を達成した暁《あかつき》には、皆《みな》さんの御要望《ごようぼう》も全て叶《かな》えられる事だと思います」

「——は」

オウマに向かって頭を垂れる人影《ひとかげ》達。

彼等の頭上の夜空には——来《きた》るべき嵐《あらし》を予見させる、より濃密《のうみつ》な雨雲が広がりつつあった。

あとがき

電撃文庫《でんげきぶんこ》では初めまして。小説屋というか、物語屋の榊一郎《さかきいちろう》です。

今回はオリジナルではなく、老舗《しにせ》のソーシャルゲーム『サマナーズウォー』シリーズを原案とした小説の制作を担当させていただきました……………が。

実を言えば、ゲームのノベライズって、どこまで原案に沿うか、の判断が非常に難しいものでして。お仕事引き受けたはいいけれど、さてどうしよう？　と思っていたら。

原案のゲーム会社の方々からは「王道のファンタジーを」「榊《さかき》オリジナルのファンタジー小説を書くくらいのつもりでいいよ」と大変、太っ腹なオーダーをいただきました。

結果「世界設定」は小説という媒体《ばいたい》に合わせてチューニングし、ゲームとは違《ちが》うものにしつつも……『サマナーズウォー』の骨子《こっし》、召喚獣《しょうかんじゅう》という存在については、そのまま踏襲《とうしゅう》。原案のスタッフの方々の監修《かんしゅう》を受けつつ、彼等《かれら》の活躍《かつやく》を少し別の切り口から見ていく物語、と相成《あいな》りました。

ゲームを知らない人達《ひとたち》にも楽しんでもらえるように書かれてはいますが、ゲームをプレイしている方々にも「ほう、そう（アレンジして）きたか？」と、敢《あ》えてゲームとの違《ちが》いを楽しんでもらえるものにしたつもりであります。

さて。読者の方々の感想や如何《いか》に？


で——関係者の方々にこの場を借りて謝辞を。

美麗《びれい》なイラストを仕上げてくださったtoi8先生と、章扉《しょうとびら》の愛らしいSDキャラを仕上げてくださったharu.先生にまず感謝を。

また諸々《もろもろ》の雑務と調整を一手に引き受けてこの企画《きかく》を回してくださった株式会社エレファンテの木尾寿久《きおとしひさ》さんにも感謝を。

原案ゲームの会社の方々、スタッフの方々に感謝を。日本の見知らぬ物書きに、大切な作品のノベライズを任せるというのは、相当に勇気の要《い》る決断であったと思います。


ではでは。

これを読まれている読者の皆様《みなさま》——近々刊行されるであろう（二巻の初稿《しょこう》はあがってますので）二巻のあとがきにてまたお会いしましょう！

２０２２／09／30　榊一郎《さかきいちろう》

◉榊 一郎著作リスト

「サマナーズウォー／召喚士大戦1　喚び出されしもの」（電撃文庫）

本書に対するご意見、ご感想をお寄せください。

ファンレターあて先
〒 102-8177　東京都千代田区富士見 2-13-3
電撃文庫編集部
「榊　一郎先生」係
「toi8先生」係

本書は書き下ろしです。

電撃文庫

サマナーズウォー／召喚士大戦《しょうかんしたいせん》1

喚《よ》び出《だ》されしもの

榊《さかき》 一郎《いちろう》

2022年11月10日　初版発行

発行者　山下直久
発行　株式会社KADOKAWA
〒102-8177　東京都千代田区富士見2-13-3
0570-002-301（ナビダイヤル）
装丁者　荻窪裕司（META＋MANIERA）
印刷　株式会社暁印刷
製本　株式会社暁印刷

ISBN978-4-04-914539-7　C0193　Printed in Japan

電撃文庫　https://dengekibunko.jp/

電撃文庫創刊に際して

文庫は、我が国にとどまらず、世界の書籍の流れのなかで〝小さな巨人〟としての地位を築いてきた。古今東西の名著を、廉価で手に入りやすい形で提供してきたからこそ、人は文庫を自分の師として、また青春の想い出として、語りついできたのである。

その源を、文化的にはドイツのレクラム文庫に求めるにせよ、規模の上でイギリスのペンギンブックスに求めるにせよ、いま文庫は知識人の層の多様化に従って、ますますその意義を大きくしていると言ってよい。

文庫出版の意味するものは、激動の現代のみならず将来にわたって、大きくなることはあっても、小さくなることはないだろう。

「電撃文庫」は、そのように多様化した対象に応え、歴史に耐えうる作品を収録するのはもちろん、新しい世紀を迎えるにあたって、既成の枠をこえる新鮮で強烈なアイ・オープナーたりたい。

その特異さ故に、この存在は、かつて文庫がはじめて出版世界に登場したときと、同じ戸惑いを読書人に与えるかもしれない。

しかし、〈Changing Times,Changing Publishing〉時代は変わって、出版も変わる。時を重ねるなかで、精神の糧として、心の一隅を占めるものとして、次なる文化の担い手の若者たちに確かな評価を得られると信じて、ここに「電撃文庫」を出版する。

1993年6月10日
角川歴彦

電撃文庫DIGEST　11月の新刊　発売日2022年11月10日

デモンズ・クレスト1
新作 現実∽侵食
著／川原 礫　イラスト／堀口悠紀子

「お兄ちゃん、ここは現実だよ！」

ユウマは、VRMMORPG《アクチュアル・マジック》のプレイ中、ゲームと現実が融合した《新世界》に足を踏み入れ……。川原礫最新作は、MR（複合現実）＆デスゲーム！

続・魔法科高校の劣等生 メイジアン・カンパニー⑤
著／佐島 勤　イラスト／石田可奈

USNAのシャスタ山から出土した『導師の石板』と『コンパス』。この二つの道具はともに、古代の高度魔法文明国シャンバラへの道を示すものではないかと考える達也は、インド・ペルシア連邦へと向かうのだが――。

呪われて、純愛。2
著／二丸修一　イラスト／ハナモト

よみがえった記憶はまるで呪いのように廻を蝕んでいた。白雪と魔子の狭間で惑う廻は、幸福を感じるたびに苦しみ、誠実であろうとするほど泥沼に堕ちていく。三人全員純愛。その果てに三人が選んだ道とは――。

姫騎士様のヒモ3
著／白金 透　イラスト／マシマサキ

ついに発生した魔物の大量発生――スタンピード。迷宮内に取り残されてしまった姫騎士アルウィンを救うため、マシューは覚悟を決め迷宮深部へと潜る。立ちはだかる危機の数々に、最弱のヒモはどう立ち向かう！？

竜の姫ブリュンヒルド
著／東崎惟子　イラスト／あおあそ

第28回電撃小説大賞《銀賞》受賞『竜殺しのブリュンヒルド』第二部開幕！　物語は遡ること700年……人を愛し、竜を愛した巫女がいた。人々は彼女をこう呼んだ。時に蔑み、時に畏れ――あれは「竜の姫」と。

ミミクリー・ガールズII
著／ひたき　イラスト／あさなや

狙われた札幌五輪。極東での作戦活動を命じられたクリスティたち。首脳会談に臨むが、出てきたのはカグヤという名の少女で……。

妹はカノジョにできないのに 3
著／鏡 遊　イラスト／三九呂

「妹を卒業してカノジョになる」宣言のあとも雪季は可愛い妹のままで、晶穂もマイペース。透子が居候したり、元カノ（？）に遭遇したり、日常を過ごす春太。が、クリスマスに三角関係を揺るがすハプニングが!?

飛び降りる直前の同級生に『×××しよう!』と提案してみた。2
著／赤月ヤモリ　イラスト／kr木

胡桃のイジメ問題を解決し、正式に恋人となった二人は修学旅行へ！　遊園地や寺社仏閣に、珍しくテンションを上げる胡桃。だが、彼女には京都で会わなければいけない人がいるようで……。

サマナーズウォー／召喚士大戦1　喚び出されしもの
新作
著／榊 一郎　イラスト／toi8
原案／Com2uS　企画／Toei Animation/Com2uS
執筆協力／木尾寿久（Elephante Ltd.）

二度も町を襲った父・オウマを追って、召喚士の少年ユウゴの冒険の旅が始まる。共に進むのはオウマに見捨てられた召喚士の少女リゼルと、お目付け役のモーガン。そして彼らは、王都で狡猾な召喚士と相まみえる――。

ゲーム・オブ・ヴァンパイア
新作
著／岩田洋季　イラスト／8イチビ8

吸血鬼駆逐を目的とした機関に所属する汐瀬命は、事件捜査のため天霧学園へと潜入する。学園に潜む吸血鬼候補として、見出したのは４人の美少女たち。そんな中、学園内で新たな吸血鬼の被害者が出てしまい――。

私のことも、好きって言ってよ！ ～宇宙最強の皇女に求婚された僕が、世界を救うために二股をかける話～
新作
著／午鳥志季　イラスト／そふら

宇宙を統べる最強の皇女・アイヴィスに“一目惚れ”された高校生・進藤悠人。地球のためアイヴィスと付き合うことを要請される悠人だったが、悠人には付き合い始めたばかりの彼女がいた！　悠人の決断は――？

第28回電撃小説大賞
銀賞
受賞作
愛が、二人を引き裂いた。
BRUNHILD
竜殺しのブリュンヒルド
THE DRAGONSLAYER
東崎惟子
[絵] あおあそ
最新情報は作品特設サイトをCHECK!
https://dengekibunko.jp/special/ryugoroshi_brunhild/
電撃文庫

第28回電撃小説大賞
銀賞
受賞作
MISSION
スキャンして
作品を調査せよ
>>>
ミミクリー・
ガールズ
MIMICRY GIRLS
電撃文庫

MONSTER HOLIC
怪物中毒
PICK UP!
超人気作家
三河ごーすと
が贈る原点回帰にして
最新の
ダークファンタジー！
AUTHOR
三河ごーすと
ILLUST
美和野らぐ
怪物以上人間未満の
少年少女たちが
《官製スラム》の夜を駆ける――！
MONSTER HOLIC
Introduction: Infinite resul
1st chapter: Hit-and-run
電撃文庫